家书里的美国

一名中国留学生的成长历程

王宝玉　王毅　著

创于1897
商務印書館
The Commercial Press
2017年·北京

图书在版编目(CIP)数据

家书里的美国:一名中国留学生的成长历程/王宝玉, 王毅著.
—北京:商务印书馆, 2017
ISBN 978-7-100-14319-6

Ⅰ.①家… Ⅱ.①王… ②王… Ⅲ.①书信集—中国—当代
Ⅳ.①I267.5

中国版本图书馆 CIP 数据核字(2017)第 141225 号

家书里的美国

一名中国留学生的成长历程

王宝玉 王毅 著

商 务 印 书 馆 出 版
(北京王府井大街36号 邮政编码100710)
商 务 印 书 馆 发 行
北 京 冠 中 印 刷 厂 印 刷
ISBN 978-7-100-14319-6

2017 年 11 月第 1 版 开本 787×1092 1/16
2017 年 11 月北京第 1 次印刷 印张 14 3/4

定价:45.00 元

前　　言

童年的时候，对于美国的直观认识是比较辩证的：被父母美化的和被主流媒体丑化的美国好像是两个国家。但那个时候父母并没有逼我认同他们的观点，自己又总忙着考试，也就没急着作出什么判断。上大学之后，开始看各种各样的美剧和电影，但无论是喜剧、情节剧还是电影，自己也清楚不能把文化产品的娱乐消费品当作文化本身去认识，即便认识几个美国留学生，交流也大都很仓促，总是有一种隔靴搔痒的感觉。后来上了研究生，出于对文化课题的喜爱，选择了文化心理学的研究方向，也是自那时起，我的学习和个人生活基本上都是"言必称文化"，并且读了一些高屋建瓴、颇具启发性的社会学、人类学以及文化心理学先哲们的理论文献。浅尝辄止之后，掉书袋的能力是有了，每每讨论问题的时候都是以"美国文化是如何如何，相比较之下，中国文化是如何如何"作为论述结构，就是没想到真正来到美国以后对美国文化的看法又要从头开始。

从一开始认识周围的同学，到和学校里的本科生更多的课外交流，参加校园里的各种与政治、宗教有关的活动，再到走出校园参加当地一些社区活动，接触社会人士。这些对我来说，在美国的留学生活更像是人类学里的"田野研究"。西方人类学将与当地人一起生活，学习语言并融入当地生活，进而理解其文化的定性研究方法称之为"田野研究"。与周围早九晚五忙于科研的中国留学生相比，整个拉斯克鲁塞斯(Las Cruces)就是我的实验室，而我的生活本身就是研究过程，我的所见所闻就是我的研究材料，我的生活、理论经验就是我的分析工具。对我来说，最大的挑战是如何接触到拉斯克鲁塞斯这个小镇(其实拉斯克鲁塞斯怎么说也是新墨西哥州第二大城市)更多的侧面，接触到更多形形色色的人。有位文化心理学家认为，文化心理学作为研究领域的第一步是不加分析地收集描述性资料，而第二步是对收集的材料进行分析、总结然后上升为理论，然后根据理论进行可控的实验从而得出因果上的结论，并最终成为一个真正的科学研究领域。这位文化心理学家认为现在已经是迈向第二步的时候了。虽然我认可他的两阶段理论,但是每一天全新的信息和体验,让我觉得也许我还需要在第一个阶段停留相当长的一段时间。

正因为如此,这本通信集更像是一个文化心理学研究生对美国文化的“田野研究”笔记。而我与父母之间的信件往来在某种程度上可以看成是一种中美对话:有的时候父母按照他们对于美国的理解来解读我的体验,为我提供一种比较的视角;有的时候他们又会回归到传统的中国价值取向,防止我过分习惯于美国这边的氛围而变得“与国内的具体情况脱节”。因此,重读这些对话对我的研究也总是很有启发的。但是作为实录性质的文献,在这个对话过程中并没有统一的理论指导或者线索,我尽量不让试图从中找到“规律”的学术研究企图影响到每一次的写作,更多的是直白的体验描述和对个别事件的对比性反思。

在审阅书稿的时候,我发现信件中夹杂着很多不成熟的痕迹,包括各种刻板性的偏见、抱怨以及不成熟的民族主义倾向。因此从治学的角度,也曾犹豫是否应当整理出版这两年的通信。因为曾经出版过自己本科时候与父母之间的书信(《家书里的大学》2013年1月商务印书馆出版),在出国写信的时候就和父母商量过是否要把家书写得像雷锋日记一样成熟、得体、适于公开发表。虽然在写信的时候注意过,但是看来的确很难把写给父母的信像与组织交心一样的语言去写。但最终觉得这毕竟不是一个学术专著性的出版物,而不过是把一个留学美国学生独特视角下的材料呈现给读者,最终的判断权是在读者手中。对于更多在美国进行文化研究的人来说,也许是具有普遍性价值的感性材料。

在美国呆的时间越长,越明白所谓的“多样性”的含义何在,因此也越发觉得过去用“美国文化是……”这样的定义式语句结构去描述美国是一件几乎不可能的事情(其实任何文化都是如此)。所以将我和父母的通信结集出版的目的并不是尝试对美国文化作所谓的全面了解,恰恰相反,只是尽可能地向对美国文化感兴趣的读者提供更多的素材。我拜读过法国政论思想家托克维尔的《论美国的民主》,虽然无论从材料的丰富性以及思考的深度都不敢与之等量齐观,但整理出版自己的文化体验,与读者共享的心情却还是深受其启发的。

2013年8月20日

于新墨西哥州立大学科学楼

目　录

第一封信

生活就是挑战

妈妈：

坐在房间的一个角落，我正在准备将过去几天里的点滴感受汇聚起来，总结成一段有中心思想的语言，就好像妈妈在临别前给我的三字箴言一样。这是非常重要的一项工作，因为如果不静下心来好好总结的话，大量的、来自各个方面的全新信息很有可能会将我压倒，最终让我陷于迷茫之中。如果心理上的准备不领先于现实当中可能遇到的各种问题，积累起来的疲劳一定会压垮我。更何况，在过去几天里我所遇到的一些困难让我明白了一点：当下，“信心”对我来说尤其重要。如果对可能的困难估计不足，实在很难预料结果会是怎样的。也许应该先跟爸爸妈妈讲一讲过去几天里我的经历，然后再说说我思考的结果。

回想起来，在没有与美国学生交流之前，一切都是很顺利的。在飞机上，我充分地享受着公务舱的舒适服务。(在机场值机的时候，服务人员告知，因为经济舱已经满员，所以将我安排到公务舱，不必加钱。真正天上掉下的馅饼)坐(更准确地说应该是躺)在可以随意调节的沙发座椅上，边看 DVD 电影边入睡，除了电视屏幕有点小以外，这种随意性甚至比躺在家里看电视还要舒服。苹果汁非常可口，早中晚餐都是我喜欢的西餐，看上去很别致的那种，只不过都是凉的。不过越是舒适、高档的环境，越是拉开了人与人之间的距离——你完全可以把时间耗费在各种消遣服务上，却不必为了消磨时间而与周围的人发生任何接触。所以整个“公务舱”飞行过程中，我几乎没有与邻座的中国人说过话，只是最后他询问我是否有余力帮他拿沉重的行李时，才和他聊了几句。遗憾的是，我帮不上他的忙。我们只是在芝加哥很短的一段结伴而行后就分开了。顺便提一句，我坐的这趟飞机并不是穿越大洋的，而是走白令海峡的，其实不必太担心会掉到大洋中心的。

因为到芝加哥的时间很早，基本上没有遇到排队的情形，无论是通关还是拿行李都很顺利。但并不是每个人都是这样的。和我一起结伴而行的那个人可能是因为语言上的问题，结果在通过海关的时候拖延了很长时间（我只用了 2 分钟），当我再次在领取行李的地方看到他的时候，他的额头上都已经出了很多汗（大厅里的空调开得很足的）。在芝加哥，我第一次体会到了被其他种族人包围的感觉。白人、黑人、混血、亚洲人，一个车厢里就如此丰富多彩，实在是挺有意思的事情。当再次登上飞机的时候，已经是上午 10：30 了。这一次是一个相对小的飞机，与之前的波音 777 相比，实在是属于迷你型的飞机。不过这次飞行还是很愉快的，因为整个飞行中我一直与坐在身旁的美国老太太聊天。老太太非常热情地跟我分享她和她的家人在新墨西哥州的照片。这位老太太的三个儿子中的一个儿子在新墨西哥大学教书，她每年都会到新墨西哥州一次，来看看她的孙子和孙女。不过与我们想象的探亲不同，老太太将这种拜访更多地看成是旅游，只不过到这里旅游会有人安排食宿。她到儿子家主要目的是一个人到戈壁和群山中徒步旅游。将来爸爸妈妈也可以这样。

下了飞机后一切仍然非常顺利，不到十分钟我就在机场门口等到了 D。对一个马来西亚人来说，他长得很高了，差不多有 1.78 米左右。虽然之前我没有见过马来西亚人，不过在电视上曾经看到过马来西亚人特别善于滔滔不绝。果然，在为时不到一个小时的车程里，他就让我见识了马来西亚式的“滔滔不绝”。不过他的话语里还是为我提供了很多有用的信息，而且他也很善意地给我提出一些建议，并且还邀请我参加第二天的聚会（party）。作为一个新生，其实我来得算是比较早的，所以有机会参与到很多老生的暑假活动，比如第二天的聚会以及后来到圣塔菲（Santa Fe）的自驾游。D 愿意一天陪着我帮我注册、买东西，我真的很感激他。不过在交谈的过程中我发现他是一个有点过分自信的人，而且也不太擅长倾听别人的观点，只有在你同意他的观点时才有可能相安无事。当时我还觉得这可能只是 D 个人的特点，但后来发现，这可能是国际生一个共同的特点。

参观新墨西哥州历史博物馆后才知道，原来新墨西哥州经过民权运动后，在法律上规定了当地的建筑风格必须是墨西哥式的，而且将保留文化特征作为其州法律非常重要的一个部分。怪不得在拉斯克鲁塞斯（Las Cruces）超过三层

的楼房都是稀罕物。所有的房屋基本上可以说都是一种风格，只有那些大型的企业，比如福特汽车、沃尔玛才会把自身的建筑修成非常整齐的四方形。即便如此，他们房屋的外观颜色也仍然是那种土墙的颜色。至于一般的居民楼以及饭店，在外观上干脆全部都是那种土墙结构，而且建筑的边缘都是圆的，而不是像现代建筑那样棱角分明。但是不管外观如何，每走进一个建筑物，你就会又看到熟悉的那种西方家居布置——西式地板和墙纸、现代化家具以及装饰性的壁画。这可能就是新墨西哥州，至少是我所到过的三个城市里最主要的建筑特征。行驶在公路上，你会发现房屋的颜色与戈壁的颜色很接近，于是很快就会失去欣赏的兴致。但是视线在这里却可以无拘无束地延伸。一望无际的天空上漂浮着巨大而且层次分明的白云，远处雄伟群山是视线唯一的屏障，无尽的戈壁随机点缀着矮小茂盛的灌木丛。即便进入了“市区”，你仍然会有一种身处戈壁的感觉——低矮的建筑、统一的颜色、矮小的灌木根本没办法让你明显地将郊区和市区区分开来。

第一天D陪我去了一趟沃尔玛，第二天寝室同学开车载我又去了一次沃尔玛。两次采购都是满载而归，不过只是解决了日常生活中的部分问题。虽然20多个小时没有好好睡觉再加上时差使得我有些精疲力尽了，但我还是坚持把行李箱都整理好后再睡觉。第二天上午我吃了第一顿完全西化的早餐——两片烤面包(吐司)，一片涂上蓝莓酱，一片涂上花生酱，再加上热牛奶泡燕麦圈。第一天吃的感觉还是不错的，连续吃了一周后，感觉还是有点太甜了，所以我趁着去中国超市购物的机会买了几包榨菜，准备作为早餐来调节口味。因为时差问题，第二天早上吃完早饭还是很困(我早上4点钟起来的)，等再睡醒之后已经是下午1点了(吓了自己一跳)。起床后，我把房间打扫了一下，累得够呛(还好有吸尘器，地毯收拾起来倒不麻烦)。晚上我决定逛逛校园，顺便熟悉一下路，结果忘记了晚上是最不好找路的了，看不见地图不说，连个人影都看不到。我骑着借来的自行车漫无目的地在学校里乱闯，最后迷了路。本来听D说这里很少有云彩，下雨更是很少。可在学校不远处的大空中竟不时地出现闪电，不过可能是因为太远的缘故，完全没有听见任何声音。当时的感觉就是月黑风高，远处公路上往来的车灯显得校园格外阴森，时不时出现在天际的闪电更是加入了不少惊悚元素。我虽然并不害怕，可也不再轻松了。我努力寻找熟悉的道路，可是想想其实我哪里都不熟悉；路边的地图在黑暗中也根本看不清楚，干脆绕圈子找人。一开始差点去了警察局，后来想想别被误会是投案自首的，还是决定找人问路。最后终于找到一个叫史蒂文(Steven)的人(后来才知道，介绍姓名是这里的习俗)，而当他发现即使给我指了路我也找不到之后，就热情地骑着自行车将我引到了目的地。等我到了寝室才发现已经夜里11点了。

第三天参加了聚会，这个聚会是一次很随意的系里同学的聚餐，大家各自带着自己做的食物到某个人的家里聚会。因为我是新生，可以不带吃的东西。本以为这是一个很好的机会去认识系里的人，结果经历过这次聚会我才第一次感受到留学的挑战。

除了和我一同坐车的Z、F是中国人，以及来自马来西亚的D和来自韩国的S以外，其他都是美国人。韩国人S已经在美国待了九年，似乎和美国人很能聊到一起。而我简单介绍了自己以后，就坐在一旁静静倾听。一方面是有些地方听不懂，另一方面就是当他们探讨电影、美国各州的风俗习惯的时候，我完全无法插嘴。在中国，我只会因为没有兴趣才作壁上观，可是这一次我是真的无从下手了。在美国留学，对于不同的人来说挑战是不同的。有些人是来玩儿的，是来花钱的，那么对他们来说只要英语不是太烂，生活上就不会有什么不适应的。但是，我是来求学的，我希望和他人建立起能够合作的人际关系，需要互相了解，多多学习，因此语言、文化背景就成为留学后最大的挑战。在聚会上，我一直告诉自己别看XX现在闹得欢，以后上课的时候我一定会展现出我的优势的。但是目前自己只能偶尔和美国学生说几句话，很快就无话可说，无法通过这种社交场合迅速建立起作为未来合作基础的人际关系，这种局面还是很让人沮丧的。聚会上欢声笑语、觥筹交错，但是我却在忍受一种交际挫败的感觉。比我高一个年级、也是从北大来的同学似乎看出了我的沮丧，安慰我说时间长了就好了。我看得出他也在努力地加入美国人的交往圈，但是很吃力。他说的英语音调很古怪，在玩游戏的时候把所有人都给逗笑了。本来和他一起逛超市知道他是个挺严肃的人，但在这种场合却要表现出很滑稽、毫不介意被取笑的样子，感觉出中国留学生在这里奋斗的确不易。F 有了男朋友，是在网上认识的。她本来并不爱说话，但是因为男朋友是纽约人，所以会经常加入到一些谈话当中。我是唯一的新生，和他们更是很难找到共同语言。最后和一个硕士研究生探讨他所做的 Sexuality（性别研究）。他说一个电影是他对这个课题感兴趣的最重要原因，我没看过那个电影，连名字都没听太懂。在接下来的对话中，有很多地方不是很明白，还得装明白，实在是有些痛苦。语言交流、文化背景差异成了我到美国后意识到的第一个挑战。我过去在中国具有的相对优势，在这里都不再明显；即便是思想和知识面上的些许优势在这里也被缩小，更何况语言上的障碍使得我的表达又打了折扣。以后一方面要努力攻克语言上的障碍，另一方面要在和他们共同学习的过程中，在相同的学习内容上超过他们。简单地说，这真的是要从零做起。

第四天，早上很早我就再也睡不着了。昨晚聚会的郁闷让我久久不能释怀。我辗转反侧，思考自己如何才能说出更准确、更地道的英语；如何寻找共同语言；如何举办这样的聚会，该怎么设置游戏，该怎么和别人交流，我还思考如何在课堂上找回自己的位置。趁着要出远门之前，我早上 6 点就出门逛校园。为此我带上了地图和手机，准备把上教学楼、研究生院以及食堂的路况弄清楚。我发现学校并不大，骑自行车从南端走到北端不到 10 分钟，而宿舍距心理系的教学楼（我有一个和其他两个人共享的办公室）只有 5 分钟的路程。研究生院虽然稍微远了一点，也只有 7 分钟的路程。我决定过一段时间买一辆自行车。虽然周围的人大多买了车，但是我并不觉得买车是必要的。去校外的地方的确除了自己开车外没别的好办法，但是我并不需要经常去，很多人可以载我，因此决定暂时将学车和买车放在计划外。

中午 11 点我和韩国人 S、中国人 Z 以及 Y 一起自驾游，旅游的目的地是阿尔布开克（Albuquerque）和著名古城圣塔菲。当然了，每个人的目的不太相同。S 的目的是为了到这两个城市的购物中心（Mall）购物，Z 的目的是给亲戚带一些礼物，而 Y 主要目的就是购物加旅游。而我则对什么都感到新鲜，都想看一看。这次旅行正好弥补了我没有毕业旅行的缺失，而且还有免费的导游，也算不错了。第一天 S 领我们去了一家她认为在阿尔布开克最好的韩餐馆。我选了一个什么 Kuocai，结果就是烤牛肉加粉条，另外两个中国人吃了经典的石锅拌饭。S 是个特别强势、并且总是在不停说话的女人。从她已经 30

岁尚且未婚，独自在美国生活9年，而且喜欢养猫这几点看，应该是个性很强的女人。虽然不太了解她的学术能力到底有多强，可是我实在无法忍受一个叽叽喳喳的女人。她还特别在意别人谈论韩国，对于"种族问题"极其敏感，好像只要别人说她是韩国人就是对她有歧视似的。虽然她特别擅长计划旅行，但是她不停地说一些自己的小事情，时不时地谈起种族问题，还是让人很郁闷的。

整个旅程还是有很大收获的。我参观了阿尔布开克一个较大的教堂和一个美国最古老的教堂。这是我第一次参观真正的基督教教堂。教堂是一个让人不得不肃然起敬的地方，庄严肃穆，容不得丝毫的轻浮。教堂提供了一个适合反省的场所，向崇高的上帝和神父来忏悔倾诉。我以前会找一些安静的地方发泄内心的愤怒和对自己的不满，当时如果有个类似教堂这样的地方就好了，甚至连朋友都可以省掉了。

可惜另两位女士的关注点主要是购物，所以我们并没有在街区和教堂停留很长时间。在当地吃了粤式早茶作为午餐后，在阿尔布开克的街区逛了几个小时，晚上前往当地著名的桑迪亚峰(Sandia Peak)参观。据说桑迪亚峰有全世界最长的登山缆车，最高处海拔达到3200多米。这大概应该是我登上的最高处了。实际上戈壁附近的山很难看，而且没有高楼的城市在晚上也根本比不上大连的夜景。这座小城并不是一个追求现代化的城市，这里的自然风光也并不秀丽，正因为自然环境并不突出，所以换来了现代社会当中的一片净土。这里的人们更像是躲在一个半干旱的金色池塘里享受着生活。

不过第二天到了圣塔菲可就不同了。听S介绍，圣塔菲是美国富人最愿意购买第二套房产的地方，一方面是这里环境优美，另一方面这里是各种文化聚集地。从历史博物馆中我了解到，新墨西哥州是非主流人士的天堂。当年嬉皮士中的很多人都来到新墨西哥州寻找自己理想的生活。而航天中心和原子弹制

造基地也使这里成为开发较少(“二战”末期这里被列为禁区)但是科技却相当发达的地方。正因为非主流文化在此汇集，这里又成了艺术家的聚集地。整整一条 Canyon Road 都是艺术展览馆，展览馆里有各式各样的艺术品，展览都是免费的，每件作品旁都有标价，从几千美元到几百万美元不等。这里是有钱人挑选家庭艺术装饰品的理想场所。

第五天早上我们以法式早餐作为一天开始。我点一个叫黑森林(Black Forest)的甜点作为早餐。这个甜点是迄今为止我吃过的最甜的西点。而 S 推荐的一杯苦咖啡，也是我喝过的最苦的咖啡(因为太苦，整杯只盛了 1/5 的咖啡)。上午逛完了 Canyon Road 后，中午又以印度餐作为饮食之旅的终结。各种咖喱在我嘴里也没吃出什么区别。

整个下午我成为两位女士购物的义务帮手。Z 给亲戚买礼物花了 1000 多美元。我觉得回国并不一定要给亲戚带礼物吧!

在整个旅游的过程中，我发现 S 会不停地说她喜欢这个，不喜欢那个。这在爸爸眼里简直就是毛病太多了。不过也可以理解，在美国，人人都要有自己的喜好，否则会被看成没有个性；而且这个社会鼓励人们表达自己的个性，也就包括各种喜好，不管有没有道理。韩国人充分地发挥了美国文化对她的影响，对任何事物，都有一个喜欢或不喜欢的清晰判断。在我看来她就是一个典型的消费主义载体——将个性建立在选择和喜好之上，整个生命缺乏反思性的构建。而旁边的 Y 更是直接说自己一辈子的目标就是想要挣钱。虽然她比我年龄大一些，但我感觉她心理年龄好像还处在青春期。

我今天第二次拜见了我的导师大卫(David)。他是一个很开朗、随和的人，和我一样有很多新奇的想法。他问我人生的目标是什么，我说是为了启蒙中国人。他居然说他也有相同的观点(从政治学的角度)。他督促我尽早开始做研究，并且让我尝试将研究生期间课程的学分转过来，这样可以节省时间多做研究。最后他给了我第一项任务，要求我帮助他设计一个简单的研究。看来，我的博士生生活就从今天正式开始了。

在生活方面，吃饭成了一个很大的问题。学校的饮食套餐很贵很不划算。自己做早餐还凑合，但是做午饭和晚饭就比较困难。我准备跟寝室同学好好学习一下如何煮面条、饺子，然后自己做烤肉、烤香肠，再做蔬菜沙拉，准备一份一周的食谱。未来的一个月很关键，就算吃的并不美味，至少要营养全面、均衡。

正如开头所说，我要将自己所要面临的挑战总结成精炼的语句，让自己面对各种问题时有充分的心理准备。在清楚了自己的对手之后才能有的放矢地制订计划，去克服困难。语言的障碍，靠日积月累，靠全面英文化，靠多说多学；交流的障碍，靠课堂的表现，靠背后的努力，靠自己的优势；饮食的困难，靠勤俭节约，靠吃苦精神，靠精打细算。在正式开学之前，我要制订一份系统的英文单词、口语练习计划；制订一个详细的生活计划，包括晚上睡觉、早起、晨练和午休的具体时间。认真对待每一个课堂任务，阅读大量文献，精心准备课堂发言。这就是我目前想到的应该做的事情。

爸爸妈妈不要太过担心，我遇到的问题是每一个留学生都会遇到的问题，而我在适应这些问题方面其实是有优势的。如果这些问题我都解决不了，那我回家算了，就不必再谈什么人生理想了。以前的挑战是考试，从现在开始，生活就是挑战，如果每一天都能顺利度过，每一个任务都能顺利完成，每一句话都能够清楚表达，那对我来说就是胜利。我需要这样的磨炼。

爸爸妈妈保重身体！

儿子

2011.8.10

另：

爸爸可不可以先等一下，这边买电脑便宜，我在这边先看看？

订学校的餐饮费花了683美元，后来同学说这个并不省钱，订小点的套餐就可以了，所以我已经把套餐换了，钱已经退还。

在这里勤俭是需要本事的，因为商品种类繁多，选择太多。我最近正在室友的帮助下制定食谱。

我会努力的。

妈妈注意身体健康。爸爸做身体检查了吗？

我们对这封信很满意

亲爱的儿子：

昨天晚上我和你爸爸一起逐句逐行看你写的七千多字的长信。你这封信写得很好，你爸爸让我转达他的满意。你知道，他不是个容易满足的人，尤其对于你，他似乎总是有更高的要求。不像妈妈，对你几乎做的所有事情都是赞成和欣赏的。但这次，他是真的很满意。

儿子，在7月6日参加完你的北大毕业典礼，和你一起回家，到再次回北京，送你离开中国去美国这段时间里，妈妈的内心一直是焦躁不安的。妈妈有三个夜晚睁着眼睛没有睡觉：第一次是因为拉肚子；第二次是在你爷爷家尿频；第三次就是你走的前夜。我们睡在宾馆，从饭店回来，整理完已经快到十点，你和你爸爸很快有了轻微的鼾声，我却全无睡意，睁着眼睛，感觉着时间的流逝。别人说我是舍不得你走，其实不是，完全不是。我心里明白，我是对你的未来完全没有把握，不知道在去美国的途中会不会有什么意外发生，会不会有什么阻碍你的航程。当一个人对即将发生的事情完全没有任何操控能力、完全没有办法施加任何影响的时候，就会焦虑。当下半夜三点的时候，我知道时间快到了，睁着眼睛等到三点半，叫起你们。这种焦虑一时一刻也没离开我。

但是，到了机场，我的心情好了很多。虽然因为行李超重一公斤被罚款60美元，但当听说经济舱已满，你可以按照经济舱的价格入坐公务舱时，妈妈真的是很高兴，这简直就是上帝在你出发时送你的一个馅饼嘛！那时候，我还没考虑到饮食问题，只是考虑到你可以坐得很舒服。

但想到你到中转站，一个人背着大包，还要双手各拉一个大箱子，过海关会不会遇到为难时，我的心又悬了起来，一直到第二天你爸爸给你打电话，得知你已经到了学校，一切都很正常的时候，妈妈的心才放了下来。一切都按照预期的目标实现了！我跟你爸爸说起我的担忧，他说他也是一样担心的。那些日子我们常常脾气火爆，原来根源都在于心情的焦虑，终于，我们可以不再焦虑了。你的新人生开始了，我的儿子。

如果说从经济舱到公务舱是偶尔的幸运，在看了你发来的寝室照片后，我就更加相信幸运之神将长久地与你相伴。那么大的房子，竟然有三个房间；24小时热水、24小时中央空调；两张大床，真是太不可思议了！你说，这不是幸运是什么？美国真是有很多我们现在还无法理解的规矩。你住的这个房间的老师搬走，同住的另外两个同学中一人可以搬进去。而他们竟然都不搬，留给你这个后来者，真是奇怪！住那么宽敞的房间，又不多拿钱。儿子，你真的是很幸运啊！住宽敞的房间能给人自信的。我和你爸爸说，等我们去了有地方住，我们睡那个大床，你去睡床垫。可以多住些日子，也像那个美国老太太一样，去做徒步旅行，真是一件很让人向往的事情。

关于你参加聚会遇到的问题不要太过着急。你刚到美国，完全不同的文化、成长背景，你怎么可能立即被瞩目。这是与中国完全不同的地方，你在北体大(北京体育大学——编者注)的时候，不也是经过一番努力才有后来的成就吗？在北大也是这样，你不必着急。我倒是建议你，利用这次的背景转换，好好卧薪尝胆地充实自己，后发制人。再说，到美国读博士的，哪个不是城府深深、哪个不骄傲满满、哪个不是荣誉累累呢？当然，正如你在家所说“你儿子是最优秀的”，这点无可置疑。但是，不要急于表现出来。按照你自己的规划，一步一步走，肯定会有不错的结果。你导师说让你把北大的分数拿到美国，这个能做到吗？如果那样，对你倒是有大大的好处啊！

还有很重要的一点，你说那个韩国女孩很重视种族的问题，在美国这个问题一定很敏感。尤其是你在的这个州，有这么多的民族，每个民族都有自己的特色，都认为自己的民族才是世界上最优秀的民族。即使对自己的民族很不喜欢，到了国外，在外国人面前也要为本民族辩护。这个问题你不能掉以轻心。

与大家讨论这个问题的时候，你要慢三拍发言，要对所有的民族表示尊重和认可，这点很重要。越是弱小的民族越是在乎别人对自己的看法，这很自然。我们不要与“自然”作对，大家和谐共聚才是最好的。这点你一定要注意。

儿子，你已经有一个很好的开头，必将有一个更好的未来！按照你自己的规划去做吧，一定会成功的。

对了，你爸爸的手机上被工商银行提示三次，8月10日消费683美元。要你爸爸验证，你知道这笔钱吧。

还要再重复一次妈妈给你的提醒，你晚上自己逛校园的经历妈妈觉得很害怕，如果遇不到人怎么办？

第一：不冒险（不要一个人独自去没去过的地方，别探险，没有价值）。

第二：讲卫生（一个人的房间，收拾得清清爽爽，自己也会有个好心情，别人看着也好，别让人认为中国人没有讲卫生的习惯。改掉过去乱扔东西、不收拾房间的坏习惯）。

第三：爱学习（妈妈很赞成你不买汽车的想法，先将学习搞好，别的事情都不算事情）。

第四：要勤俭（这真是没办法的事情，妈妈很想让你舒舒服服地花钱，但目前看来，即使人民币升值，6∶1的比例也让我们对美元有畏惧，只好勤俭节约了）。

我和你爸爸很好，你不用担心。我现在已经学会退让，不然又能怎样呢？

好了，儿子，别被这些事情干扰，好好学习吧！

妈妈

2011. 8. 12

第二封信

像个美国人

妈妈：

经过三个多星期的文化磨合，我给自己提出了一个新的问题，同时也想给这个问题一个答案。即我究竟应该如何融入一个新的社会文化环境？过去没有思考这个问题是因为在中国接触到美国人的时候，从来没有遇到互相冷漠的情形——毕竟他们是身处异乡，所以总是有意无意地进行积极地沟通。但是当我身处美国的时候，沟通的动力消失了，沟通的障碍就凸显出来了。

在我眼前似乎有两条路：其中一条是努力融入这个社会，获得过去达到的那种心理学称之“达人”的状态。这条道路很吸引我，因为大概已经习惯了自以为是、孤芳自赏的状态。这也是在北大、二十四中养成的一种不良习惯。这基本上是以中国的社会生存法则去要求我在美国的发展。但是我预期这条道路会异常艰辛。语言的障碍非常明显，尤其是当语言和文化的障碍交织在一起的时候。并不是说我的语言能力有问题，毕竟这边的美国人说我没有口音。主要是我讨论问题的习惯方式是专业化的。专业词汇、文化名词(电影名或者美国人自己的生造词)往往会让我“语无伦次”或者“无言以对”。如果想要克服这一点，首先必须像以往一样刻苦地学习英语，同时还要不断参加各种聚会、活动，了解各种关于电影、美国各州的一些基本文化常识。但是这条路有点像吸毒——是一条不归路。可仔细想想，我不是来美国享受生活的，我是来求学、发展事业的。为了追求熟悉的优越感而付出如此大的代价，完全是不明智的。所以我决定选择第二条路，这是在选择放弃重温优越感的臆想之后做出的决定。第二条道路就是用专业去沟通，用成就去获得尊重。

我过去所坚守的生活基本原则、待人接物方式，让我赢得了一定的社会认可，同时也让我失去了一些社会资源，并且在这得失之间我设置了自己独特的人生发展道路。现在也是同样的情况，有的人在灵活的适应当中体验得失，有的人在事后省悟而了解得失，但我希望自己在一切发生之前做出得失选择。这三个星期我参加了四次聚会、三次旅游、n多聚餐。这些活动带给我触动，并且在给自己提出了新问题的同时，也帮助自己做出了选择。至于中间道路的问题，毕竟这四年需要的是效率，所以左右摇摆的原则丝毫不会有积极作用。况且我也不是一个死板、缺乏预见性的人，我会在战略上左倾，在战术上灵活多变，使生活尽可能地平衡。

我现在理解了P老师的感受。其实不能“侃大山”只是融入问题的小小缩影。而且我的感觉是P老师也累了，想要休息了，或者更想为自己的民族做一些事情而不是追求个人的成就。我想在一个不能兼容的文化环境当中生活需要的是“生存意识”，而不是“生活意识”。从压力上来讲，丝毫不比父亲自嘲每天戴着面具上班来得轻松。看来想真正融入美国，只能由我的下一代人来完成。

两星期前我参加了一个来自台湾的教授举办的“教会晚餐”。我看这个“教会晚餐”就是利用“吃人的嘴软”的伎俩来招人入伙。之所以这样形容这个看上去温馨、和睦的晚餐，是因为在我看来，一切都显得太过机械化(可能因为他们是学工程的)，并且主办人欠缺宗教理论素养，在场大部分人缺乏虔诚的对信仰的表达。也有可能正如《菜根谭》里所说的：“有洁必有污为之仇，我不好洁，谁能污我?”整个晚餐先是毫不涉及宗教话题的晚饭，之后开始布道，方式就是讲解《圣经》。遗憾的是，这两个台湾来的工程系教授，实在是缺乏感动人的本领，更准确地说应该是缺乏对自身信仰的认识，对于《圣经》的讲解和自身体验的表达缺乏辩证性和批判性(可能是因为我对宗教的理解大部分都是来源于哲学史里对宗教的探讨)。正因为如此，他们的信仰得不到我的承认，无论是感性上还是理性上。因为他们用“利己”的观点去吸引别人信仰上帝。比如其中一个教授说：“当你失去希望的时候，只要你信仰上帝，接受上帝，上帝就永远不会抛弃你。”“我曾经祈祷希望不要把某个老师安排给我刚上小学的孩子，因为她太过严厉了。结果却正是这个老师负责我的孩子的班级。我一开始有些生气，感觉我的祈祷都白费了。但是现在我明白了，上帝自有他的安排。所以有的时候当你的祈祷没有效果的时候，不要怨恨上帝，上帝自有他的安排。”在我看来，他们对信仰的理解与中国的“命”的观念、各种迷信的浅薄内涵没有本质区别。任何一个人，只要能够找到一个完美的故事(叙事)就能够主宰他们的思想。而且从他们的自述当中不难看出来，他们初来美国有一定的适应问题，语言不通、经济条件也不好，经常会“绝望”。教会在这个关键时刻给他们提供了社会支持，以一种超越他们自我而且寂寞灵魂能够理解的方式接纳了他们，并提供了帮助。这就好像孤独的时候找到的爱情一样，救命稻草一般；就好像在失去理智的情况下看到了新大陆(到处是金矿的幻想)。虽然我也希望有这样一个进行人际交往的环境，但是我实在无法忍受这些在我看来是信仰上的“愚民”的“教化”。我倒是愿意给他们讲讲我对信仰的理解，不过却担心他们意识到自己被“攻击”了，从而失去表面上的宽容的境地。况且吃了他们的饭，再听他们的布道，不免有一种接受施舍的感觉，这种感觉简直是糟糕透顶。

与之相反，另两位以宗教信仰为宗旨而为他人谋福利的美国老年夫妇(Mr. and Mrs. P)则完全不同。到现在为止，我和他们一起出游两次，还到他们家做客，并上了一次语言训练课。这么多次的接触，他们从来没有做出任何希望我信仰基督教的表态，更没有对我“布道”。只是有一次我问P先生年轻的时候是做什么的？为什么热心游历东亚各国并做各种帮助当地人了解美国文化的善事？他说：“在信仰基督教以前，我只想着自己。”他没有再多解释什么，但是这句话的影响力要远远大于台湾人整整一个晚上的说教。虽然我对宗教的理解建立在宗教哲学的理性思考上，而且偏向于认为“善”必然是出自于人类的自性(启蒙运动的思想)而不是神性，但这并不妨碍我被有虔诚信仰的人所感动。我现在的确想的都是自己，但这并不说明我错了，只是我所处的历史、环境的位置决定了我的使命，我所能做到的就是让更多其他的人、让我的后人有机会发觉自己善良的潜质。我和P夫妇一起去了一个“滴泉公园”和“白沙国家公园”。滴泉公园的戈壁并未引起我的共鸣，毕竟我是一个喜欢现代喧嚣城市的年轻人，但白沙沙漠的纯洁还是很有震撼力的。在和P夫妇一起在他们家吃午饭的过程中，我学习了一些美国文化中的基本礼节，比如用餐习惯、约定的一些规范等等。P夫妇在给我上口语课时，还纠正了我一些口音(原来我是w和v不分的)。我非常感激他们，所以把父亲给我的两个西藏转经轮送给了他们。

现在虽然课程不多，但是我必须学会用日历来管理自己的日常安排，否则很有可能忘记某个会议、讨论。我的导师已经开始让我着手进行一个实验，这是个很简单的实验，对他来说就是试一试一个新鲜的想法，对我来说就是了解一下在美国做研究的基本套路。在美国做研究的规范比较多，做一个简单研究，麻烦的是各种手续，所以有很多东西需要学习。另外，我准备在这个学期用功读书，寻找自己的课题并练习写作，同时要有一个完整的研究计划为申请第二个学位做准备。这三个多星期有不少时间花费在认识人、参加聚会、了解当地文化(旅游)上了，所以感觉学习上似乎有些不尽人意。根据我自己的“战略”方针，自此以后，会有意识地大幅度减少社会活动的时间(这意味着说“No”)。我只能用自己的成就来适应美国，美国真不是一个容得下陶渊明的地方。

儿子

2011.8.29

赞同你的规划

儿子：

望眼欲穿，总算看到你的这封信，比正常时间晚到三天。你知道，你不远万里去美国，我们对你的担心是说不完的。担心你是否适应、顺利等。

看到你如此的顺利，妈妈真是百感交集。在妈妈的经历中，听多了20世纪八九十年代出国的人在异国窘迫、无奈的故事。尤其是《北京人在纽约》播出后，那些在地下室捡旧家具、手中无钱、为钱奔忙的情景总在我眼前晃动，真的很怕你也有那样的生活。如今，你物质上终于可以不再担心，住在教工宽敞的宿舍里，条件那么好。妈妈又觉得好得有点过分了，这个大馅饼也太大了。公务舱毕竟是短暂的，可这个宿舍你要住好几年呢！顺利的开头等于成功一半。儿子，妈妈知道还有很多问题，但对这个顺利的开头，你应该感恩。真的，太不容易了。有福也罢、幸运也好，妈妈相信这个美好的开始会给你带来更美好的未来。

你对自己未来的谋划，我很赞同，甚至要敬佩我的儿子会有这么清醒的头脑，为自己制订这么周密的计划。确定自己要的东西，然后目标明确地去实现它。天啊，儿子，你真是太棒了！妈妈在自己的人生中，选择的机会和东西都不太多，我所能做的，就是知道自己不要什么。比如在农村的时候，坚决不在农村找男朋友，坚决不在农村结婚。在上帝给予我机会的时候，我会拼命地不顾一切地抓住机会。有的时候，这种决绝可能会给自己带来不好的结果，因为我们这个世界其实是更适合庸人生存的。但即使如此，还是好的结果要多一些。所以，我走到今天，虽然还不算老，但毕竟已经退休，回首往事，没有因为哪件事情没做而后悔。人们常说，世上没有卖后悔药的。而大多数人都希望能有后悔药，自己重新来过一遍，可以不再走错误的路。可妈妈却没有，我的人生中没有一件事让自己后悔不已。妈妈有时真的很为自己骄傲呢！可青出于蓝而胜于蓝，你给自己树立独特而又可即的目标，将理想变成现实、将希望变成成就握在手里，真的太了不起了！但妈妈看到很多人在成长过程中，远没有你的清醒和自信。我的儿子，你就朝着自己的目标奋进吧。

关于宗教信仰，这实在是个很大的问题，妈妈也讲不好。你说他们因为无知才有了信仰，这是很正常的呀！远古的宗教无论是崇拜祖先抑或是动物或者植物，都是因为不了解、不自由，所以产生了宗教。人总是在最无助的时候希望借助外来的力量，希望有一只无所不在的手帮助自己，这是宗教的起源嘛。

对帮助你的那对老夫妇，妈妈真的很感谢，也很感兴趣。他们除了帮助你熟悉美国、学英语外，也帮助别人吗？他们没有儿女吗？美国的老人可真幸福，不用给儿女们看孩子，不用帮助孩子买房子、还贷款，不用省吃俭用，只享受生活便是。所以，乐于帮助人的人必定是有能力的人。

关于再读一个博士学位的问题，妈妈当然支持你。年轻的时候应该多多汲取知识，就如一个海绵，在年轻的时候让自己丰润。在以后的岁月里才能绵绵不断地释放出知识的能量。你现在这么年轻，努力学习，将来的收获一定很大。

你去美国不到一个月，收获已经不小。不用太悲观，融入美国的问题不必着急，就如在北体大(北京体育大学简称——编者注)一样，开始你也很悲观啊！虽然问题不一样，但本质是相同的。在一个新的环境下，有些恐惧惶惑也是很正常的。记得你在家的时候，妈妈问你对未来全新的生活，是向往、恐惧还是淡定？你几乎没有思考就回答我："淡定"。

所以，淡定地面对今后的日子吧！不必考虑那么多的得与失，努力学习，多发文章，建立起自己的影响，假以时日，用"硬件"来证明自己，一切都会好起来。闷头做事就是了。

就写这些。

妈妈

2011.9.1

第三封信

想 要 出 色

妈妈：

留学的第一个月还是很顺利的。从坐飞机升舱这个好兆头开始，生活上一切都很顺利。我的房间相当大，比家里的主卧还要大，一个人用两个房间，因为家具很少，所以房间里显得空荡荡的。最让人感到方便的是有自己独立的洗衣房。洗衣服变成"傻瓜"一站式流水作业，人要做的就是将衣服分类、倒入洗涤液、扔进衣服，之后的一切——搅拌、甩干、烘干，都让时间来解决了。大概是这边的生活习惯，什么都是香喷喷的：衣服烘干后是香喷喷的，盥洗室出来后整个人都香喷喷的，坐在会议室里周围的人也都香喷喷的。每周五固定的聚会，参加了几次之后得出结论是——我以后可以不去了，因为知道那么多办公室八卦实在是无聊。拉斯克鲁塞斯(Las Cruces)周围有名的景点都逛过了，照片留下，印象倒是没什么。邻居(虽然在一个公寓里，但是距离实在是有点远)也都很亲切，基本上我来之前厨房里该有的都已经有了，我很有些"占便宜"之嫌，大家也尽量共享一些生活用品，气氛非常和谐。

当然，最让我在意的还是"学习"上的顺利。第一次和导师见面后，导师就让我独立做一个他设计的研究。之后每次和导师聊天，越聊越发现我俩有很多共同的兴趣：历史、音乐、哲学、方法论(基本上现在每一堂社会心理学课都是关于方法论的，从波普的证伪理论，到统计学上的 p 值、置信区间问题，再从社会心理学与人格心理学之争，再到心理学研究机制。每次和导师聊天，我必须确认我的日程表在此之后的三个小时内是没有安排的。以前我总以为自己已经是"术业有专攻"了，在某些方面是有发言权的，不过现在好像这个信念有点动摇了。当然我没有放弃，每堂课我都会和导师辩论一下，每当他针砭学术界、方法论上的时弊，我就拿自己以前对这些现象的理解与他争论。

作为一个英语非母语、出生地非本土的留学生，凡事都要付出至少双倍努力。统计课上的知识内容基本上我都明白，毕竟浸淫了几年，但是因为语言上的问题(统计老师是英国人)，我的反应总是不能让自己感到满意，也许是我强迫自己总是第一个给出答案。记得有一次，老师随意问怎么解释一个方程的意义，当时我记得自己说了一种这个地球上没人听得懂的语言(用英语解释一个连中文解释都很拗口的东西实在是力不从心)。说完之后，我自己差点笑出声来，老师愣在了台上。当时的我肯定满脸通红，因为我下意识地转过了头，把头直接转向旁边一个同学说："My goodness, what did I just say?"(上帝啊！我都说了些什么)当时旁边的女生真的是非常和善，说了句："That's OK"。之后在我刚要振作起来的时候，她"噗嗤"地笑了出来。我的第一反应还是很快的，立刻决定表现出一本正经、若无其事的样子(相当擅长的防御机制)。

所以想要在课堂上表现出色，不仅仅是知识要明白，更重要的一点是要能够表达清楚，否则适得其反，而且你只好主动说："You have no idea what I am talking about, right?"(你根本不知道我在说什么，是吧?)。我记得和导师争论哲学问题的时候，多少次和导师"脉脉不得语"，那种洪水般汹涌的激情被堵在嘴上，然后被导师用小小乒乓球拍一拍子打回去的感觉，相当令人挫败。

这里的图书馆从周一到周四一直开到晚上十二点，可惜我一直没能像本科时那样坚守到最后，不过过了今晚我决定挑战一下自己。毕竟手里头这几本大部头的书看得有些太慢了。

现在是凌晨一点，之所以从床上爬起来写下这些文字，就是因为错误地突发奇想在睡觉前听歌。先是听了的《老男孩》《爱在哪里》。本来应该"sleep like a baby"(睡得像婴儿一样甜)，但是怎么听了这些陈词滥调的歌曲后，反而被一股莫名其妙的冲动打破宁静了呢？一幅幅画面就像是失控的幻灯片一样在脑海里不停地乱闪。既有过去留下深刻印象的情景，也有潜意识中希望发生的景象。最不可思议的是，头脑中闪现的情景居然比过去的记忆还要真实、生动，以至于变成了一种强烈的、充满激情的冲动，形成了对当前现实强有力的批判，让人难以自已。

最终，理性战胜了一切。我坐了起来，想起过去也有过类似的经历，所以安慰自己没必要慌张。记得就在等待保送消息的那段时间，我有过类似经历——在错误的时间听了错误的歌曲(之后很长一段时间我和MP3保持距离)。

过去接受不了这种感觉是因为这很容易解释成对现状的不满。而在我看来，埋怨现实不是理智的事情，所以就是错误的事情。所以我坐起来努力想出一个“解释”，来诠释一下这个事情当下的意义。

真正让我镇静下来的就是我得出一个结论：希望是年轻人的专利(google了一下，无论是中英文，都没有一模一样的话语，倒是有反着说的)。

我的目标可能需要很久去实现，甚至可能实现不了。对于我这个人生阶段，从埃里克森的发展理论来讲，我在25岁之前的主要需求是亲密感。很明显我没有很好地完成这个任务，所以必然经历心理上的各种不满。但是这种心理上的不满并不应该影响我不计后果的继续努力，相反这种不满只是一种选择的代价。毕竟我才25岁，我还有可能实现自己的想法，心理上的问题不算是什么大问题。在这边接触了很多希望传播福音的人士，越发认识到信仰对于一个人来说是必不可少、如此重要的。虽然被一位善良的老人批评说“太过自我”，但是任何一种信仰都是一种局限，这种局限的好处是减少困惑、提高效率，代价就是放弃了多样性的发展。有得必有失，患得患失是没有结果的。

从今往后，除了不再在睡觉前听歌以外，更坚定自己选择的道路，用自己的“专利”支撑自己，做好手里的每一件事情。

谨以此文与各位正在生活、事业上奋斗的好友共勉！

凌晨两点，睡了。

P.S. 这篇文章就算作今天的写作任务了。

儿子

2011.9.13

第四封信

自信，不需要理由

妈妈：

因为有一个能够整合自己以往想法、并且越来越贴近自己真正感兴趣的话题的“宏大理论”在头脑中逐渐成形，所以我把精力投入到阅读相关书籍，以期尽早提出研究计划中来，以至于我忘了写两周一封的家书了。虽然师兄师姐都说自己在第一年的时候基本上没做什么事情，但是我感觉四年时间并没有看上去那么长，毕竟不是修完学分、完成作业那么简单的，要为将来几十年的职业生涯做准备，很多工作的积累、完成周期都很长，心里一方面希望自己脚踏实地积累——无论是知识上的还是精神上的，另一方面，在看到周围很多人纷纷开始着手研究计划时，又希望自己尽快开始做出一些对将来有用的成果来，在这两种渴望的挣扎中，时间过得非常快。

除了每周五和寝室同学去超市买东西以外，我的生活基本上局限在宿舍、图书馆和办公室之间。每天上完课，回寝室做饭，吃完饭到图书馆，到晚上再回到寝室做饭，之后再到图书馆，晚上根据需要在9~12点之间回到寝室。有的时候一周的时间里除了上课，基本上见不到什么人，甚至连寝室里的两个同学都很少碰面。所以我在上一周请帮了我很多忙的师兄吃了一顿饭(他推荐了一个中国自助餐厅，海鲜不错)。这一周准备请宿舍两个同学吃饭，毕竟他们帮了我很多，况且很多家用电器都是他们买的，这使得我初期的花销大大减少。我在其他同学那了解了一下，如果买新的微波炉、电冰箱、洗衣机、厨房用具、电饭锅等，那会是一笔不小的开支，更不要说我这里现成的衣柜(一般的寝室根本没有)和书架(都是镶嵌在建筑当中的)了。

爸爸妈妈可能觉得我是有些不适应，或者对美国产生了的排斥情绪。之前我也说过，想要在这里找到过去的那种优越感，经过一段时间才发现虽然这是有可能的，但是如果想要达到这一点却需要付出极大的代价。这个代价就是要努力攻克语言的屏障，融入到当地的文化中。这些对我的事业而言，并没有多大的价值。更何况，在美国，一个强调大众民主文化的社会，人们都对那些表现出自我优越感的人有强烈的反感，同时每一个人都不会在别人面前以“真诚”的方式表现出自己的不足，更不会表现出对别人的敬佩、仰慕、羡慕、嫉妒等种种对自尊有所伤害的情感。在这种情况下，我以前通过炫耀理想、形而上知识来获得优越感的行为方式就完全没有市场(在同学当中，没谁觉得哲学高人一等的)。就算当我跟别人探讨自己的理想、自己对社会、个人的一些深刻理解的时候，美国人的反应只会是：“有意思”“你很有想法”“我是这么想的……”。但是在他们的眼神中看不到他们对这种差距的认可。我发现，我所了解的几个美国学生，虽然他们可能在知识上与我的差距和我在中国与其他人是一样的，但是在自信、个性的包装下，每个人都表现得好像这种差距完全不存在。

在与美国人交流的过程中我发现，无论对什么样的问题，他们总是有自己的观点的，而且他们从不会对我习惯于将问题深化的态度产生不适应的感觉(相比较于在中国)。这方面，让我印象深刻的对话有三次：一次是与美国老年夫妇探讨关于奥巴马财政方针的问题；另一次是与麦特(Matt)探讨关于中国人不习惯女性收入比男性多的传统问题；最后一次是与一位将近40岁的博士讨论中国计划生育的问题。最有趣的是关于计划生育的讨论。这位博士在没有搞清楚到底是谁提出计划生育的情况下，就将计划生育说成是政府通过计划生育来限制农民的力量，减少农民的数量。当我再次向他澄清中国的现状是城市人受计划生育影响更大，而农村人反而受到影响相对较小的时候(城市人只生一个，甚至不生育)，他还是将信将疑。总之，在这里说服一个人不是靠气场能够解决的问题了，因为每个人都有其自圆其说的理论，也有自己像模像样的“依据”，不管是从哪里来的，每个人都对自己的理解深信不疑。我还记得这个40多岁的美国博士对我说：“你真应该了解一下你们自己的历史。”我当时真是完全无语。

爸爸妈妈担心我会因为没有女朋友而苦恼。首先我第一反应是，“烦恼”是没有的。我不知道爸爸当年与妈妈恋爱有多么的纯粹，但我相信爸爸追求妈妈的原因当中，生理上的驱动是很重要的一个原因(爸爸喜欢锻炼身体是一个间接证据)。但是正如我跟父母提到的文化进化论中的观点那样，在我所掌握的信息当中，有一部分强调人性超越动物本性的可贵性，而且我将恋爱、婚姻视作事业的障碍。在这些信息的影响下，我和爸爸的选择就有所不同。所以爸爸妈妈不必担心我在“孤独、寂寞”方面的问题，因为我从来就没有过这些问题。如果出现这些问题，对我来说反倒是试金石——克服这些障碍也能证明我的能力。这对我来说也是一个激励因素：我必须走出这里，见识真正的美国精英。

现在的计划就是将手里的五本大书尽快读完，完成自己理论上的建构，并且在阅读的过程中积累实验想法。一旦结束这个准备过程，我会立刻投入到实际研究当中。第一年是一定要有研究的，这样才能在第二年开始申请参加会议。

身边的中国学生的素质的确是无法认可，再加上他们又沾染了美国个人主义当中不好的那些习惯。

爸爸妈妈注意身体健康。

儿子

2011.9.18

一个有故事的地方

亲爱的儿子：

周一看到你的来信。没想到你这么快就迅速融入学习环境中，对美国的好奇心也暂时收了起来。我想，即使像我和你爸爸这个年龄，要在这么短时间内适应一个全新的环境，大概也很难做到。

与我们不同，在你看来，美国也不过是换个地方读书而已，而这个地方各个国家的人都有，价值观、思维方式与我们略有不同而已。但在我们看来，那是一个全新的、我们只能在电视、书本里看到的世界。如果我们到美国了，会探究很多事情。而你，竟然在一个多月里，就完全回到自己的内心世界，回到你的学习上了。

对你不再参加中国人举办的聚会，我和你爸爸是稍有异议的。你刚去的时候，很多人热情地邀请你参加聚会，尤其是带你旅游的韩国女孩，无论你心里怎么想，无论你觉得她和你如何格格不入，偶尔去参加一次，也未尝不可。那样决绝、坚定地拒绝，人家会有看法的。我知道你不在乎别人怎么看。其实，妈妈简直是没有资格批评你，妈妈也是这么一个人，从来不在乎别人背后的议论，你爸爸更是这样，除了家乡那几个发小，他连个朋友都没有。你真是继承了我们的基因，才会如此的。我知道你比我们做得要好得多，与身边的人关系处得都很好。可是，太突兀了显得没修养，还是温和一点好啊。你说呢？

你与美国人之间的不和谐，其实是很正常的。我想，美国人对我们是有误会的，但你不必过于着急。这点我相信你说的，用实力说话，比什么都重要。

年轻的时候可能真的不需要朋友，只需要自己勇往直前就行了，可老了，妈妈发现人还是要有朋友的，当然不必多，知心的几个就好。

妈妈很赞成你对学业的分析，也欣赏你对学业的执著。将北体大的劲头重新迸发出来，从零点出发，儿子，你一定会有大作为。

妈妈

2011.9.22

不要放弃

儿子：

你以沉默来对待我们。昨天，在网上看到你的QQ在闪动，我赶紧打开，你却关闭了。对于我们，除了回答我的问题，你没有什么要说的吗？

你爸爸与你对话的那天晚上，我和你爸爸做了几乎相同的梦。他梦到的是和同事出去，结果人家都走了，将他丢下了。我梦到的是我很喜欢的一个包包丢了，到处找不到。醒来后，我们发现那只是一场梦。其实，他没有被丢下，我的宝贝也没丢失。我们的梦反映了一个同样的心态，儿子，你说那是不是对你的担忧？好在，只是一场梦。但愿你那种心态也只是一场梦，一个冲动而已。事情过后，你会如本科时候一样，审视自己的内心，然后做出正确的决定。

好，来说你现在的问题，你说的话别人不懂。这有什么，你才去两个月。

不懂和不会说是两回事。美国博士呀！不付出努力行吗？乔布斯才去世，他有很多经典的话，他说："我认为，如果你做了某件事而成果还不错，那么你就应该试着去做其他更好的事情，而不要长时间沉迷于现有成绩。要搞清楚接下来该做什么。"儿子，你现在不能沉迷于过去的夸夸其谈。中国学术环境的粗糙和深不可测你不是没有体会呀！就拿你的文章被杂志评价很好却不给发表一事来说，就可窥见一斑。

遇到困难就后退，这不是我儿子的风格。儿子，在寂寞中奋起，这才是你的风格呀！

乔布斯在说服百事可乐高管加盟时说："你究竟是想一辈子卖糖水，还是想获得改变世界的机遇。"儿子，你已经获得改变自己和世界的机遇，不要放弃！否则你会后悔一辈子。妈妈所在公司曾经有一个副总Z，曾经在中国驻美国大使馆做二秘，他以为回国能当更大的官，便与要留在美国的妻子离了婚，决然回国。他出国前曾是一大学团委书记。回国后，发现位置被别人占了。后来到处混，现在已不知所终。你不能犯这种低级错误。

还记得吗？你出国前，妈妈问你，对未来是向往、恐惧，还是淡定？你回答说是淡定。我说美国博士不好读。你让我相信，你儿子是最优秀的。当时的样子和声音还历历在目，你怎么就要向命运妥协、退缩呢？

还有很多话，一时想不起来，想起来再给你写。你不愿写信，妈妈给你写吧！

快乐起来、振作起来、努力向前，恢复到以前的王宝玉。

妈妈

2011. 10. 8

第五封信

美式幽默

妈妈：

这是一封来得太迟的家书。我也在试图弄清楚为什么我现在对于写信这件事情如此的怠惰。也许是每次到周末，我想做、需要做的事情总是很多，我也更希望能够“活在当下”而不是反思，所以总是有意无意地忘记总结自己的生活，忘记和父母去交流。在这边的日子，目标是明确的，生活中的每一个部分都有挑战：比如坚持让自己用英语思维，不会的单词随时查字典，每次和人打招呼如何做到自然、得体(这个方面到现在仍然不能让人满意)。

也许我对自己不写信这事的解释在父母看来是矫揉造作。但我只能说，这边的生活让我明白了一些美国人的习惯，也让我明白了当下的状态。在这边，人们要么是忙着自己的事业，要么是忙着享受生活，无论何时，“当下”的事情总是最重要的，对于每个人来说能够做好当下的事情就已经足够了。这也是美国哲学没有欧洲哲学发达的一个原因。每个人都在挑战自己能力的极限：对用自己所有的钱上大学的人每天都有省钱的任务；毕业的压力如此巨大，每个人不可能像在中国那样轻松；每次下课、放假之后，娱乐的方式又是如此丰富(party 每天有，活动到处是，就连志愿者活动也是铺天盖地)，每多花一分钱的效果都是如此的明显，所以你没有必要去反思、思考，只管去享受娱乐的时光就好。而且就我所了解到的情况，这里还不是最典型的美国，因为这里的压力真的算是最小的了，还是能看到同学们坐在一起闲聊。如果在纽约、加州这些学业压力更大、生活更加丰富的地方，我说的情况只会更加严重。我大概也受到了这种文化的影响，习惯于“活在当下”。

这就是做学问的好处。一旦明白自己所受到的文化影响，就有了克服文化影响的主动权。我到目前的成就，很大一部分就来自于对生活的反思。所以，最近几天，我开始刻意重拾反思的习惯，记录生活当中的感悟，总结些许生活背后的故事(story behind life)。其中，最重要的也许就是重新坐在桌子前，用中文，慢慢地、静静地给父母写一封信。

这一周是如此的跌宕起伏，还好最终的结局是好的。我的便秘基本上让我两个晚上没有睡着觉。因为便秘的缘故，我的膀胱受到了压迫(医生的说法)，使得我总是有虚假的尿意。有两个晚上我基本上就是坐在马桶上看着历史书度过的。而让整个事情更有戏剧化的是，这个周五我的硕士资格考试(其实就是报告我的硕士论文)。我是在上周提交的申请，一开始并没有想太多，只是觉得这应该不是什么大的事情，毕竟我对自己的硕士论文烂熟于胸，而且又不惧怕上台报告。但是后来才知道，这是心理系第一次在全系面前以报告的形式来进行硕士资格考试。和我同届的其他几个已经有硕士学位的学生都决定下个学期再进行考试，当我和他们交流的时候，他们都很佩服我的勇气。我这时候才发现自己犯了个无知又无畏的错误。不过从结果来看，并不是我欠考虑，而是其他人多虑了，考试的标准降低了的。我在报告中准备了很多西式笑话，整个报告过程是在笑声中度过的。

我用一周的时间来准备这个报告。但是不巧的是，就在这一周便秘变得格外严重。结果，这一周里经常发生的一件事情就是，我拿着自己的讲稿上厕所，而且一待就是一个多小时。我去看了医生，医生第一次开了温和的药，但效果不明显；第二次给我做了个尿检，没有发现感染，于是给我开了个效果猛烈的排泄药。接下来的两天如同生活在地狱里。具体情况父母可能也应该清楚，我就不说了(脱水、虚弱、臀部因为坐在马桶上的时间太长而过敏了)。但是我的性格是，困难越大，我越兴奋；越是感到有人阻挠我，我越是有动力。这一周我去了四次 Writing Center(学习帮助写作的一个地方)去征求意见，尤其是自己的表达和准备的笑话。我觉得在中国必然是冷笑话的东西，在这里就成了“热”的了。比如“相关不是因果”这句心理统计上的常用语，我把它套用在香烟广告上，现场效果相当不错。再比如，我觉得需要是有点背景知识的人才能明白的一个类比，这里居然没有任何人有理解上的困难。因为报告是在下午，但我刻意开场说：早上好，目的是说明这样一个问题：我因为语言上的不足，可能在某些时候无法让听众充分理解。但是我希望听众们能在即便当他们不明白我说什么的时候，不会因为听不懂而觉得是我自己不明白。而在美国是下午的时候，北京则是上午，所以我是以北京时间来和各位打招呼。也就是说，即便你们会觉得我可能犯了个错误，其实我很清楚自己在做什么。我记得我为了确保这个“开场”方式能够得到理解，找了几个美国同学作参考，也和写作咨询师进行了沟通。他们都觉得我的开场方式非常好，既幽默，又很清楚地表达了我的意思，是个非常巧妙的例子。看来美国的确喜欢这种类似脑筋急转弯似的幽默。不得不说，被人理解了之后，要比不被人理解更让人感到骄傲。美国人很习惯讽刺的笑话，也很习惯这种抽象的类比，这与中国是完全不同的。我想，如果我在中国以这种方式开场，效果一定不好，即便明白了的人也会觉得我有些“花里胡哨”“喧宾夺主”。

还有一件令我印象非常深刻的事情。记得在报告结束的时候，我还有些犹豫是否要加上“我想改变中国文化”这句话，毕竟这句话显得“野心太大”。我征求了写作咨询师的意见。当时我的写作咨询师是一位英语系的教授，当我问他这句话是不是显得“野心太大”而会给人不好的感觉的时候，他说：如果一个人不想改变世界，那么他读博士还有什么意义呢？（What’s the point of learning a Ph. D if you do not want to set out to change the world?）我决定在结尾的时候加上这句“野心太大”的话来解释我对文化心理学的热情，而且也把写作咨询师的一席话加入到了我的结语当中。记得当时第一次听到这句话的时候，对于我这个爱说大话的人来说，心中着实激动了一把。但是我知道，这绝对不是说我应该多说“大话”，而只是再一次证实了我所走的道路就是一条要实现大理想的道路，没有任何理由放弃或者屈就。我曾经无数次怀疑过，在体育大学、在北京大学、在这里，是否自己已经错过了实现大理想的机会。现在我知道自己过去的失败给当下带来的困难，但是我有理由相信我没有理由放弃。

报告结束后的当晚我的导师给我打电话，恭喜我顺利通过了“考试”，这应该算是意料当中的事情。不过考虑到这一周的特殊情况，我还是有理由为自己感到骄傲的。这应该算是我在美国的“第一枪”，从我自己的角度来说，这一枪的效果应该是不错的。在演讲结束的晚上，我收到了两封邮件，都认为我的报告很成功。导师在告诉我结果的时候，也认为我的报告很成功，而且立即决定下周约个时间谈谈未来的研究计划（结束了我的资格考试意味着我要开始自己的综合考试了）。

这一周里的其他事情我基本上都不记得了，到现在，我还沉浸在报告结束后的那种轻松、愉悦的感觉当中。这几个星期有一个问题一直萦绕在我的脑海当中：我人生中很大一个讽刺是，我的很多特质（价值观、优点）都说明我适合做政客，但是我却做了一个科学家（这个笑话我没写在报告当中）。

前几周的事情可能有：我去美国老年夫妇的家中吃晚饭；参加了一个大型的农业集市（美国农民真是会自娱自乐，还给牛、羊、鸡、鸭办选美）；新电脑来了但是我准备退回去（因为有些质量问题）。

至于我和爸爸的争论，我觉得应当存而不论。毕竟对于这四年里应该实现怎样的目标，我们之间还是有共识的。在这个事情上，没有理由因为形而上的东西破坏当下更重要的任务进程。

以后我会每周六写信（因为在这边人们都习惯在周五晚上搞活动），爸爸妈妈应该在周日看到我的信。

祝身体健康！

儿子

2011.10.16

允许野心存在

儿子：

你的信让妈妈如释重负。存而不论，我同意。我相信，时间会让我们取得完全一致的看法和行动。

先说两件具体的事情：第一，治疗便秘偏方。用开水冲红糖水喝，会很快畅通。马腾的儿子便秘，到医院去看，医生传授此偏方，特别好用。你也可以一试。偏方有时很好用，别不相信，反正也不复杂。

第二，从照片上看你的寝室很乱，尤其是厨房和洗手间，一个人用，地方大，东西乱扔，就更显得乱。要尽量收拾得整齐、干净，自己也觉得清爽，别人看着也舒服。稍稍的劳动，其实也是一种休息——大脑的积极休息。

写信这件事让你精疲力竭，是我们没想到的。现实的美国人活在当下，但偶尔总应该想想人的前世今生吧？看美国的电影，多么有危机感啊，几乎总是在想人类的未来会怎样，世界会怎样。前几天，我和你爸爸看了一场电影《永无止境》。这部电影幻想的能力真是太强了：因为人类的大脑仅仅开发了一小部分，所以有人制造了一种药，吃了这种药以后，人类大脑得到百分百的开发。这种人，你能想象吗？都如打了鸡血一样，能力超强，所有曾经读过的书、做过的事情都会清晰地想起来，人变成了神。太可怕了！如果那样，这个世界真不知道又要被人类折腾成什么样子了。看美国电影的最大享受是，它总能给你新奇瑰丽的想象。

无论如何，抽出一段时间，坐在桌前，静静地、用中文，想想你过去的两周，给父母做一个汇报，都是应该的。所以，这也可以算作你对我们做出的承诺。承诺了就要办到。爸爸妈妈会在预定的时间里接收你的信，如果有事情，要事先通知我们，让我们有心理准备，不要让我们白等。

看到你做报告很成功，而且报告以幽默征服了美国人和其他国家的人，妈妈真是太佩服我的儿子了！我坚决做你的粉丝。不用挑逗、下流的方式就能让人会心一笑，还是理论文章啊，儿子，你真是太牛了。

只能说妈妈的水平低，看了你的信，妈妈也无法理解你的西式幽默。你在下午的时候说早上好，我可以理解为你在搞怪，但美国人却能理解你的幽默。我们真的很羡慕你，与懂你的人在一起生活，这真是大大的幸运啊。

你的报告很成功，似乎是顺理成章之事。你对你的论文烂熟于胸，这我们是知道的，另外你是善于表达的，这很重要。我想，你应该摆脱，至少部分摆脱因与美国人讲话而感到别扭的不适感了吧？真好，妈妈好替你高兴。

对你的大理想，妈妈还不能理解。对你的大野心，妈妈也知道很难实现。但是，正如写作咨询师所说，没有野心，读博士干什么？允许野心的存在，想来这也是美国发达的重要原因之一。总之，现在我们越来越明白，一个社会要发展，没有好的、宽松的人文环境是不可能的。

有一个好的、负责任的导师是你的幸运，一定要和导师搞好关系。这个问题对你至关重要。妈妈相信我的儿子在这方面是没有问题的，是比你的爸爸妈妈要强的。

你对美国农民给牛、羊、鸡、鸭办选美，觉得好玩。妈妈却是很感动。什么叫活得有尊严，这就是有尊严。无论做什么都有乐趣、有尊严，这才是真正的以人为本。

很想你，很爱你。

妈妈

2011. 10. 24

第六封信

平原期的困惑

妈妈：

最近在接受写作训练，感觉其效果已经不仅仅局限于英文写作了，甚至对我的中文写作也很有启发。以前经常感觉家书就是生活、学习汇报，这种写作模式很类似小时候写的“检讨书”——什么时间、地点犯了什么错误，是否认识到错误以及以后该怎么办。难怪我越写越没激情——谁愿意像写检讨一样的来写家书呢？而在科学论文写作当中，最重要的一点就是“主题”意识。每个研究问题要有主题，每个段落要有主题句，每个讨论也要有主题。设定主题不仅仅是帮助读者理解文章，同样重要但很容易忽视的是这样也可以帮助作者做到“收放自如的发散思维”和“形散神不散”。所以以后写家书，我尽量围绕一个主题，做到“检讨”与“写作乐趣”并重。

近来的学习生活开始进入了危险的平原期。所谓平原期就是指在上升状态过程中间一段无法上升的阶段。在教育心理学当中指的是学生在掌握某种知识体系的过程中到达这个状态后，会有一段时间无论付出多大努力都会觉得进步不大；从运动训练学的角度来讲，运动员的体能训练达到一定阶段以后会有较长一段时间体能储备保持平稳状态，这是与前期训练量越大体能储备增加越明显完全不同的阶段。从功能上讲，平原期的作用有点像欧洲历史的中世纪。在这一时期，生产力、政治体制、意识形态都没有较大的变化，但实际上，科学的诞生、文艺复兴以及启蒙运动、工业革命都需要这一阶段作为基础。也就是说，平原期看上去是“停滞”阶段，但其实是为后一阶段的快速成长作准备的阶段。对我个人而言，平原期相当重要且危险。让我意识到这一点的还是我“亲爱的”师兄和师姐。在一节统计学课之后，我和师兄聊天，我说我觉得最近教授好像语速明显加快，不知道是不是因为这个部分不重要的原因，反正我有一部分没太听懂。然后我问他一个没听懂的地方，他说：“I have no idea(我也不知道)。无所谓，回去看书就行。”可能父母不太理解，我可是心里“咯噔”了一下。师兄已经在这里待了两年，到现在还存在“听力”问题，这说明什么？这说明听力不是“等着”(sleep over)就能改善的。我当时有点担心，就追问：“你现在参加 party 都能听懂吗？”“还是听不懂。”无巧不成书，一天晚上，韩国人把我从师姐的生日聚会上载回家。在车上我们聊起了关于语言的问题(我心里一直惦记着)。我“违心地”恭维她说她英语相当好(其实我根本听不懂，我也问过美国同学，他们也说听不懂)。她沾沾自喜之后，说了句让我不寒而栗的话：“我在这里待了 10 年，而且在韩国也是英语专业的。”天啊，英语专业加上 10 年生活经验居然就这结果，真是双重印证了我的观点：不是呆着傻笑就能学好英语的。

最近感觉英语交流有些长进，所以英语学习松懈了很多，毕竟潜意识里感觉每天都在练习英语。但是这两次交流让我一下子紧张起来。看来英语能力是个终生奋斗的事情，永远不存在一劳永逸的那一天。现在我的英语交流处于一个平原期(终于用上这个解释了半天的词语了)：一方面，因为我已经基本熟悉了日常的交际用语，很少遇到陌生环境，所以没有以往那种大的压力，也不感觉交流障碍有那么多了；另一方面，我也习惯了别人听不懂我的话我仍然滔滔不绝，或者反之的情况。这两点导致我额外的英语功课没有让我感觉有明显的进步；如果我就此停滞，那两年后我就和师兄一样，十年后就和那个韩国人一样；最后可能就和那个在温水里被煮熟了的青蛙一样了！

不仅仅是英语。我对美国环境的新鲜感，美国人对我的新鲜感；我对导师的新鲜感，导师对我的新鲜感；我的生存压力都逐渐被不那么紧张的环境稀释；没有明显的考核更是放松了我曾充满忧患感的神经。我的整个博士生生涯开始进入了平原期！其实平原期的结果并不总是好的，更准确地说平原期的结果绝大部分都是坏的。对于学生来说，很多学生在平原期阶段放弃了，失去了更进一步发展的可能；某些运动员在平原期受挫，选择了退出或者使用违禁药物。平原期就好像是老天对有野心的人的一种品质的考验，因为除了学习能力和勤奋以外，成功者还需要一种在绝望中坚持的意志力。所以我最近刻意地制造焦虑的环境，希望自己了解到任何松懈都意味着重蹈覆辙，意味着再一次浪费人生中最宝贵的思维，更何况这一次我没有退路。

我和爸爸一样，活在由自己性格构建的自我世界当中，各种社会符号的意义在我的世界里都与其在社会当中的普遍意义不同。当然，这都是有得必有失的事情。我最近跟很多人都提到了一个我自己的心理哲学的例子：固执和坚韧是硬币的两面，其实都是一种品质。坚韧只是从结果上来看是积极的固执而已。我的这种拒绝承认失败，拒绝在别人面前表达真实感情的性格，使我能够成为一个好的领袖，好的老师，好的精神导师(mentor)，因为这些社会角色都是要去引领他人的，是去赋予现实以理想色彩的，由不得真性情；但是对于我自己来说，这种性格让我在强大压力下和不可控环境下很容易失去适应能力。我想要走和爸爸不同的路，看来必须在自己的性格特点上、在不同的环境下寻找不同的道路。就好像我以前提到过的，按照性格做事是一种失去自由的表现；认识自己的性格，才能获得自由。

祝好！

儿子

2011.10.29

懂马的人才不会南辕北辙

亲爱的儿子：

今天的信不期而至，这是你到美国后第一封提前发出的信。你爸爸看得笑容满面。等妈妈看时，却看得心惊胆战。那么多中国孩子在美国，真正融入美国的却不多。妈妈相信你的英语不成问题，你从小就开始读《走遍美国》，在大学和研究生时期又学了那么多，尚且有如此严重的平原期，别的学生，当然也是很优秀的人，原来也不都是听得懂的。不过，我告诉自己，我的儿子一定会顺利度过平原期，能全部听懂他们说的话。妈妈知道，这个目标一定很难实现，但你现在既然发现了这个问题，想来就一定能解决吧！儿子，你面前的道路真的是不易啊，我的儿子，看来我们确实估计不足。但毕竟有很多人挺过来了，并取得很好的成绩。你原来的深研院校长，他不就是成功者吗？你一定也行的。

妈妈很欣赏你那句话，不是呆着傻笑就能学好英语的。从这个角度看，那两个美国老人真的很重要。我建议你就像中考时妈妈给你找的那个英语老师给你上课前，你都准备一些问题，上课时提出来，让老师解答。那位老师曾经告诉我，你儿子上一次课，顶别人上好几次。那两位老人是你学习美国英语很好的老师，平时有什么不懂的俚语记下来，等到老人家里的时候再请教，这会起到事半功倍的作用。请教老人是没错的，他会很高兴地回答你。老人都愿意帮助青年人。请教同学你大概怕被人看贬。所以，儿子，你要在这方面冲出来，走出平原期，两位老人的资源一定要用。

不要在别人听不懂你时仍然滔滔不绝，那样会在错误里怡然自得，是很糟糕的。当然，妈妈相信你认识到这个问题就会去解决，你一定行的，我的儿子。

懂马的人才不会南辕北辙，才不会临危不乱。你一定可以的，如果你不行，还有谁行呢？

读完你这封信，妈妈真的要重新思考一些问题。到一个完全陌生的国度，可真不容易啊！

儿子，你26周岁生日快到了，想想在你这个年龄，妈妈才刚刚上大二。而你，我的儿子，26岁却已经读博士了。博士，多么高的学历，让妈妈仰望，让很多人仰望。只是前路依然艰辛。我的儿子，妈妈相信你一定能取得胜利。

妈妈

2011.11.1

第七封信

经济独立

妈妈：

爸爸妈妈对于我拿到助教职位这个事情似乎并没有想象中那么高兴。也许这是因为我提前通知了你们。周五的时候我觉得父母不是那么容易惊喜的，而且你们焦虑、忧郁的特质更容易令你们胡乱猜疑，而不会将事情向好的方向预想，所以才决定直接告诉你们，而不去搞什么“惊喜”。

爸爸妈妈可能没有意识到这对我来说有多么重要。第一次我不再需要父母从经济上资助了。想想我已经快26岁了，不管我的思想水平是否达到成年人的水平，无论从哪个角度来说，我都应该是一个成年人了。从父母那里“领取”生活费用，除了从传统角度来解释，实在是没有什么理由能让这件事情让我感到“自然”。当助教不仅仅能让父母暂时有希望摆脱经济上的重负，而且在心态上也能够不再那么紧张，我觉得这对我来说就是最大的安慰了。

父母总说供我上学是你们的义务。但是其实如果允许我将问题深入一些，从大学毕业以后，从我开始选择自己的人生道路之后，承担自己的生活费用，本身就是一个对自我的教育问题。自私自始至终是我的一个缺陷，这让我周围的人烦恼，让父母烦恼，最后也让我自己烦恼。父母可曾想过，自私的缺点是与责任感教育缺失相联系的。我的学术观点中对人性的基本假设是“人是社会的产物”（而不是本能的延伸）。我相信人性本身并没有色彩，是这个社会定义了颜色，并且给人涂上了颜色，而这可以解释我所作所为当中所体现出的自私。我今后还要做很多决定，而这些决定很可能像找工作那样需要考虑到如何支撑自己的生活，如何考虑他人的需要。这些在我以前的决策当中，从来没有考虑过。父母可能希望我生活在一个纯粹的环境中，培养出纯粹的品行。这是因为父母假设人和社会是分离的两个实体，当我总是脱离实际，脱离自己生存问题去考虑问题的时候，我考虑问题的方式就被这个社会定义为“自私”。

父母不希望我这么思考问题，可是思维方式又不是思想火花，说变就变的。父母也不必劝我不要有压力，我只是说终于有机会不再去思考这个问题让我真正感到了轻松。

对于钱该怎么花的问题，本来应该是视频聊天的重点。如果我维持现有的生活水准，每个月还会有盈余。如果我不买车的话，生活费就不会有太大的变化。我现在的打算就是不买车，毕竟我是个连骑自行车都紧张的人。在我同寝室同学眼里我是一个非常计较钱的人，那是因为他们不认识在中国的我，而且也不了解我是一个适应能力很强的人——没有钱就过没有钱的日子，有多少钱就花多少钱。虽然让他们觉得我斤斤计较很尴尬，但是无所谓，我就权当他们的“心理理论”能力比较差(无法换位思考)。如何支配剩余的钱，如何不将所有的钱全部花在吃上(这是完全有可能的，如果我天天在学校吃饭的话)会是一个非常重要的日常问题。虽然我完全可能在这件事情上马虎行事，就和过去一样，有多少钱花多少钱，但是那样的话我就等于完全没有利用这个机会成长起来，错过了一个学习的机会。我相信通过周六的视频聊天，父母也应该发现我身上有很多不成熟的地方，从下个学期开始，我就要在这些看似与学习无关、但其实与我的性格塑造、人生规划有密切关系的生活琐事上开始学习，并且在实践中成长起来。

两周前宿舍来了暖气，非常温暖。但是这就使屋内屋外的温差非常明显。毕竟这里是高原，早晨的时候非常寒冷，让人不想出门。因为气候变化的确是比较突然的，就在过去两周里，我有好几个早晨没去图书馆，而是在寝室里学习的，但是效率非常低，现在这成了我一个需要克服的问题。不过既然我意识到了，我想就不会是什么太棘手的事情。

过去两周里我申请的实验已经获得了批准，我已经开始准备做实验了。而且上一周我在统计课上做了个报告(本以为是很正式的，结果就10分钟，白白准备那么仔细)。此外，我在社会心理学课上也做了报告。我整天还在为助教的事情担心，虽然什么也做不了，只能等待(还好等的时间不长，要不然估计又要便秘了)，所以上两周真的是非常紧张。再加上因为在宿舍里学习效率不高，心情也比较糟糕。基本上是一个人度过了两周时间。下个学期我决定不再和寝室同学一起去超市买东西，而是去学校附近的一个超市购物，那里虽然价格稍贵，但是差不了太多。因为我觉得亏欠寝室同学，总得额外付出一些努力和他们交往，我想尽快摆脱现在的现状。中国台湾同学平时都和美国同学混在一起，我一般都是主动和他说话，以保持关系的温度，防止因为陌生而产生偏见，但是这已经让我感到很尴尬了。我很不喜欢亏欠别人的感觉，下个学期，有机会的话，我会多请他们吃饭。

大连应该也降温了吧，爸爸妈妈注意保暖，不用担心儿子。

儿子

2011.11.13

我们非常高兴呢

儿子：

妈妈多么希望将你紧紧地拥抱在怀里。你怎知道我们，对你获得奖学金这件事没有你想象中那么高兴呢？看来视频的作用还是有限，它阻碍了我们表现自己的真实感想。难道我们还能不知道这件事的分量吗？要知道，那封报告好消息的信妈妈没看到，是你爸爸晚上回来告诉妈妈的。当时，妈妈和爸爸真是高兴极了！这不但对你自强自立意义重大，对我们来说又何尝不是如此？

从你到美国那天起，我们就在担心奖学金的问题，我的乐观主义性格使我相信一年后我的儿子一定能得到奖学金。难道在中国获得过国家奖学金在美国还得不到一个正常的奖学金吗？他们说好让我们只负担一年的。你申请的时候，看到他们说因为经济危机而需要自己负担一年学费的时候，我就觉得很纠结。美国的经济危机，竟然影响到你的学费，真是让人无语。你父亲先天悲观的性格更让他小心翼翼，他总怕如果一年后人家宣布暂时不能给奖学金，我们是不是还要负担第二年，甚至第三年、第四年？即便如此，我们也要你完成学业啊！其实，我们是做好了承担你四年学习费用的准备。这当然就需要我们将家中现在的所有完全留给那不确定的未来，我们要勤俭过日子的。

你的消息，对于我们家来说，真是天大的利好消息。钱，真是太重要了。妈妈重新买房子的愿望就有望实现了呀！妈妈的腿使自己爬起五楼来确实有点吃力，想换一个房子！得到消息的那个晚上，我们几乎一夜没睡。说一会儿话，睡不着又开始说。人家本来说好让我们负责一年学费的，如今只要我们负责半年，真的很意外！

关于你对将来使用钱的设想，妈妈没有意见。大家都知道，孩子花家里钱是不会太在意的，但是当他自己挣钱的时候，就会很珍惜。妈妈也认为你不必这么早买车。在附近超市买东西，稍微贵一点也无妨，比起油费来，不还是省了吗？

人不能有多少钱花多少钱，你读本科的时候，妈妈本来给你准备一个小金库的，以备不时之需。你应该存有这种钱，如果能有结余，你就攒起来。用钱的地方多着呢！自己过日子就知道了。

妈妈有一点不明白，学校从明年起给钱，那学费是否也不收了？

儿子，天冷了，你说最近没去学校上早自习，在家中学习效果不好。你没拿棉衣。现在天冷了，出去自然是冷的。我想，你去买个羽绒服吧。穿上就不怕冷了。你有毛衣、毛裤，别忘记穿上。冬天穿得暖和一点，外面冷点没关系的。冷空气能使人振奋。另外，你骑自行车，手会很冷，我记得你大概拿了手套，你同学送你的。如果没有，买副手套。不戴手套骑自行车会很冷的。要注意爱护自己，别让自己冻着、热着。一个人在外面，要照顾好自己，将自己经营好也包括爱护身体，别忘了。如果羽绒服很贵，告诉妈妈，我们把你的羽绒服寄给你。用不用，告诉妈妈。

你的试验被批准，真是太好了。这些日子，妈妈一直在担心，我儿子的学术想法会不会被批准。在视频上听你讲你的设想，妈妈真是觉得挺海阔天空的，不怎么靠谱，美国老师能同意你的试验吗？结果还真批了，这真让妈妈高兴。好好做吧，才刚刚三个多月，我儿子就取得这么多不错的战绩，真是让人欣慰！昨天在QQ上，妈妈把你获得奖学金的消息告诉你大姨和二姨时，听到的也是一片欢呼声。儿子，你知道吗？妈妈一想起你给美国大学生做辅导，答疑解惑的，就觉得这件事挺奇妙的！一个中国人，去辅导美国人，用英语去辅导美国人，真的很奇妙啊！尽管在你之前，已经有一些人这样做了，但妈妈还是为你感到骄傲啊！

17号，后天，就是你26周岁的生日了。妈妈先祝贺你生日快乐！生活幸福。和我们相比，26岁的你可谓硕果累累。已经在读博士了。好好读吧，更美好的前程在未来等着你呢！

妈妈

2011.11.15

第八封信

外 强 中 干

妈妈：

“应该放低心态了”，这是我上一周一直对自己说的话。

刚刚来到学校的时候，我总觉得自己应该是“哀兵”的心态。说“应该”是因为习惯性地从“第三人称”的角度来看待自己，所以总有一个“异化”的视角来评价自己。但这个第三人称视角根本不是什么“客观”视角，反而总是让自己陷入“应然”和“是然”的对立冲突当中。

可能是因为习惯性地自居“北大人”，我其实无时无刻都想要向周围的人证明“我很牛”。让我发现这个现象的是在社会心理学的一节课上。当时一个同学在课堂报告当中提到美国常春藤的学校网页比我们学校的网页要好得多，而且从他的经验来看似乎好大学的网页都要比普通大学的网页更具有“亲和力”，并以哈佛大学为例。我是不同意他这个结论的，因为在我申请美国大学的过程中，印象极为深刻的一点就是哈佛大学心理系的网页极其古板，而且字体很小，安排得不人性化，也不符合一般的使用习惯。所以我在课堂上问他：“你申请过哈佛大学吗？”那个同学说：“没有。”我紧接着毫无遮拦地就说：“我申请过。所以我想说……。”结果这些话被人记住的地方（本来应该是省略号中的内容）只是我的第一句话。记得当时我看到那个同学眼神一亮，转而回避我的眼光，似乎对我接下来说的话根本毫无兴趣。我立刻感觉到我的反应可能有些唐突。后来我问另一个同学，是不是我说自己申请过哈佛大学比较唐突？是不是因为这里的学生一般都不曾想过申请哈佛大学？记得那个同学说，其实无所谓，只不过哈佛是美国好大学之一，这里的学生可能的确不会去申请那里。记得当时我还鬼使神差般地、有些自己演戏给自己看的感觉，用“悲凉”的气氛来自我暗示：我来到了一个连哈佛想都不敢想的地方，而我是北大来的，没有什么不敢想去的地方所以显得与他们不同。

事后觉得自己真的很无耻，给自己演的戏也太过做作，以至于暴露了自己一直存在的“哀兵”心态。我在跟美国夫妇的交谈中总是渴望能够向他们证明我是多么的优秀，多么地与众不同，以至于有一次居然拿出了“我本科的时候多么多么……”的禁忌牌。当时没做多少思想斗争，不过现在觉得当时的自己真的已经悲哀至极，居然想要别人没有条件地相信已经过去并且与现在毫无关联的事情去“诱使”别人夸奖自己。这是我在过去七年里从未用过的、最低贱、最无力的自我证明方法。过去的我，只需要用行动来征服旁人，无须自评。现在的我，居然用自我评价向别人证明自己的优秀，暴露了自己内心的虚弱。

尽管逐渐认识到了自己脆弱的自尊如何诱发了自己“傲慢”的心态，但是因为太过残酷，所以潜意识里自始至终没有与之对质，更没有找到正面的心态去面对自己。不过最近在和一个美国同学试图合作研究的过程中，我终于能够对自己坦诚，不仅仅是清楚地认识了自己的现状，更重要的是能够接受自己的现状。这个同学想要我帮他设计一个实验软件来检验他的实验假设，我们先是面谈了几次，然后发邮件交流。在这个过程中，我从她的身上发现了过去同学的一些影子：对学术的懵懂无知，一种在我看来的学术谦虚(我不明白)，以及在我面前只有旁听份儿的沟通动态模式。不过区别就是，无论怎样，她的自尊和自信无须我去“激励”，总是会在对话当中的某个角落显现一下。我想，在对学术缺乏热情、知识上的匮乏(学习并不努力)这些方面她与我在北京体育大学和北大遇到的那些普通学生是很类似的，只不过文化上的差异——对自尊、自信的标准——使得他们在表达上有些许的区别。也许是在这种重拾自信的过程中，我终于放下了隐隐约约的“恐惧”，坦然接受了那个有些偏激的、傲慢的自己。沟通上的缺乏、人际上的疏远，使我过分地陷入了一个人的世界，而证明自己的冲动一直存在，这就导致在缺乏事实的情况下我拿起了“自我证明”的道具。我所应该做的，其实就是建立沟通，做该做的事情，用同样的方式来获得别人的评价——用行动去证明自己，而不是可怜地自娱自乐。

我的反思对自己的影响是很大的。从理论上认识到自己还是有机会获得曾获得过的被尊重的可能后，我才终于敢放下傲慢、带刺的架子。我对自己说：是该放低心态了。因为行动上的无所建树，让我切切实实感受到又一次回到北体大第一年第一天的状态——旁人的尊重、自己的自信都要从零开始。直到这个时候，“应然”的事情才终于与“是然”走到一起。

感恩节，我过得毫无感觉。当我自觉一无是处的时候，觉得感恩都是一种对别人甚至是对自己的讽刺，尽管事实上我的确要感谢所有的人〔尤其是父母，毕竟给我买了电脑(美国式黑色讽刺)〕。P 夫妇邀请我到他们家过感恩节，我非常高兴，毕竟这是难得的了解美国文化的机会。尽管有些思想准备，不过去了之后还是有些失望，因为基本上可以说是 P 夫妇为“国际学生”准备了一个感恩节晚餐而已。他们一家人，包括他的儿女成了做饭的人，没有参与到与我们的沟通当中，我只是又一次和一群本科生坐在一起吃火鸡而已。唯一印象深刻的一点就是P 夫妇在“感恩”环节以一种在我看来过分直白、演戏给人看般的仪式感谢了上帝。也许是做好事总得有个理由，而现世里的逻辑很是贫乏，以至于只好以信仰上帝作为理由。这可能正说明了美国人对人性本身的怀疑。我所受到的教育告诉我，做好事完全可以认为自己是一个“好人”的缘故，并不需要找什么来自“他者”的理由。

上两周没来由地和美国同学的接触稍微多了一些，发现其中几个人的生活的确很怪异：一个人一天只吃一顿午饭；另一个人为了省房租已经搬了两次家了。还记得有一次在“食堂”偶遇，当时他们已经吃完了，看到我之后想回避，怕要等我。一开始我没反应过来，后来才反应过来，于是在自己尴尬之前，干脆挑明让他们先回去了，他们反而因为我的坦诚而很开心。当时感觉这里的交流方式比较适合我——讽刺+机智的坦诚。

买了电脑，这种“先消费再付钱”的决定有些令自己失望，不过我相信这并不是走向完全独立的结束，相反在较小的压力下轻装上阵，也许会让“完全独立”的道路不至于从一开始因那么曲折而夭折。

儿子

2011. 11. 27

怎么能傲慢

儿子：

拖至今天才回信，是因为妈妈这几天开始有点忙了，好多年的轻松或许要结束了。我过去有个观点，就是作家是要有书的。尽管我一直没有出版自己的小说，但我已经写了五本小说，如果要出版的话，我会一本一本地拿出来，我是一个“有货”的作家。

这些日子忙你我合作的那本书，出版商不断提出各种要求，妈妈尽可能地做到。好在，书的内容不改，只是改一些前言后记什么的。昨天，出版商给我发来短信，说看到你写的序，与他的想法不太符合。我回他短信，说应该怎样改，他尽管提建议好了，我们尽量改就是。出本书不容易，尤其是期望比较高的书更不容易。等出版商的意见吧。

再说说你的信。看了你的信，妈妈觉得你的心态有点问题，你何必那么在意自己的过去，就如你自己说的，一切重新开始。放低心态，这想法有点矫情了，我的儿子。你们学校从北大来的也不只你一人啊。儿子，你是多么幸运！能够拿着奖学金安心读博。

我们是中国人，习惯的是谦卑，你怎么能傲慢呢？即使学习好，也不要傲慢呀！

你能拿奖学金，真是太好了！减轻了我们的负担，我们也可以考虑将生活搞得更好一点。你上次说让我们把你的房间改成洗手间，虽然是戏说，但妈妈确实想有一个洗手间大点的房子。

你写信应该多写一些你的生活，你周围的人，让我们了解你具体的生活。你懂妈妈的意思，对吗？

好了，就写这些。好好学习，别忘记了妈妈的三字箴言。

妈妈

2011.11.30

第九封信

小镇见闻

妈妈：

本来我以为考试结束后会是最轻松的一周，可以躺在床上，躲开寒冷的天气，一边吃着苹果一边看书。结果却是各种杂事在考试之后纷至沓来。不过这些事情也并不值得我写在信里。妈妈说想让我多描述一些，昨天出门穿衣服想起要写信的时候，陡然间(实在不清楚自己脑子是个什么工作模式)想到，父母可能把美国想象成彼岸，总是希望尽可能地了解一些“彼岸”的信息。父母急切地想让我描绘一些能够表象的场景(而不是“理论”)，满足自己的一份愿望，同时也可以为儿子在“彼岸”学习而感到高兴。

围城里的人不知道围城外人的心情，过去我多少有些忽视了父母的需求。但是想想自己在这边的生活，因为学习生活的紧张，我并没有去“观察”我所生活的环境(但是我在吃饭的时候总是喜欢观察人)。不管怎样，既然爸爸妈妈有要求，我就尽量满足吧。

首先，这边的确很干净，不管是与中国的农村还是城市相比较。不过这种干净的一个特点是：人造的干净，而不是“自然的”干净。我的意思是说，这边的办公室、篮球场、马路、草坪，甚至卫生间，从装潢布置的角度来讲，都是非常崭新的材料，地上总是很干净，只要你没有碰到水，你在外走一圈之后回到宿舍，鞋踩在地板上也不会有明显的痕迹。即便是厕所，墙壁也都是非常洁净的，就连气味都被通风口和防臭剂祛除掉了。为了防止洗手之后的水弄脏地板，每个洗手间都有专门用来擦手的纸巾，你从洗手间出来之后手一定是干的，地上也就不会有水。无论是多大或者多小的饭店，桌子总是干净的，不会黏糊糊的。更有意思的是，户外的金属物品，比如停车计时器、拴自行车用的铁杆，总是没有铁锈，不会让人感到年久失修。这一点一开始不太明显，但是最近换了自行车，下雨后担心会有铁锈的时候才注意到。倒是我们的厨房反而要比我们宿舍外面还要显得脏乱差。相对而言，中国的城市无论是什么新修的东西，很快就会显得陈旧。难怪有人说欧美人无法接受中国城市的卫生条件。暂且不提什么原因，在这边，无论是大环境还是小环境，都能够处于一种让人舒服的理想状态。我觉得一方面是中国城市人口多，另一方面是基础设施建设的投入不同，这个差别无所谓。相对于喜欢享受生活的人来说，这里的确是挺不错的。

接下来谈谈我所了解到的这边人的生活习惯。首先，基本上有工作的人都会有车，公交车是专门为赤贫和残疾人准备的，根本没有任何效率。不过我听说，在美国的大城市和中国一样还是主要依靠公共交通。因为有车的缘故，在路上行走的一半都是学生，当然都是住在学校里的学生。就算是这些学生，一部分是步行，一部分是骑自行车，还有一部分是滑滑板。在这边滑板似乎的确可以算得上是与自行车等量齐观的一种交通工具。你别说，看着一个人在滑板上双手插兜，吹着口哨，在汽车面前缓缓驶过，的确是挺“酷”的。不过之所以能酷，是因为这边的交通是保护非机动车行驶者的。在没有红绿灯的地方，靠的是“停车”标志。在十字路口，哪辆车先到标志前，它就先通过。但是如果遇到行人、自行车或者滑板，无论是汽车先到，还是行人先到，都必须让行人先过。这种交通规则在我看来挺没效率的。因为我担心一旦有人不遵守交通规则，我冲过去的时候他没停车，那就肯定要出事故了，所以我遇到汽车时总是等车先过去。

因为每个人都有车，所以校园外的饭店、商店都分布得非常分散。这与中国城市里大学设施聚堆现象相反，这里的商场、饭店、银行都比较分散。像沃尔玛开车也得 10 分钟才能到，骑自行车可能得半个小时，坐公交车得 1 个小时(因为等残疾人的时候拖延)。有一次参加一位老师的 party，她居然住在离学校有 45 英里(1 英里 = 1. 6093 千米)远的地方，她的房子在一个大农场中间，没有路灯，当晚上开车进去的时候，感觉像是在山洞里开车。但是她的房前有自己的小篮球场和小停车场。在农场里，住户之间几乎看不见彼此。这与我所见的东北乡间居民聚居完全不同。

平日里学生们都呆在办公室，因为他们租的房子比较远。在娱乐方面，每到周末会有各种各样的 party，你可以选择性地参加。而 party 里就是无序的互相攀谈。在开学初参加的几次 party 我只能旁听，但是经过一个学期，大家共同的经历稍微多了一些，而且了解的稍微多了一些，最后这一周的两次 party 我也参与到了“闲扯”当中。如果在中国，这是我最讨厌的事情，但是现在“扯淡”却让我心情愉快。可见“扯淡”本身还是有意义的，尤其是从归属感的角度来讲。在我和一个美国同学的交流中了解到，她以前也曾经通宵喝酒，不过那是本科时候的事情，因为自己本身比较害羞，当放纵自己的时候就显得尺度把握得不是很好。我所看到的美国的确是要求个人去张扬自己，因为张扬自己不会受到批评，而且张扬个性还能交到与自己臭味相投的朋友。另一方面，在社交当中，聪明的人，因为善于沟通，能够活跃气氛，往往受到更多的欢迎。大概就是这样一种氛围，使得在这种文化下的人有各种理由去“释放”自我。

过去两周的事情在与爸妈视频聊天的时候都提到过了，就不在这里啰嗦了。希望我所描绘的美国能让爸爸妈妈感到开心。

儿子

2011. 12. 11

第十封信

美国的和谐法则与讽刺

妈妈：

白驹过隙，时光荏苒，转眼之间，就到“世界末日”了。

这个开头是我在睡觉之前想到给父母家书的开场白。幽默，讽刺，又不乏可以挖掘的潜在内涵。

上个星期和父母的视频聊天对我来说也很有收获。我很多灵感来自于与他人的交流，而不是自己反思的结果，但是我相信反思的积累也必然有它的功劳。我在和他人交流的时候往往会说出一些连自己都感到意外的结论，只可惜现在这里会讲中文的人太少了，更何况讨论的是形而上问题呢！

将现实问题升华为抽象问题是我的优势。昨天在和同学辩论的时候，他们说我总是将现实问题抽象化，但是又有些过度概括。看来明眼人都能看得出我的思维模式，可见这种“凡事形而上”的思维方式似乎已经根深蒂固。

我其实应该在这个学期结束的时候写一篇个人总结，这个总结的重要性和意义应该不言而喻，而且至少有父母两位忠实的读者。懒惰永远不是理由，我想将这个个人总结分为两个部分：第一部分，也是这封信的主题，是我在美国的文化体验；第二部分就是与往常一样的对自我成长的分析报告。

对我来说，来到美国半年后，生活变得生动了。我的优点就是从来都毫不犹豫地将自己的问题与别人分享，尤其是有关文化差异的问题。比如在聚会上，当谈到政治时，一个同学认为美国的政治当中所有的一切都是金钱。我在充分表达自己毫无冒犯之意后，就问他这种态度是不是所谓的“愤世嫉俗”(cynical)，并由此开始一番关于愤世嫉俗的讨论。在过去的半年里，我曾就很多不同的话题与老师、同学以及 Petro 夫妇进行过交流，比如聚会礼仪、打招呼方式、师生关系、生活中的虚伪等。有很多话题在探讨过程中就被淘汰掉，而留下的话题，无论我在哪里再一次提出，总是会引发争论。我相信，正是这些总是能够引发争论的话题，才真正体现了现实中存在的文化差异。

在说我所体会到的文化差异之前，先说说一个普通美国硕士研究生对东亚人的刻板印象吧。

一天，我和同学在办公室聊起研究设计问题之后又聊起了关于助教工作的话题。下个学期我将是这门心理学导论课的助教，而她是这个学期这门课的助教，自然我向她请教做这门课助教的注意事项。交谈中，她提到有些本科生可能会比较难对付，一方面是他们基础比较差，问的问题很无厘头；另一方面是他们会重复提问相同的问题，而且最后会表现得很粗鲁，无礼。她说她对付他们的方法就是重复一遍自己的回答后，如果还是无法解释清楚，就让他们发邮件，事实表明很多时候学生都不会发邮件，这样就可以打发他们了。我开玩笑说，如果他们开始变得不耐烦，我就跟他们说汉语，搞得他们一头雾水。或者表现得很低调，或者干脆不说话。本来我以为美国人对中国人的印象是比较沉默，不多说话，所以开了这样一个比较生硬的玩笑。但是没想到她的第一反应是："No，you are smart"(你很聪明)。我愣了一下，觉得她的反应有点古怪，毕竟我感觉这和是不是"smart" 聪明好像没有什么关系。但是我并没有因为这个奇怪的感觉就中断对话，只是礼节性地点了点头(其实这是当我没听懂的时候一种习惯性动作)。但最终我还是忍不住，在交谈的最后，我问她为什么用"smart"来回应我的玩笑。我问她："是不是亚洲人(Asian)在美国人的印象里比较笨(dumb)?"她说她原本以为我的意思就是说装傻(play dumb)。事后我独自回想，发现中国人如果想要融入美国人的交际圈中，经常要说一些场面话，而且更多的时候需要主动地寻找话题，这些话题都比较肤浅平常，比如饭怎么做、哪个饭店的东西好吃、哪里的景色好看等。偶尔探讨一些关于诸如爱情、人生目标的问题也都停留于大众化的认识水平。我所认识的人的认识水平都不低，但是因为语言的限制(在我看来如此)，而无法将问题深入，或者无法充分表达自己的观点。这一点很难被察觉，是因为美国的"不评价"(no judge)文化和"平等"观念，使美国的社交中的生存法则不在语言当中表现出自己与他人的差异(优越)。也正是因为这一点，学期之初尽管参加了社交性质的聚会，也和同学进行了学术交流，但是总感觉没有真正地交流。因为真正的交流当中应该能够感受到对方的性格、价值观，而表面的交流只是说一些场面话，即不用说也能猜得到的那种话。

可能仅仅是我对自己开学初的生存状态并不满意，而且看到中国同学的生存状态也并没有因为一年的适应而更好一点，加上常常感觉语言阻碍了表达自己的观点，而无法充分表达自己的观点对我来说就等于无法向他人展示我的个性，当我重新品味自己的对话时就觉得自己很蠢。为了体会这种感觉，父母可以想象一下，如果你们的儿子在学校里不怎么说话(虽然这几乎是不可能的)，那儿子的自我感觉以及周围人的评价会是什么样的。

我对谈话的质量有自己的评价标准。当一个人表现出某种具有争议性观点的时候，就显示出了他的个性，而不再是社交当中的一个普通“社会人”。以前并没有这种体验。之所以会有新的体验，我想应该提到美国的“不评价”文化——我称之为“和谐法则”。你很难听到直接的甚至是间接的“你错了”这种评价。从意识形态的角度来说，在对话当中，就似乎感觉对方没有什么根本性的宗旨、原则，好像他们什么观点都能接受(而实际情况是大部分人都有自己的偏向)。除了对吃穿方面的偏好以外，需要更多的深度人际交往才能觉察一个人的价值取向，即某些价值观上的好恶。在我看来，这个法则是美国种族、宗教平等斗争的产物。曾经存在的种族、宗教问题造成了美国很严重的社会问题和社会动荡。美国最终在政治上解决了这个问题。但是在现实当中，人们并不是接受了理想主义的“种族、宗教平等”观念，而是采取了一套新的行为准则(behavior code)，就是“和谐法则”。这套法则成了一套文化规范，就是不在一般场合表现出自己的种族观点，不与不是非常熟悉的人争论宗教差异或者女权问题。另一方面，美国价值观多样性的现实同样需要用“和谐法则”去调和人与人之间差异所造成的冲突。从基督教传统价值观，到后现代行为艺术等等稀奇古怪的生活习惯、价值体系，冲突是必然的，而美国在历史上已经为这种多样性带来的冲突付出了代价，形成“和谐法则”也是所有人都愿意接受的。在过去的半年当中，我也能体会到这个法则对美国社会发展的重要性。在食堂里，极少看到种族混合的团体共同进餐；我们系里没有一个黑人(学校还是有不少黑人学生的)；传统基督教家庭形成了自己的社区。当我和导师还有一对基督教夫妇相处得比较熟悉，和他们探讨美国不评价(no judge)文化的时候，我说：“每个人都会对某些事情有自己的评价，尤其是关系到自己核心价值的事物。人怎么可能不去评价别人呢？为什么人们都尽量回避评价别人，弄得好像人人完全平等，每个人的价值观都是可以存在的呢？难道错误的价值观不应该去批判吗？”我导师的反应比较直接，他讽刺说：“是啊，什么样的世界人人平等呢？每个人都在评价别人，只是不说而已。”而 Mr. P 对我说：“现在年轻人的价值观有很大的问题，人们失去了对主的信仰。”当我追问他怎么能不去批判现在某些世俗化的价值的时候，他间接地回答了我：“这个国家在变坏，政府丧失了对主的信仰，人们也失去了向导。”由此可见，每个接受过系统教育的人都会有自己的意识形态，只要有意识形态的对立，就必然有对他者的评价。美国独特的历史和多样性现状早就变成“和谐法则”文化。在我看来这是正在走向价值多样化的中国应该学习的。

在美国历史上，因为对自由的理解不同而发生了美国内战。从美国历史上，我看到，种族问题自内战之后只是在政治上得到解决，但在现实当中变得更加严重了。在南方，白人、黑人混居变得更加稀少，小区、教育的隔离状态直到民权运动的时候才得到改善。内战使得美国的政治走向成熟，从将政治意识形态看作是政治实践纲领，追求两者统一到将政治意识形态与政治实践分离。种族平等、教育平等这些观念，从发展的角度来讲，自然是更为先进的。但是并不是每个公民都以最高政治纲领去生活，相反更多的人是依靠感觉去生活。当前美国就存在这样的政治上的二元现状；政治意识形态作为纲领引领社会发展，但是在条件不成熟的地方和一定的时间里，允许人们在“和谐法则”下实行事实上的族群隔离。社会理念总是领先于社会实践的，所以政治要实现先进的社会理念，就需要通过一个成熟的手段并经历一个渐进的过程。法律可以体现理念，树立社会标准；“和谐法则”可以消解现实生活中的小摩擦，维系社会的正常运转。在这个过程中我给自己提出了一个新的问题：现代社会的发展，多样性是必然的，多样性有利于创新，同样可以产生社会摩擦。如何克服多样性带来的社会摩擦进而维系社会的发展，我想这是我将来需要着重理解和观察的对象。

在美国的现实当中，类似政治理念和社会实践分离是很多的。比如在现实当中，即便是打招呼你也要时刻准备找一个脱身的借口(这个也是 Mr. P 传授的)。我好几次想用虚伪这个词来形容这些事实，但是每次都忍了，毕竟觉得在无法确切了解用词轻重的情况下，不应该轻易地去表达这样一个对美国的消极判断。在我看来，理念和行为上的差异对人来讲其实是一种扭曲。而这种扭曲又被另一种美国文化所消解了——讽刺文化。来到这里，最让我如鱼得水的一点就是说讽刺笑话了。我在中国讲的讽刺笑话被周围的人看作冷笑话，而且经常会被视为“不好笑”。很多美国人所说的讽刺笑话都很辛辣。从下雨天说“天气真不错”到“我一天到晚都在说现在学心理学的人都在制造垃圾，可我自己也在制造垃圾。”(导师语)。讽刺笑话多，一方面体现了现实与理想差异到处都有；另一方面也体现了说讽刺笑话的人对现实的细致观察和体验。成熟的政治就是要使得理想和现实同时并存，而这就导致了美国文化当前的现状，使得讽刺的材料处处可见。

和谐法则和对应多样性的政治手段以及讽刺文化，这些是我在这过去半个学期所体会到的美国文化，无疑这些都与中国有着很大的差异。虽然不能说这些差异与文化差异的根本相关，也有可能更多的是社会发展阶段的差异，但是对我来说这是很好的文化差异的研究起点了。

儿子

2011. 12. 25　圣诞夜

妈妈是一个被试

亲爱的儿子：

看了你的信，觉得这真的是一篇很好很好的随笔。你对美国的认识，是那种深入到其内部的认识。这种随笔挺好看的。

阅读真是一种享受，尤其如我现在这样，没有生活和社会的压力，纯粹地读书，真是难得的享受。现在社会上很多人批评中国人没有阅读的喜好和习惯，谴责中国人肤浅。虽然说的有一定道理，可想想，每天被巨大的压力所迫，还能有一份闲心读书，那要很大的定力。有定力者必然太少。

我买了几本美国现代作家的书，已经读完几本。让妈妈回味不已的是斯蒂芬·金的《黑暗的另一半》。你知道吗，儿子，你放在家中的很多心理学书籍，妈妈多么想通读一遍，也像我儿子那样做一个心理学家。可是，真的很无趣。于是，我放弃了。

可是，欧文·亚隆这位心理学家的小说《当尼采哭泣》，却太好看了。妈妈读得心潮澎湃，难以自拔。其实，这本书没什么故事情节，只是一个心理医生(弗洛伊德)的老师在企图给尼采治病的过程中与尼采之间发生的故事。这本书的成功在于他的语言。真是太棒了！妈妈过去曾经奇怪我儿子怎么能写出那么有节奏感、有哲理、美丽而耐读的语言。看过这本书，明白了，原来是学习英语的结果。用小说的方式，通俗地阐述心理学和哲学道理，真是绝妙的主意。

我觉得这个作者是个心理学家，是在用小说的方式向哲学致敬。在骨子里，他还是认为哲学更深奥更具学问。心理学是哲学派生出来惠及普通人的。儿子，妈妈建议你有时间也读一读这本书。不久的将来，你博士毕业以后，在闲暇时间，写出这种好读又睿智的书，那才是对人类较大的贡献，才是普及心理学最有效、最广泛、最理想的途径呢！

一年又要过去了。写到这里，我才突然想起，我们已经过了12月18日，我和你爸爸的结婚纪念日。很多小说、电视剧里都有女主角因为男人忘记这个婚姻中最重要的日子而和丈夫怄气的。我们家好，俩人一起忘记了，竟然没有一个人想起来！忘得干净彻底，连事后也没想起来。今天是12月27日，才因为给你写信想起来。这些生活中重要的日子，在我们家似乎总是被有意无意地忘掉——除了你的生日。

但是，我还是记起到今年我和你爸爸已经一起生活了28年。28年，够漫长了。如果回忆起来，可谓甜酸苦辣咸，样样俱全。如果你研究、考察婚姻，真的可以问问妈妈。因为我不但有实践经验，还有理性思考，更有理性结论。妈妈是一个不可多得的被试。

好了，儿子。再写信，就是明年了。岁月无情，时光流逝，我们都不由自主地被流逝，无奈地被时间裹挟着向前、向前……

祝我的儿子在新的一年中达到自己的目标并取得更多的成绩！

妈妈

2011. 12. 27

第十一封信

形而上的追求

妈妈：

开篇本想引用《论语》当中“三省吾身”之警句强调反省自身的重要性，以鞭笞日益怠惰思考的自己。可惜正巧前几日背诵《论语》第一章《学而》，才知道原文是：“曾子曰：吾日三省吾身。为人谋而不忠乎？与朋友交而不信乎？传不习乎？”其中三省之概念依然有所界定，除非我也做个《新学伪经考》之类的工作，否则真变成胡乱引用、亵渎圣人之言了。

来到美国半年，可能是自己没有那么令父母激动的美国梦，亦可能是在北大培养出了毫无道理的优越感的缘故，我并没有经历文化心理学当中所提到的“蜜月期”，也没经历什么“文化震撼”(cultural shock)，一心想着如何投入到新的学习生活；生活中的焦点问题就是语言、交流，都是些极其现实的问题。

我近来才发现，虽然自己身处美国，但是除了对自己学校了解以外，对于美国其他高校的了解几乎与在国内时没有什么区别。而这一点对我来说是很重要的。就好像在北体去关心北大的情况一样。近来和 W 交流才知道在伊利诺伊大学里面的学习生活有多么紧张，和政治学博士交流后才知道自己当下的学业压力简直可以用鹅毛来形容。整整半年，虽然可以理解，但是我居然忽略了自己的处境——我身在一所美国普通大学，我居然忘记像过去那样在对比中寻求动力。我并不缺乏目标，下一步自然要进军美国的大城市，去接触真正的美国现代文化；去更优秀的高校进一步深造。但是与在北体的时候不同，我没有居安思危，没有认识到自身所处环境的局限性。这真的是过去半年很大的一个败笔。无论外面的情况如何，知己知彼是前提。接下来的日子里，有了和在其他高校同学交流的一个理由：去了解他们的学习状况，了解新墨西哥州立大学(NMSU)的劣势，了解自己在这里丧失了什么，应该补充什么(当然也要了解自己的优势）。就好像在本科时那样，我从未怀疑自己的能力、动力，但是自己的成绩很大一部分取决于所在的环境；想要突破自身的局限，就要放开眼界，用哈佛的标准去督促自己在 NMSU 的学习。回想起来，我不就是以更高的标准要求自己才能在北体实现自己进军北大的目标的吗？

在北大三年，我在过多的人际交往、纷繁而至所谓的各种“机会”、与社会更为接近而看到的名利场上浪费了太多精力，而这些问题都是如此复杂、充满诱惑，超越了我思维深度的驾驭范围，以至于我时不时地陷入麻木，知识积累的道路上总是出现断层。来到美国，生活的复杂是不可避免的。了解新的游戏规则、交流上出现障碍、生活上新的独立等。我一天到晚都反思些了什么？仔细回想一下，包括：

1. 怎么省钱？

2. 怎么在语言中表现自己的深刻？

3. 如何开玩笑，同样一句话该怎么说才更有效果？

4. 要不要买新电脑，要不要买车？

5. 到底是自己做饭，还是去食堂吃饭？今天吃什么？

6. 怎么和中国学生打交道？这个人这么笨，真让人瞧不起，以后到底怎么和他虚与委蛇地交流？

7. 上课的时候积极发言；会议的时候积极提问；怎么扩大自己的影响力？

8. 该不该找个女朋友？我这么孤独到底可不可怜？

如果我生活中都在围绕这些事情进行思考、反思的话，我还怎么学习呢？我基本上把学习都留在了具体的任务当中。这简直就是我以前最蔑视的那种学生的典型学习风格。我希望自己思考什么呢？

1. 我体会到了哪些文化差异，这个可不可以做研究？

2. 我在美国的发展规划是什么？

3. 我将来究竟想要从事什么样的职业？我所憧憬自己 40 岁的时候正在做的事情是什么？

4. 我从事研究工作的终极目标是什么？文化进化抑或文化变迁？中国人如何与美国人交流？中美文化差异对政治体系现状有何影响？

5. 导师的 PPT 理论是不是可以应用到文化心理学当中？这样可以在有老师资源的优势下发几篇文章。

6. 怎么跳跃到我理想中的纽约、密歇根大学或者伯克利大学？

如果说本科四年是我想做的事情和正在做的事情最接近的一段时期的话，那么现在的生活当中我想思考的问题和实际正在思考的问题之间的差异简直就是不可理喻。如果生活继续这样下去，一事无成在理论上是必然的，而且内心严格的我就会把自己变成一个高压锅，实在不知道最终会不会因为内心的不满而爆炸。我思考的精力都浪费在了一些不会有结果、也毫无意义的事情上面，我认为这是导致上半个学期颗粒无收的罪魁祸首。我思维的敏感性本来是优势，但是如果生活不能简单化，就会成为累赘。想想自己晚上身体放松，但是大脑却开始思考过去为什么不找个女朋友，为什么不在这边也找个异性伴侣之类的问题；甚至“缅怀”过去的种种。而一旦清醒，我感觉自己就好像被人“捉奸在床”般地尴尬，对于自己竟然在这种问题上进行思想斗争而羞愧。我的才能如果浪费在思考人究竟可不可以一个人生活、如何让别人喜欢、如何消费这些问题上的话，只不过让这个世界多了一个油嘴滑舌的主持人或者评论嘉宾而已。接下来的日子，抛开所谓的“融入”问题，抛开生活细节，将自己的生活简化，让思维像水往低处流般地自然而然集中在我想思考的问题上，我相信自己内心的不满会大大降低，生活对我而言也许会更阳光一点。

最近，父母提醒了我一件事情，就是我留下的东西太少。父母可能不太理解当我知道自己所要面对的现实——26 岁，留美博士，成就——为什么还是那么不着急。可能我习惯性地追求潇洒的生活，而且似乎我只有将自己的才华、思考作为玩具一般地对待的时候，我才“玩”得高兴。较真起来，我还是孩子，还在玩儿。发现一个好玩儿的东西，然后在别人面前炫耀。这一点，父母多少应该有些了解，也知道不能拔苗助长。通过反思，我意识到自己的确还不会太严肃地面对自己人生的问题，这是个亟待解决、但又不是说改就能改的态度问题。来到这边，又被导师“唆使”快乐研究，更加缺乏对生活的紧迫感和严肃性。可能我没意识到养活自己是多么艰巨的一项工作。这一点希望可以在未来半年的经济独立中能够逐渐理解一些。

我将下个学期学习生活的基本原则定义为：生活极简化，将精力集中在有用的事情上。抛弃奢侈消费的想法，因此不用想攒钱的事情。饮食坚持极简原则，毕竟这个学期的经验告诉我其实我是真的不太在乎吃什么，只要能吃饱就行。饮食上我也不再吝啬，不再想从吃的上省钱。这样减少在经济上的思考，但这并不意味着像过去一样欠缺考虑，最后找父母解决。只不过我追求自己的独立经济规划以减轻思想负担为主要目标。再者，联系同学，了解其他高校心理学的学业压力，比对自身状况，以更高标准要求自己。将精力集中在总结生活体验上，将过去半年的生活经验与研究传统相结合，多做研究。坚持锻炼身体，尽量参加周末的学生聚会，在聚会前准备好想要了解的问题，多和人探讨，而不是像其他人那样只把聚会当聚会。

此致

敬礼！

儿子

2012.1.8

你还是没投入

亲爱的儿子：

这封信迟到了一周，昨天在视频上我看你也没说，是不是现在已经不太在意妈妈是否给你写信，读妈妈的信也不是你最享受的事情了？26岁的人了，完全有自己的看法和做法，不想听妈妈的唠叨和说教了？

从今年开始，你要去做助教，教美国的孩子了。一个中国人，能教美国孩子，妈妈想想都觉得骄傲，这真是一件神奇的事情，不是吗？尽管在你看来，一切都是水到渠成。所以，我想以后给你写信，主要是讲述妈妈的事情，讨论一些事情，平等地讨论。

可是，我的儿子，这封信，妈妈还是要恢复到从前，要对你说一些不同的意见。无论你怎么想，你都要认真地看妈妈的信，停下来，静一静，想想妈妈说的是不是有道理。

你去的新墨西哥州是一个很有特点的城市。你大概笑妈妈，也没去过，有什么资格说。是啊，可妈妈就有资格。妈妈最近一段时间读了一些美国小说，你知道吗？妈妈发现一个问题，美国作家写的书，竟然大部分都是描写南方的，诸如德克萨斯州、新墨西哥州等。南方是一个有历史、有故事的地方，你去的那个城市更是如此。看过一篇小说，写一个孩子因为发现了一位德国的党卫军，因为好奇而去拜访，结果接受了他的许多观念而使自己成为杀人犯。故事特别好。儿子，你是研究文化心理学的。成功的心理学绝不仅仅是理论上的，更应该应用在社会实践中。你不爱那个地方，就不能静下心来研究。那么多民族，那么多人种，该有多少故事、多少不同的文化。你又和一个美国家庭相处，慢慢接触，你会发现那将是一个文化心理学的金矿！这学期开始，你要教这个地方的孩子了，如果你能带着一份好奇心、一份事业心，你会在那个地方大有作为的。

这学期你开始教美国的大学生，昨天你说压力很大。妈妈听了很高兴，认真地工作，了解他们就是了解美国。

对了，关于今年的奖学金，你说一分钱也不能剩。还说自己是个穷人。你不必在这方面有过多的想法，如果钱不够，我们仍然给你。需要钱，告诉我们，给你寄过去。在这方面不要有什么包袱。

周五就要过年了，今年的年来得早。我倒希望年赶紧过去，然后该干什么干什么。过年放假太耽误事了！

希望我的儿子活得快乐、充实。

妈妈

2012. 1. 16

第十二封信

哪儿有什么快乐

妈妈：

第一次堂堂正正地逃开了春节，逻辑上得到不少快乐。从小没有过阴历的习惯，所以对我来说春节本身就是一件“不太合理”的事情，再加上每年春节回家要么是旅途劳顿，要么是被迫处于父母的琐事中间。总之，从小开始，春节对我来说更像是一个承担责任、主动付出的“节日”。不过也幸亏有了春节，让我这个缺乏传统教育的80后多少吸收了些传统的东西，也学到了一些与“责任”相关的概念。

记得上个学期结束之前有人邀请我去附近的脱衣舞俱乐部玩儿，这本来是很有意思的一件事情（当然，主要是从了解美国消费主义文化的角度来讲），但是我总是觉得自己将来可能会有所成功，完全没有必要为了莫须有的理由给未来的自己制造麻烦。对我来说，去的理由有一大堆，但是不去的理由只有一个：既然志向高远，就应当谨小慎微。虽然我承认在和父母的切磋当中，我意识到自己应当低头开始思考生计问题，但是从小养成的习惯一时半会儿还是改不过来。所以一想到一时不察可能会造成的某些后果，我的“窃喜”顿时烟消云散，只剩下如履薄冰的紧张。

我感觉能在商务印书馆出书实在是很光荣的事情。但是我感觉其中运气成分和商业成分比较大，自己付出的不多而且也不算成功，没有那种经历过耕耘得到收获的快乐。而爸爸妈妈又没把我教育成傻子，我享受不了傻人之福，不会因为飞来横财就忘乎所以的。同一件事情个人感受不同，这恰恰是凸显心理学研究意义的一个重要课题——心理并不单纯是客观事实的反应。爸爸妈妈可能不了解我心中描绘自己的理想形象，这里就给父母简单描述一下吧。

在我梦里，我向往“至圣”的境界。我希望自己仁慈而又严厉，智慧而又谦虚，与所有人都保持一定的距离。活在这个“阴影”下，无论别人对我有多么高的评价，无论在别人看来我的生活多么精彩，对我自己来说，一切都显得微不足道。这也是为什么快乐对我来说总是暂时的。缺乏与现实接触的我，倾向于把一切理想化，最后连自我和自己的人生都一并理想化了。这些都在我的言谈当中体现了出来，无怪乎当年读研时一位老师说我适合做“教主”。

本来这种理想化的自我对现实是一种督促，但是当现实与理想差距太大的时候，反而成为一种让人心情抑郁的阻力。希望妈妈不要让自己相信的愿望和现实的差距所吓倒，在文学创作的道路上继续努力。

那天晚上看到韩寒的三篇博文，竟至一夜无眠。不知道爸爸妈妈还记不记得我对于中国现状的阐述，关于中国民主、革命问题的看法。如果记得的话，难道不觉得和韩寒的观点极其相似吗？他好像是在去年圣诞节左右写的，但是这个观点我早在研三的时候就在和同学的探讨中提出过，更不要说在去年十月份还和那个政治学博士非常直白地表述过。只是韩寒的表述洗练而切中要害，更多了一份潇洒。看了韩寒的博文，对比自己的想法、论述和一点点文字，深刻认识到笔、口和心之间真是有不小的距离，这个距离有的时候是形而下的，有的时候却是形而上的，在这三者之间，一个人很难兼而得之。思想不足，口笔再强，不过是个会写自传的相声演员而已；心与口兼得者可为律师、政客；心与笔兼得者可为莎士比亚、鲁迅。可惜我走上了一条与律师、政客相隔千山万水的道路。而且想想流芳千古的骚客，还是在笔头上有真功夫更能在历史上留名（历史本来就是写出来的，但是如果以后历史都是视频的话可能就不一样了）。从小学一年级就开始学习语文，到现在才知道是为什么。这样看来博士阶段又多了一项艰巨而枯燥的任务——练笔。想出名，出好名，留大名，真是不容易。

韩寒的想法，我顶多只是共鸣；共鸣的小激动之后更多的是失落：想想自己现下的理念沦落成知识精英当中的共识，实在让自己不胜唏嘘。要么自己再找一个更大一统的超越性理论，而在共识面前这几乎是不可能的；要么将自己的工作变成公共知识分子：阐释并普及时代精神，惠及大众。总感觉自己未来的工作越来越不神圣了。

这个周末仔细研究了一下认知神经课老师的要求，发现这简直和让我换专业重修基础课没什么区别。因为有大一、大二神经质般的学习经历，就能想象出在高标准下自己的工作量会有多少。周六一天围绕着大脑前额叶的一张图片，认识分区、中英文名称、功能，感觉自己一下子又从创造性工作者彻彻底底变回了学生了。毕竟这是我自己选择的道路，虽然和博士应有的工作性质不太相符，权当为了自己将来的工作更具有创造性而做的准备吧。

助教的工作下个星期才算是真正的开始。肯定会有挑战，但我更注重的是在与更多的美国人交流当中收获文化体验。所以我跟跨文化交流课程的老师申请在自己讲课的时候讲述自己的文化体验，并且与学生进行交流。毕竟这才是我为了将来学术生涯做准备的最核心工作。

祝爸爸妈妈春节快乐！

儿子

2012. 1. 22

认识到错误就好

儿子：

接受你的道歉，你在“三十”那天的表现，真的不够君子。别说是父母，就是旁人，毕竟是为你做事，你一本正经地、严肃地表达不满意，让我们很不受用。你的父母都是好面的人，谁又不好面呢？当然很不爽，不光彩。你把父母作为争论的对象，争论起来，完全不在意辈分的差别，这与你平常的孝道之说不符合。但无论如何，妈妈也是要原谅你的。如果说你有什么问题，那是妈妈的问题，是妈妈惯你而致。问题在我们。但你意识到自己的错误，总是好，以后不要这样。

你的文章在“新浪”发表，很好。可惜你前面那篇追究韩寒抄袭的文章很快删除，拖累得你那篇也下去了。但是，我同意你的观点，其实这篇文章的意义不大，只是说了一个科学的道理。“新浪”之所以转载，是出于标题的醒目，这是标题党的胜利。但是，能够上“新浪”还是一件好事。

关于发表文章这件事，你爸爸已经给你说了。妈妈以前总认为这件事不急，但现在看来，你确实有能力发表很好的文章，传达一些不一样的观点，传达你在美国深处所看到的美国，这真是一件可行的事情。可以这样说，任何一件你觉得有意义、有新趣、与中国不同的事情，都可以写成文章发表。妈妈这几天有很多事情，等稍有时间，我去图书馆查一下中国的著名报刊，拿到邮箱给你，你适当发一些文章。《南方周末》没有回音，不必在意。大刊必有大牌，不是所有稿件都给你回复。妈妈当年发文章，一篇稿件等个个把月半年是很正常的事情。当然你现在有网络不一样，但有的时候要等待的。这件事不必天天放在心上，你该干什么干什么。周六周日休息的时候用点时间就可以了。

和你视频的时候，妈妈就觉得你说的事情其实有的就可以写文章，可惜说完就忘了。以后这方面我注意，看到哪方面可写，告诉你，你再写。不用想一篇文章包罗万象，只要一个问题讲清楚就好。不糟蹋素材，还可以多写一些。放心，有妈妈在，这方面你没有问题。这两天，我还要把你的信往杂志发一下看看。

在商务印书馆出书是一件让人感到骄傲的事情，你说得对。至于运气和商业操作，这是你的看法，当然有这方面的成分，但更多的是书的质量，否则人家怎么可能给你出？你也不想想，商务印书馆随随便便能给你出书吗？每一本书都是要报批的。我们这本书，报上去，本来十一月份就想能批下来。结果，一直等到跨年的一月末，过年前几天才批下来，容易吗？不容易！我们到鞍山的那一天，书商给我电话，说话口气都和以往不一样。因为以前，他也不知道能否批下来。那是一个检验，就是商务印书馆要看书稿，审查你是否有资格在这个出版社出。以前他基本不和我谈什么，如果不批，说什么都没有用！结果批下来了，证明他的看法准确。当他告诉我批下来时，口气也是蛮高兴的。我当然很高兴。至于你认为这部书不好，没有什么了不得。你可真是傻子，你根本没认识到这部书的重要。世界上有很多事情，或许并不难做，难的在于坚持。四年的坚持，很多人做不到。但我们坚持下来，这本书是一个人成长的记录，对很多孩子和家庭有启迪作用。你怎么能说这本书不好呢？

关于神经科学，我和你爸爸都认为，那是你应该学的。作为心理学家，神经科学可以不是你的专业，但是你必须懂，否则，知识结构是不完全的。努力学习，将来必定受用无穷。

好了，一会儿该和你视频了。今天你爸爸不在家，妈妈一个人和你视频。他说中午争取回来，不知道是否能回来。

静下心来，认真学习。

妈妈

2012. 1. 29

第十三封信

混 血 女 士

妈妈：

爸爸妈妈一定隐忍了好久，连邮件都没有发，一直等到周六视频聊天的时候才不愠不火地抱怨我又没写信。过去两周，包括这一周，白天应付工作，晚上做作业和准备综合考试。每周都有一次报告要准备，还是用英文准备神经科学的内容，感觉有点像用正在学的第四门语言去作报告一样。记得第一次作报告因为太紧张，好几次单词念不完整，感觉自己像口吃了一样，对我这个仰仗口舌功夫的人来说，对自我形象的冲击实在很大。

不过家书肯定是要写的，从没想要中断过。我从没想要报复过什么，更没有将自己的快乐建立在别人痛苦之上的变态心理。我感觉妈妈的心理可能因为青年时代的经历而有些扭曲，所以才会对我有这种猜想。尽管写不写这件事情可能由不得我，但是写些什么内容还是得我做主。民主集中制当中的那么一丁点自由我是相当珍惜的。一个学期结束，写总结本来是常规的事情，现下倒是因为功利的目的变得非常规范了。我以后会尽量将我们的书信变得更具可读性。

可能因为渐渐进入到了文化脱敏状态，我没有有意识地将一些平日里遇到的有意思的话题归纳到文化差异的思考范围之内，爸爸在视频当中的提醒倒是很有警示的作用。

先从最鲜活的记忆说起吧。到目前为止，我还没有遇到过任何一个有着强烈政治主张的美国人。而在我印象里，美国社会当中的中上层都是有自己比较鲜明的政治立场的。就在认知神经课上终于遇到了这样一个早就应该遇到的人。她今年已经将近 50 岁了，是一个硕士研究生(这太正常了。这边 70 岁读硕士并不让人惊讶)。她有 1/2 的非洲裔血统，1/4 美国血统，还有一个忘了是哪里的白人血统。她所有的兄弟姐妹当中只有她一个人是“白人”，按照她的说法，其他人更会被人看成是黑人。她在大学毕业后嫁给了一个韩国人，使得她儿女的血统变得更加“国际化”，这已经不是我第一次遇到这样国际化的家庭了。我在跨文化交流课程上认识一个爷爷，他是出生在中国的日本人，他父亲是日本人，母亲是有着日本名字的美国白人。而我认识的基督教夫妇的子女婚姻家庭更是复杂，他们的女儿有嫁给菲律宾人的，儿子有娶了乌拉圭人的，一个外孙女定居在菲律宾，另一个孙女正周游全世界。记得一个教授说美国是世界上最古怪的国家，以前觉得这话是个调侃，现在却一点也不觉幽默了。

可能正是因为她复杂的家庭血统背景以及复杂的人际交往圈(黑人、白人朋友都有)，她变成了一个尖锐的反种族主义者。她用“有色”眼睛看待一切问题。我说有人认为奥巴马太像政客，不如布什真诚。她的第一反应就是：“这个人有种族偏见。”还好她对心理学有些自己的见地，所以我没有因为这句简单粗暴的判断而把她看扁。尤其是当她跟我描述她成长过程中以及当下所体验到的美国种族问题的时候，我很快就变得严肃起来了。她说她不喜欢跟白人朋友在一起是因为每当他们私下聊天的时候，就会发现每个白人都是种族主义者，不管他们在公共场合表现得如何。而且她认为很多懒惰、愚蠢的白人即便在贫穷、懒惰的时候也自觉比黑人高一等的情况是非常普遍的。她又讲到在超市里，白人收银员明显的“阴阳脸”更是让她感到恶心。这个经历引起了我的共鸣，因为我几乎每次到超市都能体会到这种“阴阳脸”，凡是没有“阴阳脸”的人我都会给予特别的感谢。我的直观感受是，在沃尔玛，服务人员的态度要更好一些，但是在小的超市，即便是像 Lowe’s 这种很有规模的超市，“阴阳脸”现象非常普遍。不过我从不在意，我已把这种“阴阳脸”当作世态炎凉的一部分，强迫自己对其脱敏。这种“阴阳脸”现象被一个美国反种族主义者提出的时候，我才感到自己可能将这个问题合理化了。这个将近 50 岁的美国女士有一个非常流行的韩国姓(金)，和一个非常有“非洲感”的名字芭芭拉(Barbara)。她因为肤色的缘故，毫无困难地穿梭于白人圈当中；但是最终她选择了回到黑人的交际圈中，因为她厌恶白人圈中的虚伪和种族主义。我得承认，遇到她，的确让人心情变得沉重。还好，在大半年的时间里我遇到的都是友善的种族理想主义者，所以只是把金女士作为个例去理解。但是值得反思的是，她复杂的背景使得她有了其他人都不可能有的体验，因此她对于美国种族主义现状可能比其他人更有发言权。

我为了保护自己，从没有认为美国人对于中国人毫无偏见，也从没有想过被他们包容，而总是从一个更低的姿态，不卑不亢地与他们交流。我观察到了大学校园里现实中存在的种族隔离，现在再加上这位金女士独到的“无间道”视角，看来种族问题不仅在小城市里，在美国绝大部分地区，不只是政治、媒体的，更是日常生活当中的敏感话题。在这一点上，政治来源于生活。

还有几个话题我应该去写，但是今天白天浪费在了给哈佛教授做数据分析上，刚刚给哈佛大学教授写完一封将近1300字的英文邮件，阐述我对下一步研究的意见。这个晚上我实在得继续准备下周的“神经”考试了。我会在下一周陆续将各个话题补充上。我保证！

儿子

2012.2.12

精神上不孤独

亲爱的儿子：

今天是2月14日，情人节。我们家真是过了一个极其特殊极其个性的节日。一家三口在三个国家。你爸爸在日本，你在美国，妈妈在中国的家中。你和你爸爸在国外，即使你们自己不过情人节，也能感觉到一些节日的气氛的。而妈妈，在家中却是真正地完全地与世隔绝。在电脑上敲敲打打，改稿子、写东西。一个人的情人节，是不是很独特？虽然不过情人节，但知道这个世界上有俩优秀的男人爱着自己，精神上并不孤独，相反却是温暖而充实的。

今年对你爸爸来说是很特殊的一年。今年是他工作的最后一年，明年就要退休了。从16岁开始上班，到60岁，44年的岁月，想一想，真够漫长的，不是吗？这次的日本之行，是单位在他退休前的安慰之旅。他变得焦虑，常常无缘无故地发火。不过，他的焦虑与别人不同，他的焦虑在于，还有那么多天，还有快一年的时间，怎么熬啊！四十多年都熬过来了，最后的一年，他却是度日如年了。他憧憬退休后属于自己的日子，憧憬退休后无拘无束做自己喜欢的事情，简直是急不可耐。

有一天，我们说起退休后就60周岁了，可以用五角钱乘车，正常乘车费的一半，这是对老年人的照顾。我说我们要准备一些五角的零币，否则上车的时候很麻烦，人家不找钱的。你猜你爸爸怎么回答？他说“不用！那时候咱俩什么都在一起，也不能分开，两人正好一元。不用五角的。”我忍着没笑出来。想想吧，儿子，他退休后时时刻刻都要和我在一起，我都有些害怕了。真的，我越来越觉得他更像我一个孩子，一个大孩子了！

来说说你，最感动最高兴的是你信中那几句：家书还是要写的，从来没想过中断。这很好。不是因为要出书才让你写。而是这件事已经做了，就要做到底，做好。很多事情，成功的事情，并不一定是什么惊天动地、聪明绝顶的人做的，靠的是坚持。比如收藏，特别是单一品种的收藏，像什么火柴棍、烟盒等等不起眼的小东西，能坚持几十年地搜索，最后成规模了，就成功了！当然，不是说我们也要做那些事情。即使他们成功，妈妈也不羡慕，也从来不想去做。但写信这件事，却是一定要坚持下去的。为什么？因为你的经历，你曲折的经历，尽管有人认为你的经历一点不曲折，简直太顺利了，妈妈还是认为我的儿子经历很曲折。曲折的经历是有记录的价值的。记录下来，就不是你一个人的事情，而是你们这一代人的经历。现在中国出国读书大军浩浩荡荡，你是其中的一员，却各有各的道路和境遇。你作为一个博士，当然有你的不同凡响处，怎么能不记录下来？

儿子，还有最重要的，你也自己常常标榜的，你是一个有思想的人。写信是什么，是把你的思想条理化并记录下来啊！思想常常是转瞬即逝的，如果不记录下来，就可能丢失，多可惜！另外还因为你有写作的天赋。现在很多电视剧，尤其是都市家庭电视剧，我的上帝，净说些婆婆妈妈的话，真是一点情趣也没有。可如果一个作家有思想，那他的东西就特别有分量，有意思了。前些日子有一个电视剧《传奇王子》，一下就能看出来，那部电视剧的基本剧情是大仲马《基督山伯爵》的中国翻版。编剧是20年前毕业于北大的北大人。我觉得这个剧最成功之处在于它的语言魅力。可惜，因为是名著的翻版，在社会上没有引起什么轰动，我看是虚荣心作祟。中国现在拍的又破又滥的电视剧，真不如干脆翻拍外国名著。

一个有写作天赋和思想的人，将思想留下来，在你来说，写信是最好的办法。但妈妈不愿意逼迫你做你不愿意做的事情。你很有意思，你明明知道这件事很好，只因为是我们让你做，你就反抗。你这个逆反的时间也太长了。当然，我知道你是明理的。你爸爸说你不会写信，我说一定会写的，不必催促，你一定会写。还是妈妈最了解儿子，你说是不是?

我们家想卖房子，换一个住处。看来很难，买房子的人太少，恨不能把你的房价压到最低最低。买方和卖方永远是两个心眼，这也正常，我们买的时候也是要砍价的。等有了结果一定告诉你。

别太累着自己，注意休息，注意身体。

妈妈

2012. 2. 14

第十四封信
敏感话题

妈妈：

我总是自诩适应能力很强，而且当初也很骄傲自己刚来的时候并没有感觉到多大的文化冲击。但正中了文化心理学研究当中的文化适应阶段的诅咒，经历了第一阶段的“同化”(蜜月期)之后，到了第二阶段：“分离”。尽管有可能不够完整和带有些许偏见，但是我对这里的文化氛围、社会规范和交际潜规则的理解一直在不断加深，而这种加深带给我的并不全是欣赏和钦佩，更多的是一种对赤裸裸的差异的无奈、被迫选择感和不认同感。

繁忙对我来说，就是今天想起昨天忘记的事情，有人愿听就抱怨一下，无人倾听就自嘲解闷，谈不上是真正的烦恼。但是体力上的繁忙让人缺乏一种进步感，日子就好像在重复一样，这种感觉对我来说比什么都糟糕。还好，在与美国老年夫妇、心理系同学、教授之间的交流当中所获得的新鲜体验以及日积月累的思考，总算让我的生活出现了纵向的维度。这也避免让我的日子和一般的工作族一般枯燥乏味。现在又从另一个角度理解为什么大部分人需要一个家庭：繁忙而重复的工作无法提供一种生命动能，而家庭中孩子的成长，家庭生活的不断完善能给人提供这种生命动能。

最近在我头脑中描述美国生活的核心关键词是：政治。美国真的可以称得上是一个超级政治大国。政治绝不仅仅是政府的运转法则，或者仅仅在选举期间才成为全民运动。政治在美国成为一种给各种环境、行为制定规则的最高纲领，就好像中国对道德的偏执追求一样。一个人可以以政治意识形态来建立自我认同，公共语言以政治性质作为判断标准，一般社交场合当中政治语言成为最受欢迎也最常用的交际语言。最要命的是你的肤色、性别和方言天然赋予你一个政治立场，每个人都在打“种族”牌或者“性别”牌，无论是聚会当中的玩笑(种族玩笑)，还是学术研究(关注自己政治立场的合理性并与其他政治立场进行博弈)，每个人进行自己人格的表达时都会部分地充满政治色彩。当然，我的这种体验在半年前是不可能有的，因为半年前我和人的交流仅仅局限在“你好”“周末玩儿的高兴吗”“最近忙什么”的层次。而当课堂上进行了更深入的探讨，与他人交流的不断深化，政治语言的重要作用就越加凸显起来，而我用心去挖掘在美国生活交际的各种潜规则，发现如何理解美国的政治文化对于我“被接受”“被理解”是多么的重要。当然，我所有结论都是针对“聪明”人，或者像我一样多多少少有些精英意识的人的生存氛围。我看这里的本科生，虽然能听懂政治语言，但是并不喜欢将生活搞得那么复杂，或者干脆以“宿醉”的方式将生活简单化。

最先引起我关注的现象是“不探讨”的奇怪潜规则。有一次在课堂上探讨科学道德规范，话题不知如何被引到了同性恋问题上。R 好像在炫耀自己曾经与现在的总统竞选人有过一段对话，而且我第一次了解了她的同性恋政治立场：每个人都有平等的婚姻权力，同性恋同样如此。我也不知道怎么就笨拙地表达了当前中国同性恋问题的现状。首先当我使用“Gay problem”(同性恋问题)这个词的时候，旁边的 L 觉得我似乎对同性恋有偏见；紧接着 R 就认为我的话“冒犯”了她。当然她的表达方式是：“虽然你说了‘无意冒犯任何人’，但是这并不一定就说明你没有冒犯人。”当时我很无语，第一次被人认为说话有些冒犯(offensive)。事后一方面为了弥补一下，另一方面是为了了解一下究竟这个“冒犯”的机制是什么，我向她道了歉，然后问她为什么感觉被冒犯了。很明显，无论我如何强调同性恋在中国算不上重要的社会问题，也还是不能让 R 单纯的头脑接受。我说中国的年轻人可能会开一些同性恋的玩笑，但这和美国人开同性恋玩笑的性质完全不同：前者是无恶意的；后者是明知社会规范而刻意违背的政治恶意。平时看不出来，这个时候看出来 R 其实头脑还是有些简单，用情绪来维护自己的政治立场。不说上课这种场合根本没必要“翻脸”，再说“翻脸”是有代价的。给我感觉她就是那种认定同性恋应当有公平的婚姻权力，任何对同性恋的不支持性语言都是反对语言。

就在当天下午，我和结识的美国夫妇之老夫人见了面，并谈起了这件事情。她说美国现在越来越不自由了，很多人很容易就被“冒犯了”，这个不能说，那个不能说。她还感叹自己一个几十年的好朋友竟然因为她的某个言论而几个星期不再和她联系了。她认为她的各种宗教观点（反进化论，创世论）根本“不让”表达，而且很多人一旦被冒犯就用复仇一样的语言回敬你，让你“很受伤”。我觉得凡是有意思的话题、热门的话题都是敏感话题，如果宽容的尺度并没有我想象的那么宽广，平时岂不是只能说“废话”了？其实“废话”这个词是Lori（美国夫妇当中的妻子）想出来的。她说现在很多场合人与人之间就是在说“废话”，尤其是普通认识的人之间。为了验证这个观点，我去了一个同学的生日晚会。在晚会上有各种游戏，我还和一个女生搭配和另一对男女朋友比赛，结果输了，估计和我配合的女生一定感觉很没意思（她真的很在乎啊……我都不敢表现不在乎）。旁听了一些人的对话，不说无聊，也是够没内涵的了。比如“P，你为什么不爱穿紧身裤？多性感啊！”。我的感觉是每次我想开始一个比较严肃的话题的时候，他们的表情都会变化，明显他们思考严肃话题的状态与开Party的状态是不一样的。我发现L在晚会上很少说话，只是有问必答的状态。于是我向他求证，是不是每个人都有自己的观点，而且谈论比较敏感的话题容易伤人，所以这种场合基本上不谈论这些问题；但是如果这样的话，基本上可以说大家都是在说“废话”而已。L的干笑表明了他的观点。对比中国，在饭桌上与同学探讨的问题，基本上也属于“废话”一类，但是没人认为那些交流性的语言是“废话”。在这边大家对于这套规范都是一种选择性地接受，都清楚“what's going on”（到底怎么回事儿）。我记得我从M那里获得最有价值的信息就是：说“废话”是一种选择。你要么选择事实，伤人；要么选择被喜欢，不谈事实，只喝酒。这充分说明在一个更加“sophisticated”（复杂的）社会——我不知道怎么形容，无论是“高级”还是“世故”都不够精确，每个人都会思考社会敏感话题，而且人们对于这种更加需要小心注意的政治氛围都表现出了一种适应性，显得更聪明、更世故。我越发感觉到一个发达社会与不发达社会之间的区别，被经济差别所掩盖下的文化氛围差异以及由其导致的个人的“精明”“世故”能力上的差异。并不是美国人更聪明，更会把握语言的技巧，只不过这个社会更发达，从小生长其中自然就锻炼出了一种更熟练、世故的人际技巧。

如果我像现在这样没有朋友（这没什么，很多从异地到这里来读博士的人基本上都没朋友，所以我现在认识的一男一女都把自己的男女朋友给找来了），那我生活在这里就更像是一个“政治标签”。我要熟练地操纵自己的政治标签去说、做让人“习惯”的事情。社会化的结果是将人与其自然状态完全脱离，或者说在这里社会人与自然人的差距要大得多。爸爸妈妈可能看过了黄西的视频。我昨天晚上看了一些。虽然他的搞笑能力和我之前看的要差很多，只能算得上是中下水平(说话慢肯定不行，再者就他那口音我感觉有点像赵本山用东北方言搞笑那个意思)，但是同样能说明一个问题：想要说事实，只能以“喜剧”或者“搞笑”的方式在公众场合去表达。这种“stand-up comedy”(脱口秀)的表演方式在美国非常流行，我看这是一种社会的需要，或者说是一种必要的平衡：每个人心里都想说但是不能说的话被别人说出来这种事情总会有市场的。我现在感觉如果我所感受到的这种“高深”的政治文化是现实的话，我预期自己不会喜欢这种生活。过去总是比较欣赏自己懂得操纵社会规范来操纵我在别人心目中的形象，使得自己保持一种受欢迎的状态。不过如果在美国必须这么做才能生存的话那就有点太残酷了。我还是想周围有一些比较笨的人，偶尔自己也可以选择性地笨一下。我过去锻炼出来的能力对我适应这边的生活如此重要。相反，Z 明显没有意识到这一点，某些很“中国”的表达方式使他总是存在一些适应问题。可惜他一方面没有意识到交际手腕在这里是生存必备技能，另一方面语言始终没有改善，最要命的是在这种不融洽的氛围当中他将“民族认同”作为护盾而彻底隔离了自己。

妈妈的性格和姿态使得妈妈朋友很少。但是我得说，妈妈这种性格在这里不但朋友会很少，而且会被人恨——被冒犯的人可是会很介意的，而且完全不认为那是一种“真诚”。

儿子

2012. 3. 4

第十五封信

幽默：社交必备

妈妈：

白天山地时间，晚上北京时间。这十二个字可以大概描述我过去一周的工作状态。本来一方面各种工作到春假前开始集中起来，另一方面我又在同一时刻启动了北京的研究项目，结果就是牺牲大量的睡眠时间进行工作。我觉得我的确还是很有工作狂的潜力的，虽然睡眠极少，但是白天在具体工作的压力下精神状态也没有太大的波动。要不是最后一天险些迟到，这一周也可以算是一次成功的自我挑战。

现在努力回想过去一周的碎片，除了每一次都是在截止时间的前几个小时完成了不同的任务之外，就只剩下早上爬起来晕晕乎乎，脚下发虚站不稳的记忆了，其余的细节可能都和受损的脑细胞一样被代谢出了体外。这周的经验告诉我缺乏睡眠会让人失去平衡感。好几次骑自行车和走路的时候都走不直。缺乏睡眠的另一个副作用就是思维迟缓、口头反应迟钝、记忆力下降。所以我现在“想当然地”几乎回忆不起来我具体做了什么，只知道自己完成了什么任务。以前从没有连续熬夜奋战的经历，这一次算是有了新的体验了。

可能正是因为思维变得迟缓的缘故，我比以往感受到更多的交流压力——娱乐大众的压力。在这边，无论是和老人、同学还是本科生交流，无论在什么场合，你都要有能力让谈话充满幽默。我记得在跨文化关系课堂上做报告的时候，老师就是在上课之前三番五次地提醒我：一定要有趣。和老人谈话的时候，如果谈话当中的课题过分严肃也会降低双方交谈的质量感受；和同学在party、办公室里的交流更是除非有意思否则就没有对话的必要。本来以前对我来说幽默是一件很自然而然的事情，所以很轻松；但是现在这成了一种必要的交流技巧，必须被迫地去创造各种幽默和笑话，这个时候我就感觉到我不是那么“幽默的人”了——并不是随时随地都能找到笑点，更不要说有的时候有些笑点是比较低级的或者不能说的（过分坦诚）。这可能就是一个高级社会对一个人的智商所提出的挑战吧。想想类似《非诚勿扰》这种节目在国内的流行，其实就是人们越来越喜欢那种用机智去创造笑料的人。这里有两种可能的解释：一种是明显地认为东方人缺乏西方人的那种幽默感；另一种解释是比较冷血的我的体验：一个更为发达的社会中的社会交往对个体的社交技巧的要求更高，因为这样才能挑选出更优秀的人（听上去更像是挑选政客）。我的证据就是中国社会也在向美国的这个方向发展，有幽默感的人会更受欢迎。没人喜欢说教，更何况说教往往没什么用，反正最后靠的是客观成绩。很多社交场所当中如果缺乏幽默感，会使得本来就形式化很浓的情形变得更加让人不耐烦。在过去的几天里，“幽默不上来”变成我的生活压力源，也让我认识到平日里自己所没有体会到的一个“文化体验”。

和U交流的一个好处是她与我建立起了一种难得的信任关系。以前在本科她被所有人排斥的时候我曾经给予她支持，并且在行动上帮助过她（父母可能应该还记得，我帮她出主意，让Z找他熟悉的W的寝室同学说明情况等等），即便我知道她是个在某种程度上很没有礼貌的人，但是我帮助人更多的是对自己的价值的肯定。现在她超越自己的能力去追求不属于她的东西失败了，她才再一次想起我，我对这种表露无遗的缺点更多的是同情。但是我很珍惜一个人对我袒露真心。我不是说我因为是做心理学研究的所以对这个感兴趣。我发现我之所以能在某些方面对“人”有一些稍微独到的认识（考虑到自己有限的人生经历），就是因为即便我认识的人很少，但是在认识的很少的人当中能够与我进行真心交流的人的比率却很高。在过去的人际交往当中，我有意无意地回避了浅薄的应景式交往，而是更多地去进行深刻、精神上的沟通。正是这些真实的材料带给我的冲击以及我对这些材料的反思才使得我对自己、对人有更多的看法。从感觉上来讲，我很喜欢倾听别人的真心，如果有人愿意这样做，我一般不会拒绝，即便是像她这种性格缺陷如此明显以至于让我同情的人。我从来没有主动跟她联系过，她也只是在心情最郁闷的时候给我打电话。我很骄傲自己能和任何人交谈，无论我对她有怎样的成见。这是我的能力，而且我也深信这个能力，是我在美国生存得比别人好的一个重要因素。

接下来的春假对我来说其实就是不坐班的工作周而已。各种作业全部留在这个假期，包括已启动的北京实验。写信时我还收到了美国教授关于第一笔数据的反馈意见。我邀请了一个心理系的男生来我宿舍玩儿，也不知道他会不会来(下次我得问一下他，因为在美国邀约的习俗不太一样，但是我不知道他说他如果要来会通知我，这种说法是不是一种委婉的拒绝)。

我昨天想打篮球(应该是很长时间没打篮球了)，结果碰上场地被比赛占用，我就去做了健身。我先慢走了30分钟，然后在一个向上推的器械上锻炼，今天早上起床，两只胳膊剧痛，干脆无法上提，连洗脸都不行，真是太夸张了，结果很晚才给父母写信——实在是抬不起胳膊。有意思的是，我现在吃饭得用脸去吃——因为手抬不起来了。

祝爸爸妈妈身体健康!

儿子

2012. 3. 18

卖房、买房的经历

亲爱的儿子:

昨天看到你在视频上滔滔不绝，妈妈真佩服你的说功。一说起来就兴奋。这周是你爸爸给你写的信，因为妈妈实在是太忙了。但我还是想给你写封信。

关于寄钱的事情，手续费那么贵，就不要寄了。原来我以为是你与哈佛教授合作所以他给你工资了，你要寄给妈妈。既然不是，你手中也并没有太多钱，就不要寄了。但你这份自立自强、孝顺的心，妈妈收到了。非常欣慰、非常高兴。有闲钱，攒起来，会有用的。如果要给我们，等我们去美国，或者用，或者带回来，就好。

你也知道，过去的一周，妈妈一直在忙家中的房子。先是卖房子，然后是买房子。忙得不亦乐乎，忙得疲惫不堪。在这当中真是了解了社会。现在，我每天呆在家中，你又在美国，你爸爸在机关，我们对这个社会真是太不了解了。你的同辈们，普通的80后是怎样生存的，也是不了解。通过卖房、买房，不但解决了我的问题，也对他们的生存有了一定了解。

你知道，现在的大学扩招。四年下来，很多人毕业后就业难。房屋中介是个门槛很低的工作，有很多的人流入这个行业。这是一个庞大的群体。

先说卖房。上周二早晨，也就是2012年3月20日，一中介公司的业务员给我打电话，说要带客户来看房。

一会儿，来了一对小夫妻。后来知道他们也30岁了。女孩很文明，对我说，我不懂的地方问你，阿姨，你别嫌麻烦，请你告诉我。我说没问题，我做过老师，保证耐心回答所有的问题。

男孩看得比较仔细，连橱柜都打开看看。每个角落都认真地看了。看完走后，店长说让我一起去他们店签合同。我当时就有点懵。怎么能这样，看完房子，也不回家与老人商量商量，就决定了，太仓促了吧。想到我们住了十几年的房子就要卖了，心突然紧缩，有点不舍得。

大家坐下来，开始讨论价格。经过几番交涉，最后妈妈让了五千元成交。

房子卖了，我当然立即着手买房。天源山庄，是我最心仪的小区。因为那里有个公园——莲花山公园，当年李四光到大连休养时，考察山脉时发现了这处罕见的莲花地貌，因而取名莲花山。所建的莲花山公园，就在这个小区旁边。

到天源山庄后，发现这儿的房子还真是不少。最后，在好望角一家中介公司介绍下，我看了一套园中园的房子，你爸爸一眼就看好这套房子了。只要价格谈得拢，当时就决定想买。

儿子，这其中，还有很多细节，就不一一说了。我告诉你爸爸，很想把这次卖房、买房的经历写下来。

你爸爸说别写了，要写，就写写儿子吧！

注意休息。

妈妈

2012.3.26

第十六封信

假装自己不是工具

妈妈：

很想抱怨一下近来的工作，但是抱怨实在不是我的风格，因为经过换位思考，我觉得听的人多半会觉得厌倦，就好像在这边和不太熟的人交流时，没人愿意听你聊自己一样。在春假后的一周，因为每天踏出房门之后基本上不需要思考接下来做什么，所以日子过得飞快，感觉记忆还没来得及在脑子里停留一下就挥发在空气里了。

在春假之前，因为北京那边 H 已经开始准备毕业论文的事情了，所以没有时间参与研究，国际关系学院的王老师就让我再找一个替代他的研究助理。我通过 H 找到了一个现在研一的学生。在一个专业化的时代，在北大还能找到完全没专业化的研究生，还是有那么一点讽刺的。在 Skype 上聊了一会儿，发现这个学生对心理学的了解基本上只停留在考研的知识范围内，而且是一个因厌倦工作而重新回到学校学习的人。还好他和我年纪相仿，交流上也没什么麻烦的（因为我总是得告诉他做什么）。毕竟我对自己的业务还是比较熟悉的，所以只用了两个晚上大概介绍了一下这个研究的背景、目的、方法和当下的进展。和一个工作后重新上学的人的交流，再一次验证了我在大二就明白的一个道理：如老一辈人说的，有时候兴趣不是天生的，是在各种经历和尝试之后做出的选择恰。感情是可以培养的，兴趣也是可以培养的。这个研一的研究生因为厌倦了枯燥、单调、缺乏探索性的工作而选择重新学习，而主要的原因是因为他觉得自己是一个喜欢思考问题的人。虽然不清楚他以前是干什么工作的，不过想想他的工作居然把一个喜欢思考的人（交流中没感觉这个人有什么人格障碍，反而是世故老练多了些，大有可能是做社交需求比较大的工作）给逼走了，估计应该不是什么好工作。结果过了春假之后，我这边申请“PFF”（准备未来教员项目）的工作、只有更复杂没有最复杂的普通心理学助教工作和开始主持实验室实验的工作，让我的近期的生活也变得“缺乏思考”。我猜想，工作的常规大概就像我现在这样，先吸收各种信息，然后将自己转变成知识的载体，确切地说是变成将知识转化为生产力的工具，最后将知识和当下的信息结合在一起吐出来，变成社会需要的产品。我和信仰基督教夫妇交流的时候提到我感到最近不太用脑，他们可能没太理解。其实我的意思就是，在这种工作之中“我”是没得到什么发展，受益的可能更多的是GDP。从这个角度来理解，我应该是反对现在社会当中要求大学教育迎合市场要求的呼声的。因为所谓的“市场需求”其实就是要求学校培养一堆能生产的工具，而不是一群得到发展的人。应用知识要求的是熟练和固化，因为追求的是效率。而熟练和固化就等于将一个人定型、模式化。现如今，甚至连科学领域都变成了一种“职业”，学者们为了发文章而成为发文章的机器，这个就是当前社会世俗化的力量的体现。但是感觉完成一项项工作之后带来的是希望休息和休闲的空虚，很晚回到寝室之后就是想看个电影休息一下，越来越失去过去的那份好奇心。从我过去的经验来看，越是想要什么都不做，越是说明空虚。当我精力充沛的时候，无论体力、精力如何，总是能不停地去思考新的问题。现在白天从8点开始到晚上6点，居然连1个小时的空余时间都没有，而晚上还要呆在办公室把让人“恶心”的卷子批完。以前偶尔有过这样的生活，但那更像是突发事件，有点像度假(反类比)，但是这一周这种生活变得常态化了，以至于到了周末我就想睡觉，要不是下一周一大堆的作业，我真有可能一觉睡到下午。我自己总觉得，这就是工作：我就是一个工具，社会对我的教育的目的就是把我变成一个工具，而一个会思考的工具会被自己烦死，唯一的解脱就是在没被使用的时候做一些标新立异的事情重拾自我，假装自己不是工具。

在春假前我邀请了一个美国同学到我寝室来玩游戏。爸爸妈妈居然问我为什么有时间玩儿游戏，就好像我是为了玩儿游戏才找他似的。这就好像我过去怀疑爸爸是不是喜欢H阿姨一样，当事人的感觉只有当事人才知道(顺便说一句，最近发现比喻实在是很强大的语言工具，以前没意识到，到了这边当我频繁地使用类比和比喻来获得对方的理解的时候才发现比喻是沟通双方获得理解的必不可少的元素，而并不是只是语言文化的点缀。而且如果想要获得其他文化人的理解，必须要了解双方的文化才有可能——否则你找不到类比的例子，就算语言再好也没办法完整表达你的意思——当然，也有可能比喻是弥补我语言不足的手段)。这个迈克尔(Michael)(美国人不觉得这个名字太多了吗?)属于那种不太喜欢社交的，平时很少有人和他说话，所以才有可能和我走得比较近。不得不承认，在我这种情况下(学习文化的留学生)和这个年龄，交朋友更多的是工具性的目的。但是转念，我又特别厌恶自己。大概是父母的教育，我从来都不是靠感觉与人交往，而是靠理性(脑子)。不知道父母看没看电影《铁娘子》(The Iron Lady)，里面撒切尔夫人在看病的时候就说："这个时代最大的问题就是人们更关心'感觉'，总是问'你感觉如何'，而真正重要的是'你在想什么'，是一个人的'想法'。"当时我真是同意得不能再同意了，可是转而明白，我会和撒切尔夫人一样不受欢迎，也没有朋友。我担心无论是谁，尤其是Michael，在和我交往长了之后，就会发现我总是带着强烈的目的性去进行人际交往的，极少掺杂最重要的、对我来说是次要的感觉成分。估计这也是为什么过去我说凡是离我近的人最后都离我而去，就是因为越是了解，越是发现没有"感觉"。这也大概是我习惯性地与人保持距离的一个原因。真令人感慨，那个天真无邪、人见人爱的宝宝(作者乳名，编者注)哪里去了？在人类学里，学者们都要去学会不同文化下的语言，与人零距离接触，从而去了解一个文化。我现在做的工作同样如此，只不过不太好说出来(因为以前人类学都是去研究原始部落、印第安人和中国农民之类的，这种方法拿来研究美国人，我是没听说过的)。带着这个目的，我得寻找一个可以建立起深层关系的人。比起我做的事情，美国电影《科学怪人》真的不算是什么恐怖片了。

最近，在网上旁敲侧击，了解到Z结婚了，H找到男友了，其他过去的女同学也有不少都找到归宿了。说起来真是无颜，晚上最害怕想起这些事情，因为一旦想起，就会陷入过去"美好"的校园生活的回忆当中，我就辗转反侧、寤寐思服，用情感剧里面俗得不能再俗的一个词来形容就是"情债"；再用武侠剧里一个俗得不能再俗的词来表述就是"出来混的早晚都是要还的"〔再插播一段：那天和我做助教的那堂课的老师交流的时候，他说我很像美国的"Stand-up comedian"(就是黄西干的那活)。虽然很高兴终于有人承认我的幽默细胞了，但是comedian(滑稽演员)可实在不是我希望别人用来形容我自己的词。更何况我并不肯定这位来自爱尔兰的老师是不是从美国的定义去使用这个词的。我没追问，因为反正他怎么回答我大概能猜到，只是不知道是真的还是假的而已——而真假才是问题的关键〕。反正这些事情对我的生活也没什么实际影响，只是我庸人自扰而已。从积极的角度来讲，这说明我还是一个有血有肉有感情的人。我以前总是略显

“骄傲”和“无奈”地跟别人说中国五千年文化积淀的结果之一就是“什么都有规矩”。可是现在看来，就算曾经有，我反正是没学到。还好，我是学习心理学的，懂得如何调整心态，如何妥当地进行“为了忘却的纪念”。从成长的角度来讲，以后虽然不再会有什么机会了，但是即便有，也不用异性之间的感觉去填补虚荣的黑洞了。更何况，我这个年纪在别人看来已经是“负责任”的年纪了，以前的伎俩估计是过期的。在这边，有些人真的是“滥交”(有一个女同学居然在这不到一年的时间里换了三个男朋友)；有些人很快就找到了女朋友(那个人一看就是精明人，直接挑最漂亮的下手)；还有的寂寞难耐不停地向各种人发出“爱的讯息”；还有人很有自知之明干脆很少与异性交往。这些信息就是在和M玩游戏之后的闲聊之中获得的。在中国这些叫做“八卦”，在我这里就叫“素材”或者“质性研究材料”。在我身边还发生着一个活生生的现代版“爱情”故事：一个中国留学生现在天天和一个已经结婚的中国女留学生双宿双飞，举案齐眉。有一次他找我聊，我真想多说几句，不过考虑到他挺喜欢美国文化的规则的(“隐私”，“不关你事”之类的)，只是很简单地说希望他能思考清楚，我相信他自己能做出正确的选择(我在美国学会了不少这类无关痛痒、摆脱责任的“废话”)。他还很惋惜地跟我说：“只可惜她结婚了。”这我才知道原来他还记得这一事实啊！他总喜欢用自己的道理而不是知识支持“我觉得”的各种言论。缺乏科学思维训练导致他变成了“扛着理智大旗跟着感觉走”的典范。他跟我说他和那个女生做了约定，保持一种朋友之上、恋人之下的关系。我没敢跟他说，这种事情我从大学就开始做起了，但就是不会和结了婚的人做。他也没有逃脱我定义的理工男的范畴——估计曹操会很喜欢这种人，因为只要说前面有片梅林，他绝对狂奔至死。就好像我记得以前在“非诚勿扰”上看到的很多“自信男”一样，为自己的成绩无比自豪，而且对自己的人生经验总能无比自信地侃侃而谈。

大概是因为这周没有视频所以才写了这么多吧。本来想和爸爸妈妈讲讲我最近发现的“做人文化”和“做事文化”体验的。

春假期间出游的照片在另一个中国留学生的手里，结果这位女士是第一次出游，第一次使用从中国带来的照相机，第一次发现自己没带照相机专用的数据线。她说等下次回国拿到数据线再给我照片。面对长辈，我只能说：“That's OK”。所以爸爸索要我这边的照片的需求只能延迟满足了。另外，王老师说北京的研究等到清明节后就开始，所以现在是暂时告一段落了。新iPad买了之后我又买了一些必要的应用软件(比如文字编辑，文档阅读等等)，花了20多美元吧。我发现如果想要真正用好iPad，有很多东西要去学习，而且效果非常明显，生活方式发生了很大的变化，比如邮件及时回复、上课记录笔记的方式，看新闻的方式等等。概括的来讲就是与互联网更亲近了。这一周我有一个目标，就是保证每天至少7个小时睡眠。记得春假前睡眠不足，我的英语都变得不流利了。而且现在除了背《论语》以外，还要继续背英语课文。语言这个东西真是不进则退，不知道是睡眠还是因为说话太少的缘故，总觉得自己口语最近仿佛在退步。虽然我总说这是因为我在中国习惯于“掉书袋”用高级词汇，一旦想要转述自己头脑中汉语的时候就力不从心了。这个问题不可能是普遍问题，因为日常生活中我就没见到过几个将自己专业语言和日常语言混合在一起使用的人。

我们的家，大连的家，可能马上就要发生巨大的变化了。而我也是第一次只能旁观，这也应该算是巨大变化的一部分吧。爸爸总说我对你们的嘱咐不屑一顾，虽然这不是事实，但这是爸爸心中的事实，所以我就用这个感觉来提醒爸爸，希望他不要用这种(假设的)不屑一顾的态度来对待我的“建议”：一定不要动用体力，多找帮手。现在回想起来才发现爸爸的身体很像举重运动员——年轻时的强健反而成了老年时的负担——心理上和生理上都是。各种合同、文件可能需要多次审核，但是希望爸爸妈妈能像看《读者》之类一样轻松得多看几遍就好了。总而言之，尽量将这一次搬家劳心劳力的程度降到最低，希望爸爸妈妈也把这个事情当作整个事情的主要目标之一。

我希望爸爸妈妈看这封信的时候能够发笑，因为我为了培养自己的幽默感，总是穿插一些小幽默。

儿子

2012. 4. 2

人生大问题要理智

亲爱的儿子：

刚才看了一下，上封信发自2012年3月26日。这大概是妈妈第一次这么久没给你写信。忙得什么都顾不上了。从3月20日签订卖房合同开始，妈妈就如上了弦的陀螺转个不停。卖完房子，意识到如果不马上买房子，人家要房子的时候，我们就无处可去了。那种紧迫感可想而知，于是，拼命看房子。还好，五天后，就敲定了新房子。又不断地做各种事情，以前从来没经历过的市场上的规则，如今经历了一番。那次说想写一本小说，即使现在不写，以后有机会也是会写的。

这个周六就搬家了，本来想等尘埃落定后再给你写信，但实在是有很多很多话要跟你说。你爸爸也说，给儿子写封信吧。于是，今天上午抓紧时间给你写这封信。周五，要转宽带，暂时不能上电脑了，如果那样，大概有几天上不了电脑了。

说你的事情。那天，你在视频中说，对心理学的全部内容你已经知晓，将来想不断地读书，不断地读各个科目的博士学位。妈妈很支持你，如果能读成那样，不仅仅是学富五车，可以读成当代孔子了。

但你把当作家作为一个目标，是妈妈没有想到的。我的儿子。当作家固然好，但必须要有一个能安身立命，能有收入的地方。有份悠闲的工作，一边工作一边写作。当你写作成气候了，那时再脱离工作。在没成气候之前，儿子，还是要有一份工作。无论教大学还是中学，当个教师，是你很容易得到的工作。这很重要。妈妈当年有你爸爸遮风挡雨，尚且要写为挣钱而写的文字。如今，你没有这样一个人。(妈妈多想做这个人。而且还在努力之中，如果我们能做这个人，儿子，你就想干什么就干什么吧！)但现在还不行，你必须有个工作。读博士、当老师，都可以。业余时间写作。

当年，菲菲的工作不好，对象也不好找。我对她说，菲菲，你和红红不一样。红红有她哥哥罩着。没工作有哥哥养活，哥哥还能帮她找工作。而你没有。父母也不能罩着你。所以，你要自己努力。现在，她终于努力地找到一个可以罩着她的男人，可以幸福地生活了。菲菲去台湾旅游了。经济是基础，说说容易，对一个人的人生来说，这个经济基础真是太现实也太残酷了。你已经26岁了，你说自己是一个理智的人。所以，妈妈相信在有关你前途、人生、命运的大问题上，千万要理智。

当然，你有极好的写作天赋，你又认识到自己拥有这个能力，毫无疑问地你将成为一个成功的作家。

再说说情感问题。你看到同学恋爱了、结婚了，你有些想法。原因是你觉得这些女孩都很优秀，都应该与更优秀的男孩匹配，但现实偏偏不是这样。你如《红楼梦》中的贾宝玉一样，为女孩的归宿抱不平。

其实，这个问题，是你将其绝对化了。北大的女孩，当然是优秀的，但她们也是要结婚的。或许，她们对自己的男朋友也不是十分满意。但社会是现实的、人生是现实的。她们总是要结婚的。儿子，这使妈妈想到你的生活问题。你在这个问题上，表现得太理想主义。你理想中的女孩，似乎到现在也没出现过。你所说的这几个女孩，都曾经影响到你的情感世界，但你错失了这些女孩。过去，妈妈一直认为男人应该先立业后成家。对年龄很小就结婚的男孩很有些看法，所以，并不太赞成你小小年龄就恋爱。好在，你并没有受妈妈的影响，你的情感世界里从来不缺少女孩。就如你说的，爱人之下、朋友之上的关系。你爸爸今天早晨还和我讨论，找朋友是在理想中找还是在现实中找的问题。在现实中找的，人们都恋爱了、结婚了。在理想中找的，就都剩下了。如《非诚勿扰》中的那些女孩。

林夕阿姨曾经写过一篇文章《无人可嫁》。无独有偶，昨天在《大连晚报》上看到一篇文章《无人可娶》，是一位男作家写的。这位大学教师、文艺评论家在离婚后，别人给他介绍很多女人。妈妈看后笑了起来，这大概就是作家，用一双挑剔的眼睛，看身边的男男女女，哪个没有毛病？哪个没有缺点？做个朋友尚可，做伴侣可不行。我曾经写过一篇文章《女作家不适合婚姻》，被一位基督徒狠狠地批判了一顿。他认为没有人不合适婚姻，婚姻是上帝送给人类的礼物。可你看，这些男女作家，哪有那种完美的男人女人入他们的眼呢！我的儿子，你也要当作家，而你早就具有作家的气质。妈妈希望你有伟大的作品，但也要有婚姻。至少要有爱情。再说，婚姻、爱情的经历也是写作的重要题材。美国一诺贝尔文学奖获得者，结一次婚，出一本书。

你的同学与有夫之妇同居，你不要觉得有什么不好。这是个人选择问题，真的与道德无关。日本有个下台首相，看好的女人有丈夫，还不是让那女人离婚与之结婚。只是，成功者称为新闻轶事，失败者就被指责为不道德而已。说来说去，妈妈的意思是，你可以成为作家，但不要有作家在感情问题上的毛病。像妈妈这样，虽然是作家，但婚姻很牢固。虽然经常吵架，但没想过分手。儿子，不要说身边没有合适的人，只是你没发现而已。

妈妈

2012.4.10

第十七封信

逃避平凡

妈妈：

在信里可能很难准确地描述自己的生活状态，我也担心用词不当给父母平添压力，尤其是父母正在乔迁的繁忙状态当中。但是我的确想要做出一些决定来让自己的生活有些改变，至少与现在不同。为了防止犯过去类似冲动的错误，我花一些时间沉淀自己的想法，等到自己冲动过了劲儿，剩下的是理性的时候，再跟父母说我的想法。

我觉得出国以来的生活经历让我再一次站在了一个选择面前：继续一条一直预期的道路还是重新申请其他院校，改变自己的专业，投入一个未知但是更令人兴奋的未来。

自从我有了申请政府学院的想法以来，我一直在想找一个好的理由跟我申请的教授说为什么我要中途换专业，我到底对政治学有怎样的热情。我也和基督教夫妇谈过。一开始的时候，我试图真诚，说自己从小被训练追求成功，追求卓越，追求名校，这已经成为了一种习惯。现在的野心促使我想要充分利用与这位教授之间的关系。而对政治学的热情，其实既可以从我天然就对政治感兴趣的角度来解释，也可以从一个普通热血青年充满“民族”热情的角度来解释。而自我分析的功利角度的想法是无法打动人的，虽然真实，但却说明了我的不成熟。某一天，我突发领悟到——从心理学当中的某个动机理论那里获得灵感——自己可能不太容易找到一个“主动”的理由去解释为什么自己想要做出一个这样巨大的改变，但是也许很容易找到一个“被动”的理由——做出一件事情的动机可能同时来自于“趋”和“避”。也许我的动机是为了逃避某些事情，而我的人生当中不少事情都是出于后面的原因的，相对的，渴望什么的说法只不过是借口罢了，充其量是次要原因。于是我重新整理自己在这边这么长的时间在各个方面的感受。生活上，其实我并没有太多的困难，无论是人际关系还是衣食住行，本来就不是我太在乎的事情，更何况现在条件要比以往更好了。但是我感觉生活中的兴奋点越来越少了，而且这个趋势从研究生时就开始了。即便在上课的时候，老师讲课的内容(心理学课程)也在不断地重复，即便是老师自己的想法，也总是不那么难以理解，我也感觉不到那种得到新鲜知识的兴奋感。这边的老师还是很负责，给了我很多机会参加实验，但是有了目标的具体工作实在是让人提不起兴趣，只有一种责任感在催促自己，所以感觉上相当“被动”。反而是在阅读一些其他学科的科普书，或者在写课程作业忙里偷闲看看一些边缘知识的时候那种知识的丰富性让我感到小小的兴奋，就好像在本科读心理学教科书“每遇所得，便上厕所”(每次读到有灵感的时候都有上厕所的冲动)的那段美好时光了。那个时候看书是有吸引力的事情，各种如同圣光般(只是随机想到的词汇，可能因为最近讨论宗教问题比较多的缘故)的知识让我对生活有了新的理解和体验。而自从在北大读研，我感觉其实我所受到的训练就是变成一个出版机器，学会各种技术性工作，学会写论文，学会在学术圈里的做人技巧，了解心理学学术圈的各种规则。研究生的学习和训练并没有给予我所期望的彻底分析、解释问题的能力，而是将我严格地限定在一个专业领域范围内学会如何“生产”文章。这种感觉尤其在当我试图思考文化问题的时候显得格外明显，我死板的思维方式当遇到其他思考角度的时候只能保持沉默，而这让我觉得非常愚蠢。从道理上来讲，应该是我驾驭知识而不是知识驾驭我吧？所以自从上了研究生，无论是北大还是这里，生活都不再那么快乐了，因为我所接受的训练和接受流水线工作训练的工人在本质上是一致的。即便在学校里，即便是做学问，我学会的是各种世故和愤世嫉俗的态度。这些“知识”，只是让人变得更成熟，但却没有让我感到更快乐。我这里说的快乐不是那些吸毒青年所追求的肤浅愉悦感，而是指我没觉得自己在向上的道路上前进，只不过被这个社会更好地加工而成了这个时代的一个产品而已(通俗地说就是“社会化”)，真的是离“大道”越来越远了。

我擅长发挥知识，总结知识，但是不擅长创造知识，也不喜欢向别人“证明”自己的知识。我喜欢的是符合逻辑的理论，假设各种科学发现都是事实，然后用这些科学依据去理解世界，穷尽其理论直到遇到逻辑矛盾。这大概就好像古代中国知识分子都假设“圣贤之书”里有了所有的营养一样。我仍然喜欢看心理学期刊，但是注重点却不是我应该重视的实验方法、理论背景，而是结论及其启发意义。我想的是怎么理解这些研究的结果，而不是怎么想出一个自己的研究来。这明显不是一个受过训练的心理学研究生应该有的思维方式。

所以我总结自己大概想要逃避，想要再一次像一个本科生一样去重新学习一个新的学科，读着大本大本的教科书，汲取最精华的学科知识，也可以叫做“干货”吧。学术前沿知识的不确定性让我感到厌烦。

撇开感觉，我想知道自己到底想要成为一个什么样的人。这也是我感觉到我自己又一次被给予一个机会，或者说我自己将自己放置在了一个十字路口面前。到目前为止，我的目标一直是顺利地拿到博士学位，跳到好的学校，毕业后拿到好的教职工作，开始做自己喜欢做的事情。这听起来没什么问题，但是我担心的是未来的三年会和北大三年一样让自己感到失落，尽管我意识到这些都是我应该做的事情。我意识到在北大的三年我的热情是逐渐减弱的，知识积累的速度反不如本科(按道理不应该如此)。现在我的热情基本上已经被人生规划消磨殆尽，我真担心自己会再浪费三年，把自己最宝贵的时间浪费在与意志消磨的斗争当中。我现在应该做的事情本应是顺利拿到博士学位，多发文章，可这一切似乎都像是“职业规划”“升职计划”或者一个从农村来的有志青年定下的十年里不择手段赚100万的规划。

说了这么多，喜欢简洁明了的爸爸妈妈可能已经有些不耐烦了。其实我想说的是，从这个假期开始一轮申请计划。我想换一个专业，社会学、人类学、政治学均可。凡是能解释人的人文社会科学，凡是与心理学角度不同去解释人的学科都是我的目标。美国的空气没有让我跳得更高，但却的的确确放纵了我的野心。

但这个决定会有很多后果。我也许会更为彻底地变为百无一用的书生，因为在这个时候换专业会缺乏成功的积累(发表的文章)，进而使自己的简历变得更为苍白。到现在我还没听说过将“求学”作为人生追求的人，我感觉自己并没有榜样，因为身边的人都在专业化(机械化)、职业化的道路上取得了成功，社会上、我周围的“成功人士”皆是如此。而且我的目的似乎很自私：希望自己对事情的理解比所有人都更全面、更深刻。说实话，这又有什么用呢？如果申请不成功，浪费了大量精力和财力不说，对我今后博士学习的影响也很难预测(也许会因为希望破灭而变得更脚踏实地，也许会因为幻灭而彻底将自己打击到凡人的位置而自怨自艾)。26岁对女生可能是考虑婚嫁的关键时期，但对我来说却是不得不去思考如何抓住最后的机会搏击自己的人生高点的时刻。高考时的我可能只是丧失了一个机会，但是机会还是会再有的；现在失去的是时间，可时间却永远是不能挽回的。我已经26岁了，现在的平凡实在是与我的想象大相径庭的。现在，小聪明也不会再被人欣赏(欣赏小聪明的人估计也没什么作为了)，就算不出名，至少也应该做卧薪尝胆、文化苦旅般的积淀。但是明显的，做一个出版机器成不了名，更没有让我在知识的深度和广度上有多少的积累，只不过让我变成又一个忙忙碌碌的人生过客而已。现在的我要么继续追求童年的理想，要么彻底放弃这些迷惑自己、迷惑他人的理想主义的陈辞滥调，脚踏实地地做一个普通人。父母可能觉得这两者并不矛盾，拿到一个博士学位、当个老师仍然可以成就理想。可是在我看来，那简直是太平庸了。多少人拿到比我要好不知多少的学历，多少人现在比我更加专业化更能发文章，多少人现在的观点和理论比我更加深刻。我找不到什么理由来说明我将来能做出什么比他们更出色的事情。爸爸妈妈之所以会有优越感，在社会上会获得成功，那是因为你们的确在那个年代上了大学，虽然这多少是有些被动的事情，毕竟你们有了与绝大多数人不同的经历。而我呢(应该不是在妄自菲薄)除了进行了一些不彻底的哲学训练和从父母那里继承来的些许天赋(而别人有别人的天赋)，人生当中基本上没有什么让我比别人更优秀。就算我在本科更为刻苦，但比我刻苦的人绝对可以构成一个社会阶层了。看到这边的同学一个个伶牙俐齿，讲故事的能力丝毫不亚于我的时候，我才意识到自己过去所做的那些所谓的努力只是让自己变得“稍微有点不平凡”。

写着写着，自己又变得急躁起来了。小的时候沾染了父母优越感太多的基因，对自己的期望超越了现实，所以才有了现在的“困惑”。这个暑假一方面准备综合考试，一方面挑选几所学校的不同的专业申请。在准备综合考试的时候，将自己的感想写成有些深度的文章作为申请材料。不会挑选很多，毕竟现在的盲目性要比过去小了很多，而且也没有当时那么大的压力。但其实，近阶段的这些思考，对我的生活已经有了很多改变。我开始有意识地跑到图书馆(没有电脑)，看看其他学科的书，刻意放下一些“很紧急”的工作，以最好的精神状态去学习新鲜知识。生活总得有点动力的。

纽约之行估计是够呛了。因为我查了一下机票，来回将近400美元左右，这个倒还可以接受。关键是住宿。我试着联系了一个在纽约的同学，却没有回复。上网查了一下旅店价格，最烂的那种 Hostel(就是有点像爸爸住过的体大的旅馆，一个房间六张床，只不过床的质量相对好一些罢了)也要一个晚上 60 美元左右，的确是住不起，更不要说安全问题了，去机场的来回接送又是问题。实在是不想折腾了。

下个星期我会坚持写作。既然决定将来想要写作，再没有什么理由不训练自己了。所以以后会将晚上的时间空出来专门写作，毕竟吃饭的家伙是一定要经常练一练的。下一周也许会写一个关于“婚外恋”的专题，然后将过去积攒起来的一些感想写出来。我上一周写一篇小文章的时候感觉比较烂。我想自己写作训练的第一步就是先把垃圾都写完，之后也许就能写点好的东西了。

爸爸妈妈搬家要注意身体，累了就休息，以后好长时间你们要自己照顾自己，不见得比照顾我容易多少。

儿子

2012. 4. 15

将来不吃后悔药

亲爱的儿子：

今天无论如何也要给你写信。尽管事情很多，但你的信是一定要回的。

说三件事。

第一件：上周六搬家。一周来，可以用忙得不亦乐乎来形容我。好多年了，没一天干这么多活，没一天睡这么少的觉，没一天的生活会过得这么简单。一瓶矿泉水，就是一天喝的水的总量。好在，基本就绪，大活做完了，剩下小活慢慢干。这个家，还是不错的。尤其是环境好得不得了。在目前大连，大概可以说最好的环境了，生活在花园里，远离都市喧嚣。你不知道，大连现在已经不是过去的大连，是一个乱七八糟、脏乱差的城市。虽然说比有的城市可能强一些，但比过去差远了。我们家现在生活的地方可谓世外桃源了。所有来看过的人都说这儿真是一个养老的地方。我们就在这儿养老了。

第二件事情，妈妈一直认为应该安全第一，远在他乡，安全是重中之重。

如果不能保证绝对的安全，暂时放一放是好的。妈妈很支持你这个决定。其实，旅行的事情你不必着急，将来你会走遍世界的。从小你学习《走遍美国》，当时感觉走遍美国似乎只是个幻想，而现在，只要你想走就可以了。走遍世界，对你也并不是太遥远的将来。

第三件事情，最重要的一件。就是你想放弃心理学博士转而读别的博士的想法。你知道，看了你那封信，妈妈是什么感觉吗？那天，我还以为你就用那篇《半夜杂谈》作为信呢。你爸爸晚上下班回来说你又来了一封信，我还不相信。上网看了以后，眼睛湿湿的，是一种说不出来的欣慰和激动。尤其是那句："美国的空气没有让我跳得更高，却的的确确放纵了我的野心。"放纵野心，儿子，这是一件不容易的事情。这在中国也是不可能的事情。野心从来不是一个褒义词。而不同的国度，不同的社会制度，赋予它完全不同的意义。能够放纵野心，为什么不放纵呢！即使失败，又能如何？放纵了，才能不后悔。中国人的人生中充满了后悔的人生。所以说，有钱难买后悔药成为每个人人生必有的一味苦药。似乎所有人都有后悔的事情。有点年龄的人到一起，常常会说的是：如果当年……。你现在选择的是一条将来不必说如果的人生，这是一条或许曲折，却值得去尝试的人生，因为它将使你未来不必吃后悔药。这真是太好了！

你说了很多，其实，理由只有一个，你还想改变，你还想飞。记得吗？你本科的时候就写信，说你想飞。这是你的性格，是上帝赋予你的力量。既然有这个优势就飞好了，无论有什么样的结果，妈妈都会支持你。家永远是你最可靠最安全的港湾。

电脑桌换了，键盘太高，打字不舒服，就写这些，表表妈妈的态度。

房子换了，有许多习惯要改，我知道，这不容易，但我做好了改变的准备。

努力吧，我的儿子。但一定要注意身体。

妈妈

2012. 4. 20

第十八封信

做朋友的责任

妈妈：

这两周感觉过得飞快，因为这两周开始做准备了很久的实验，每天定时要去实验室关注进度。各种日常的工作就把白天的时间塞得满满的，再加上心里总是念记着暑假的安排，更让我对当下的各种事情失去了关注。

现在我的生活已经与其他两个室友很少有交集了。但是室友的"婚外恋"经历倒是使我在与特定关系水平下如何表达关心、如何定义朋友的责任这些问题上有一些自己的思考，并转化成了学术兴趣。有一天在课堂上我趁着一次机会"不点名"地分享了在整个事件当中我的思考、策略。我询问了我的美国同学如何处理这种事情(身边有人在情感方面做出在道德上有争议的选择)。虽然他们提出的处理方法与我的预料没有太大的差别，但是在老师和同学的刺激下，我的语言更精炼地概括了我所体会到的两种不同策略(有可能是文化差异)。无论在哪里，朋友有义务(道义上讲)在看到朋友做"难以理解的事情"的时候提出忠告。但是忠告的方式是有所差别的(有可能是我与其他人的差异，而不是我所代表的中国人与西方人的差异)。西方人在陈述自己的意见之后，往往会说："这是你的人生，所以你要做出自己的选择并对自己的选择负责，我只是提供一些意见和参考。"这就好像小的时候父母偶尔在某些不太重要的事情上会对我说让我自己做选择，他们只是给我提供意见和参考一样。但从感受上来说，我的感觉是这种结语更像是要"撇清关系"。当时我在总结美国同学的反应的时候说："You, just like me, try to influence people. However, you are afraid to take the responsibility of the consequences of your influence, even for your own friend."(你和我一样，试图影响别人。但是你却害怕承担这份影响的后果，即便是对你的朋友。)其实我很能理解美国人的处理方式，因为现在的情况是过分卷入会让自己很累而且毫无收益。这也是所谓的现代社会人际淡漠的一种反映吧。但其实这与在家庭里的人际模式是相类似的，因为当我用父母与子女的关系打比方来解释为什么我认为“撇清关系”的做法让我认为是一种“冷漠”的表现的时候，周围的人都能够理解。所以我将理想当中的那种“关心”理解为一种家庭血缘关系的扩展。传统中国社会总是将非血缘关系以各种方式融入血缘关系当中，这也是各个文化普遍存在的现象。但是中国的特殊之处在于当下传统的氛围仍然很多，而且凡是不顾及“个人安危”表现出这种品质的人总是受欢迎的。反观在美国，这种以关心家人的程度去关心朋友的方式很有可能遭遇冷遇，因为会被解读为“overreaching”(过分了)。从实用主义角度来讲，撇清关系是聪明人的做法。我记得当时有人问我会怎么做，我说我学习文化就是想有两套“工具”，看对方能够理解哪种就用哪套工具。

周日和同学一起去沃尔玛买东西。在结账的时候我后面有一对母子只有很少的东西，而我的车里有很多东西，于是我就让她们先结账。其实以前也有人让过我。结果同学倒是有点像是抵触的感觉，认为没有必要跟美国佬谦让。我感觉他虽然身处美国，但是自己租了一个房子独处，很少和美国人来往，以至于在孤独中形成了一种对美国人抵触的心态。希望我不要这样。现在反思一下自己申请的初衷，其中会有那么一点点逃避的情绪在里面。我在课堂上总是很活跃，但是在私下里感觉就差很多。因为这里的研究生和国内差不多，并不是真心关心学术，都是为了找一份工作而已。所以私下里他们的对话我并不是很感兴趣，如果是讲中文我还可以东拉西扯，但是说英文的话我就很难插上嘴。再加上人与人之间比较疏远的生活方式，导致我有很多理由和空间去逃避这种生活上的挑战(而不是精神上的挑战)。我的同学给我提了个醒，一定要注意保持与“人”的接触，否则各种不良情绪就会很自然地产生了。

周五和普通心理学其他三个助教一起吃午饭。可能因为彼此已经比较熟悉了，聊着聊着她们就谈起了另一个同学的是非。本来我们谈论的这个女孩是那种很开放、挺热情的人，但是很明显一方面在个人生活方面不太“传统”(这才不到一年就与两个男朋友分手了)；另一方面就是比较黏人，经常没事就给人发短信，一旦有人回短信就唠唠叨叨没完没了，而且做研究不太负责任，经常半途而废。从美国人嘴里听到这种“是非”还是需要场合和一定的熟悉程度的。一开始的时候她们之间的关系是很密切的，现在听起来觉得原来她们也是表里不一啊！

感觉在这边需要和特定某个人处理好关系的压力并不是很大，一方面不住在一起，另一方面工作交集也不多，一个人的个性、处事风格就成为决定人际关系“松紧”的关键因素。想想过去，在高中上课，在大学，在研究生院，虽然已经尽量和自己不喜欢的人拉开距离，但是我还是把很多我其实并不是很喜欢的人变成了天天在一起接触、还互有“好感”的朋友。在我看来，对于这些抬头不见低头见的人，不能简单定性喜不喜欢，关键是一起工作、一起住宿经常见面等事实决定了我要处理好人际关系。在这边如果没有这种“事实”造成的压力，像我这种以前更多习惯“被”接近的人可能会有脱离人群的危险。虽然很麻烦，但是确实得拿出额外的精力来主动和人进行沟通。

家里搬家有人关心是再好不过的事情了，这种人际关系似乎可有可无，但其实对很多人来说却非常重要。爸爸总算还有个许叔叔能算做朋友，否则人生真是太单线条了。爸爸在一个人际关系大国坚持了孤独的价值，真是挺不容易的。总之爸爸妈妈要开心才好。

儿子

2012.4.29

别管别人的事

亲爱的儿子：

我要说对不起。因为搬家来了很多人，年龄也大了，所以周日那天，竟然忘了和你视频。可无论如何，忙乱、年龄大，都不是理由。你是最重要的，这在我们家是没有异议的。对不起，以后不会再发生这种事情了。我会努力地和年龄对抗，保持创作和记忆能力。

今年的五一假期提前到4月29和30日再加上“五一”一天。5月2日就上班了。你爸爸今天上班去了。

好了，说说你。之所以着急给你写信，就是想跟你说，不要管别人的事情，出力不讨好，完全没必要。

我的儿子，中国有句古话：劝赌不劝嫖。中国谚语是在历史中沉淀下来的智慧，将无数的哲理、经验、理论概括成一句话，甚至几个字，却足够指导人生。儿子，记住这句话：劝赌不劝嫖。不要劝说人家该和谁好，不该和谁好。这种事情，如果对方懂事，不会恨你；如果不懂事，恨死你、恨你一辈子。

这不是冷漠，这是尊重，尊重他人的选择。其实，说真的，儿子，你的观念难道比妈妈还保守吗？

我们搬家的活计已经基本忙完。坐在宽敞的家中给你写信，感觉不错。昨天你二姨和姨夫，舅舅、舅妈到咱家温锅，一起到花园里去玩。园中姹紫嫣红、美轮美奂，他们都很喜欢。这个环境，也算是好的了。菲菲姐姐也来了。住在这个城市，大家竟然都没到这儿来过。而我在看房子的过程中，竟然找到这一处城市中心的世外桃源，真是高明。

等你回来，你会发现，这儿确实是一个适合过日子的地方。

好好学习，不要太累，也不要太过于执着。很多事情，或许看淡些也是会得到的。

妈妈

2012.5.2　上午11：55

第十九封信

非主流目标

妈妈：

我这一次又为自己的粗心大意付出了代价。期末成绩里面缺少了一个作业的成绩，我要在上交成绩之前尽量弥补。又因为我保留同学成绩的时候没有清楚地按照日期区分不同的作业，结果寻找所有同学的作业就成了一件非常痛苦的事情。还好，最后基本上找到了所有同学的作业。就在刚才老师发来“贺电”，说成绩已经全部输入系统，这学期的助教工作也就正式结束了。

这个学期即将结束，但是还有很多善后工作不能马虎，而且更重要的是为接下来的三个月假期制定规划。第一个学期多少有些适应综合症，第二个学期助教工作打乱了生活节奏，而这接下来的三个月不仅仅会决定未来一年内我是否能够利用过去一年的积累有所建树，更重要的是能否为自己的梦想做最后的挣扎，为不做“普通人”做最后的努力。在接下来的三个月我要根据过去一年的不足重新设计自己的学习计划，并且根据自己对未来的设计，重新建立新的学习习惯和积累方向。虽然在这边暑期出游、赚钱是很常规的活动，但我对未来的设计却是与众不同的，和别人有同样的规划才是不正常的。规划、积累，朝着一个目标坚定地努力，这就是我在这个假期里应该做的。

过去对自己的职业规划其实是很模糊的，而且也包含了太多的“大众主流意识”。拿美国的博士，当教授，有份稳定工作，被人羡慕，做研究，发文章，然后去世。爸爸从来就没有按照大众规范来教育我，所以我有一个非主流的生活状态就理所当然。这里说的非主流并非剑走偏锋，它是指和时代不相苟同的理念。这个时代最重视的是成功、金钱、地位和名气，而说我不渴望这些更像是青春期的叛逆语言。但事实上，我总是为自己能够追求一些与其他人不一样的东西而感到兴奋，骨子里的确有一种叛逆的精神。应该不是青春期的叛逆了，虽然当下无法言明，但是我能感觉出两者的差别。再者，我思维的方式，我的那些思维火花，都反映出我追求独特思维视角的习惯。根据我最近的理论，现代社会就是放大了人性来求得最大的效率，所以从理论上来说按照自己的特点去规划人生才是最有效率的事情，这也算是现代社会给我“任性”的一个理由吧。

这一周的主要任务就是做计划。详细到每天早上背英语单词，练习口语（我现在意识到不练的话永远不会有进步）；按时吃饭（其实坚持起来还是有难度的）；规律作息（不再熬夜）；打篮球计划（现在的身体有点虚弱）；准备下学期开始的综合考试计划，读书计划（规定基本必读书），申请计划，写作计划，研究设计计划。这个假期主要有五个主题：规律生活，申请，研究，写作和英语。

上个学期可以说是没有任何计划，暴露了我工作能力并不是很强的弱点。以前很少以“没有时间”作为借口，现在基本上成了正当而又频繁的理由。这并不能说明我真的有多忙，只是没有及时调整好生活状态，导致日常工作效率低下，工作不区分主次重点，注意力频繁分散到人际交往当中。这个假期给我一个重新整理的机会。只要保持高效率，就算有再多工作也不会抱怨没有时间。我的确缺乏一种工作者的气质。

儿子

2012.5.15

性格是没有错误的

儿子：

刚才看了你的来信日期，是5月15日，而今天已经是5月28日。这大概是妈妈给你回信周期最长的一次了。

虽然视频上和你说说笑笑，但还是静下来给你写信，更适合妈妈。这些天真的是很忙很忙。每件事似乎都很重要，都要在规定的时间里办理完毕。但事实上什么事情也没有我给儿子回信重要啊！我应该挤时间给你写信的。问题在于，妈妈现在老了，每天好像只能全心全意做一件事情，已经不能连续地工作，否则会感到疲劳，会觉得工作质量不好。

那年你爸爸去杭州学习20天，我一个人在家，一天写一万字。写的酣畅淋漓、激情飞扬。一个月时间写了一部长篇小说！现在可不行了！只有几年的时间，尽管自我感觉还不错，那种冲劲却没有了。年轻时候舍我其谁的气概也消失了。

说说这些天的事情。我们家的户口落不到新房子所属户籍里，因为这套房子还没交易。但必须将户口起走，因为人家新的房主要住进来。于是，与派出所沟通，还好，总算起出来了。

这几天，买咱家房子的小夫妇的户口落不下，原因是地址不对。现在的户籍地址，有关部门经常改，老百姓又不知道。所以，就不给落户口。真是莫名其妙，原来说，今天去到派出所给小夫妇帮助落户口，可他们到现在还没来电话，告诉我什么时候去，于是，我在家给你写信。

当然，还有一个最不好做的就是，张总让我给那本书的四章重新写序言。每章至少3000字，你想想，儿子，真的不好写。妈妈像一只困兽一样在家里走来走去，每天一章。想多写，可大脑不转了。写了四天。总算写出来。周五、周六，又写了前言和后记。哎呀，真是不容易啊！作家本来就是天马行空，独往独来，想写什么写什么。可这次是命题作文，可真是难为。好在，我的功底尚可，已经完成任务。当然，还可能要改。这真是一本反复修改、反复润色的负责任之作啊！

儿子，妈妈看了你的上封信，其实是感慨万千。你总在修正自己的理想，总在为自己的未来规划、设计。如果妈妈猜得不错的话，你对现在这所学校不甚满意，你希望到一所更好的学校去发展自己。这些，妈妈都能理解。但正如你所说，妈妈和爸爸都是按照社会的普遍规划来设计你的人生，读博士、当教授，有一个稳定的工作，稳定的收入和稳定的生活。可你内心中却渴望另一种生活。你的这种性格像妈妈，只是妈妈在一个不允许“出轨”的时代里出生成长。后来有了一点点机会，就单独飞翔了。

儿子，这是一种性格，性格是没有什么错误的。但是，这种性格是一种充满风险的性格。那天，我在你本科时写的书信里，看到你立志做世界最好的心理学家的誓言。那种铿锵有力的誓言，看得妈妈热泪盈眶。就是靠着对理想信念的执着，你一路走到现在。如今，你又热血沸腾地要跨行业了，妈妈只是提醒你，要做可能失败的准备。当然，更大的可能是成功。不过，你放心，妈妈现在也不是当年的妈妈了。多年的修炼不成精也成妖了。妈妈会与你一起去对抗这个风险。

妈妈

2012. 5. 28

第二十封信
调停之夜

妈妈：

上个星期，我的放松可以说是一种把什么都不放在心上的状态。因为总是想着赶快充实自己，赶快积累“想法”，好决定自己申请的去处。刚开始读政治学教材发现读起来比较费劲儿，而人类学教材也是如此，还是有些沮丧的。的确曾经想过写信，可是为了防备自己分散精力，所以没带电脑和 iPad，就只能作罢，结果就是干脆没写信。在这边早已忘记什么叫做体谅别人了，一天到晚什么事情都是自己负责，与人进行交谈也好像试探雷区一样小心(和基督徒，同学，甚至中国同学)。明显自己还没有完全适应驾驭生活中所有细节的状态，所以忘记写信和丢掉钱包一样，都是成长的代价吧。

最近周末出去玩儿的次数明显增多了。周五是和美国同学例常的聚餐。大上个周末我们三个中国学生聚会，给其中一个女生送行。这个女生为了尽快找到工作，跳槽到另一个学校学习统计。好久没有用中文和人这样聊天了。晚上吃完饭，我们到了女生住的地方聊天，聊人生，聊感情。因为之前发生的一些尴尬事情，大家都挺忌惮这个女生的。我不记得是否跟父母详细说过那件事情。当时她和一个马来的男生有了绯闻，结果她过分利用了感情，而那个马来人也可能在已经有女朋友的情况下没有掌控好和另一个异性之间的暧昧尺度，最终导致两个人从“暧昧”“上升”到了冲突。她当然无法理解一个男生怎么会在本应该是关系更进一步的标志性事件(亲吻)之后态度180度的转变。结果两个人的关系从甜蜜变成了一个躲一个追。这种状态可能持续了几个月时间，最终所有的能量在一天爆发了。那天，女生和马来男同时来到了一个同学家参加一个很小的聚会。主办的同学事先“告诫”不要在她的生日 party 上闹事。但是她明确地是带着情绪和目的来的。当众人庆生的时候，俩人吵了起来。马来男苦诉自己的无奈，而向我们大家求助。而女生在我们面前一副被辜负、被伤害的表情不停地重复质问马来男为什么“薄情寡义”。马来男一开始就是躲，躲进洗手间，结果没想到那个女生居然跟着进了洗手间。这明显超越正常人行为尺度的举动终于也激怒了马来男，他开始用英语辱骂她，各种脏字不绝于耳。这种戏剧化的场面应该算是我生平第一次见吧。最后大家把他们分开，各自聊天。我和马来男在一起，大概了解了事情的前因后果。马来男并没有在我面前承认错误，不过我知道他知道自己也有不对的地方。最后生日 party 就变成了调停之夜。

这一次她要走，没人说要给她送行什么的。我总觉得不管怎么样都是中国人，而且之前的事情也已经很久远，马来男也已经走了，大家还是成熟到可以坐到一起好合好散。整个事情都是我组织的。我给他们分别打电话，协调后确定了时间和地点。

在这边，似乎只要是说汉语大家就很容易聊起来。不过她还是一如既往的古怪。她下个月就要接受洗礼成为正式的基督徒了。我们都有些惊异，不过也是见怪不怪了。我们吃完饭又一起去吃冰激凌，大家聊得都很开心。我稍微有点明白以前为什么有这种说法：“一个中国人是一条龙，一群中国人是一条虫。”只要周围有中国人，总是能够形成彼此依靠的关系，不管是文化基因还是自然而然的缘故。而看到在这边孤身一人的某些来自其他国家的人，他们没有依靠，只能强行去融入当地的圈子，结果适应得反而更好。在我看来，这又是一次选择：到底要不要强迫自己融入当地的圈子呢？

最近在读社会学和人类学的教科书，从基础教科书读起。最先感受到的是自己真的是处在“comfortable zone”（舒适领域）太长时间了，感觉好像自己的英语阅读已经没有问题了似的。我看的教科书作者似乎并不太在乎使用专业词汇，而且专业词汇很多，我不得不第二天查了半天字典。我想这个阶段是必须的，虽然并没有预料到读教科书还会有这种程度的语言障碍。毕竟改变总是有代价的。正如我和父母说的，大部分的人追求着自己的理想，寻找自己人生的主题，考虑如何实现目标，如何赚到最多的钱。但是作为学者，我臆想了一个不同的境界（很有可能是我自己的理想主义）。我过去和所有人一样，追求的是一个目标，一切手段都是为了实现这个目标的。但是我可不可以将自己的人生看作是一个追求答案的过程，而不是追求实现目标的过程？我生在这个时代，有很多疑问：宗教和信仰到底是什么关系？中国人需要的是什么？如何理解民族主义对一个发展中国家的意义？中美之间文化差异与政治利益矛盾之间究竟是怎样的关系？民粹主义和精英主义究竟哪一个更适合中国？现代性当中的理性与感性究竟分别扮演着什么样的角色？在追逐现实目标的过程中，我成功过也失败过，现在可能是一个低谷。一直很崇尚范仲淹的“不以物喜，不以己悲”的境界，就是找不到在现实中实现这种境界的途径。好久了，感觉活着本身似乎也成了一种手段和工具，为了实现父母的愿望，为了实现自己的抱负，为了兑现家族的期望。感觉这个解释是当下我对“为什么活着”最贴切的回答了。到了这里，挑战更多了，自己不但越来越不像个学者，连个学生都不像了。最近晚上睡不着觉的时候想挑点“高深”的问题(而不是被无聊的问题所困扰)烦自己，刚才的那几个问题总是能不断重复。我想以后读书内容更宽泛些，提出的问题也许会更深刻一点，但是我想重新组织一下自己的生活，让自己的知识围绕着这些问题，丰富自己的目的不再是用自己去实现目标，而是回答自己关心的问题。就好像马克思一样，希望自己的理论也许最后会有点实际用处。

我似乎变得越来越没心没肺，但是我没这个资格，因为我还有父母在。父母也对自己的老年生活有些许的恐惧，而我明白自己是你们唯一的慰藉。宽泛地说，站在不同立场，有不同的利益，角度完全不同的人之间如何能获得彼此的理解呢？虽然说出来很肉麻而且很俗，但似乎只有“爱”了。中国人和美国人之间如此，不同种族之间也是如此，不同阶级之间可能也是如此，我和父母更是如此。好在我和父母是有不可割断的羁绊的，不似中美之间、黑人和白人之间、资产阶级和无产阶级之间，有着说不清道不明但是永远存在的鸿沟。

虽然我的人生目标与父母的期望不同，每次聊起来都惹父母生气，但我觉得自己还不算是个不肖子，所以希望爸爸妈妈大人有大量，毕竟自己的身体最重要。想想爷爷的烦恼，爸爸妈妈应该算是幸福的烦恼吧(这个类比不知道合不合适)。我现在处在人生低谷，爸爸妈妈自然会觉得有必要出手帮助，就和以前一样。但是毕竟现在的低谷和以前并不一样，可能不是我做错了什么，而是也许我的能力只有如此，或者我正在做一件自己不擅长的事情。我还是很想和以前一样，走出低谷，继续朝着自己理想主义的康庄大道继续努力，但是这一次的难度并不是父母的经验和我们家人的精诚团结就能够解决的。

祝爸爸妈妈心情愉快，身体健康！

儿子

2012.6.3

舍不得批评

亲爱的儿子：

告诉你一个好消息。尽管这个消息对你来说可能已经有些麻木，甚至觉得本来就该如此。昨天，张总将《家书里的大学》协议书从网上发过来了。本来我想等今天让你爸去单位打印出来，再发走。你爸不同意，说那样会耽误两天。我们当即下载，然后去打印、寄走。快吧！

还有，很久没看新闻，昨天看新闻，说新墨西哥州发生大火。现在扑灭了吗？你要注意安全。我知道离你一定很远，可还是要注意。大火是因为天气热导致的吗？千万要注意安全。

我舍不得批评你，多好的儿子啊！为什么要批评呢？小时候都不批评，如今长大了，什么都明白，还是博士，批评什么呀！可你爸爸对你，怎么说呢？他对你的要求就像对自己的要求一样，他希望你完美无缺。这是不可能的嘛！他就是不明白这个道理，不过，他的心情是可以理解的。所以，我们理解他吧！毕竟，他说的也是对的。银行卡，一定要注意，不要弄丢了。

你周末出去玩的次数增多，与美国同学的关系开始密切，我们很高兴，融入美国不是一件容易的事情，可你做得很好。

关于那个女孩的事情，妈妈想说，儿子，太好玩了，你遇到一件和妈妈大学时遇到的几乎是一模一样的事情。那个女孩也很可怜，可以说，女人很可怜。爱上一个人，以为对方也爱自己，于是全身心地飞蛾扑火。没想到，人家不爱你，还很决绝。什么是悲剧，这就是悲剧，一厢情愿地爱啊！爱在海绵上，完全没有回应，你说怎么办？理智地抽身而退，好不好？男人觉得很好笑，女人觉得很愤怒，冲突是难免的。不过，妈妈那个大学男同学可比你们那个男生绅士多了。人家表明态度后，不与女生冲突。让时间将情感冷却，你说是不是很对？

你做得很绅士。她应该感激你，即使不感激，至少她也应该稍微有点谢意。作为过来人，妈妈劝你，这种事情其实还是不管为好，往往不落好。历史常常有惊人的相似之处，我们母子竟然遇到完全一样的爱情悲剧。看来，这种爱情悲剧一定在全世界各个角落都有上演，否则，怎么我遇上了，你也遇上了呢？

幸好，我们是旁观者，即使受一点牵连，对我们的人生没太大影响。千万别做主角，千万别单相思！太悲催了！

我不反对你读别的博士，也不反对你读别的学校，可把这个博士拿到手不挺好吗？妈妈只是要叮嘱你，如果你这次再申请成功，你就去读。如果申请不成功，儿子，你就坚持把这个博士读完吧，好吗？

妈妈看了你对政治学的理解和解读。说真的，儿子，我真不愿意你读什么政治学。你讲的政治学道理，完全和现实不靠边，完全没有现实意义。儿子，你想过没，你在北体大的时候，给很多人做过心理咨询。当时，你好有成就感，因为你帮助他们走出心理误区，至少因为你的帮助，他们对自己的情况有了比较客观的认识和理解。还有，你对 j 的帮助，更是让妈妈感动得流泪。如果说心理学不是很科学很有道理的话，说真的，政治学就更不科学更没道理了。

别喜欢政治吧。当然，如果你真的喜欢，你就喜欢吧！妈妈会默默支持你，只是这么喜欢的路将更漫长更艰难。你要争取政治方面的话语权，我的天啊！儿子，那真的很难啊！当然，什么也挡不住喜欢。但原谅妈妈，我总觉得你这种喜欢其实是隐藏着名校情结。如果你在哈佛读心理学，你会想到转专业吗？

我们现在已经无法左右你，只是提出自己的看法，你愿意做就做吧！妈妈会一如既往地支持你。你身后永远有妈妈的支持和凝视。

妈妈

2012. 6. 5

第二十一封信

文化研究：建构文化

妈妈：

下午打篮球，偌大一个场馆整整两个小时居然只有我一个人。除了拍打篮球的回音以外就是空调机的轰鸣声。我以前还真是不知道空调有这么大的噪音。我练了篮下转身后仰射篮、晃动加拉杆上篮、全场运球、三分，最后还试着灌篮。这是我的优点，就算一个人打篮球也不会无聊。

过去的一周，我开始了“文化研究”专题的阅读。上个学期的工作和研究训练，将我推向了一种“无意义”的边缘。父母说这是为了获得“经济基础”的必要阶段。我完全同意，我也没有打算中断这个过程，变成一个拿着吉他跑到北京北漂的人。我没有那种甩开身上诸多羁绊的勇气，我的一生可以说正是那个北漂人的反面。但是我主体性当中的矛盾面——事实与想象、真实与审美，用书中的语言来说，这是西方自柏拉图以来在传统道德哲学思想指导下的固有思维模式——总是让我处在一种在外人看来属于“迷茫的状态”。当我做过分实际的事情的时候，我就挣扎着做一些不实际的事情，比如在体大的四年(理想主义引导下的苦读)；当我做过分理想化的事情的时候，我就挣扎着做一些脚踏实地的事情，比如在北大(“人际”概念为核心的研究生三年)。所以如果说我现在有些迷茫，其实我一生都是在“迷茫”的。父母不用担心太多，我只是做了我一直在做的事情——在辩证中挣扎追求最终的“绝对精神”，虽然不知道“绝对精神”对于我是什么，但有可能这个辩证的过程才是本质。

其实经过两本书(准确地说是两本又十分之一)的“熏陶”，我建立起了自己对“文化研究”的理解。文化研究其实就是——真正的屠龙术。我随手写了一篇小短文，叫做“为屠龙术正名”，就是为了纪念当时自己进入文化研究领域的那份欣喜。可惜现在这份欣喜又被当头棒喝，变成了困惑。因为现在进入了不那么通俗的真正文化研究大师的语境当中，发现他们的语言如此晦涩，尽管我发现他们对专业语言的使用应该算是炉火纯青，但是在过分思辨的篇章里我再也找不到灵感。而折磨我的这篇文章正是当代文化研究的领军人物写的，我实在有些灰心。但是现在还是处于热情高涨的时候，希望坚持一下能看到彩虹吧。

之所以说文化研究是屠龙术，就是因为它的主要目的就是“建构”(当代主流是解构主义)，就是对各种社会现象、文化现象提出历史性分析，就是要拿抽象理论去解释现实。如果说作为自然科学标杆的物理学有各种理论可以概括这个有规律的世界，那么文化研究可以说就是人文社会科学当中的“物理学”，能从各种各样的角度去建构性地理解文化现象。乍一听上去，这和一般的社会科学似乎没什么区别。而令人兴奋的区别就在于文化研究不仅是一门学科，更是一个阵地，它从根本需求上需要兼容所有学科(甚至自然科学)的视角去“建构”，无论是人类学、社会学、心理学还是政治学，他们各自都有自己的“视域”，因为学科所限而力所不能及。在我看来，中国如此悠久的知识传统无法用西方“学科”性质的语言去定义，因为我们文化当中的知识传统其实就是“文化研究”。在我脑海里，现代西方的知识体系总是与我所熟悉的中国传统知识体系质性上不相容，现在总算找到一个视角在西方知识体系下定位中国知识传统。对于中国知识分子而言，最重要的标杆不是“专家”，而是“上知天文下知地理”，而且一切知识都指向对社会文化现象的历史性分析。从这个角度可以找到一条门径去为中国如此悠久的知识传统正名，重新理解倡导人文精神的中国知识历史。西方人直到20世纪才开始做的事情，我们已经做了几千年。而就是在这几千年里，我们创造了诸如“师道”“孝悌之义”“三纲五常”等一系列以人性为本的人伦体系(其实这都是建构)。从这个角度，这些人伦规范不再简单地是封建思想的落后产物了，也不再是所谓的“传统”了，而恰恰是人类对自身建设的未来发展方向。

爸爸说我读书没有目的，从爸爸的角度来说可能是这样。但是我新的想法其实都指向之前提到过的那些“大问题”。我提到过，过去一年的探索让我发现了定义自己人生的那些终极问题，无论我思考什么，很难再超出那些范畴。而在现代语境下重新理解中国文化(这一点的意义想一想都让人掉眼泪)，重新理解我身上所具有的知识传统，可以说都是回答那些大问题的第一步。

我在读书的时候有好多想法，父母可能希望我能记录下来，这也是我所希望的。我买 iPad 不就是为了能够方便进行电子阅读吗？用手随意进行标记减少了我阅读过程中的“流体”感，否则过去停下来做笔记的过程往往中断了对知识的完整理解。可以说 iPad 在这个时候真正实现了它的价值（前提是我不能买所有的书，毕竟还是在书上直接做笔记最方便）。就我本身而言，我觉得我的任何一个想法如果想要阐发都很复杂，很有可能说到最后发现最初的想法是错误的。但是从父母角度，也可以说是实用的角度看，我的确应该写一些东西。在这里我决定做一个“鲁莽”的承诺：每周三，专门写一篇类似思想火花之类的短文，一方面愉悦父母，另一方面让自己不成熟的想法变得更具有体系，也方便我以后“侃大山”的时候使用（估计也就这个作用最实惠了）。

这一周因为有点急于求成，我改变了不少生活方式。晚上 9 点就睡觉（一般是看着书点着灯歪着脖子睡着的），早上三四点自然醒来还是读书。早饭吃得比午饭香。为了能够不让身体成为阅读的障碍（身体疲乏无法坚持一个姿势使我阅读的时候总无法专心），就算没人我也去打篮球（比如昨天）。现在感觉躺在床上，全身放松，只有眼和脑在运动的感觉真是有一种“dream come true”（实现梦想）的感觉（感觉不到身体的存在）。我以前一直说人类进化到最后应该只剩下脑袋，我现在就走在这条进化的道路上。

爸爸妈妈注意身体健康，锻炼也要适度。

儿子

2012.6.18

经济枷锁束缚了你

儿子：

从这几周的视频中，我和你爸爸都对你有点担心，你学习心理学觉得已经学到头了，又不喜欢现在的学校。想重新申请，如果能申请到，我们是支持你的。最担心的是，如果申请不到，你怎么办？这是一个很现实的问题，我们都在现实中生活，无法脱离现实世界。当然，现在有很大一批人能脱离现实世界，如官二代、富二代，他们有父辈的财产和权势庇护。如果，我们能给你那样一个经济条件，你就不必有现在的担忧，想学什么就学什么，想不学什么就不学什么。为喜欢而学，那才是真正的自由。人都在枷锁之中。经济枷锁束缚住了你，当然也束缚着无数人。

看了你的信，知道你是一个理性的孩子，不会跑去做“北漂”。妈妈心中安心许多。本来，人太自由也不好。自由固然重要，但完全没有束缚，是不是也可能没有目标了呢？

幸好你是有目标的，一个喜欢读书的孩子，现在真是稀缺动物。如今的人，所谓读书都是在读有用的书，在读要用的书。没有用，谁去读呀！这也是中国目前人文情怀衰落的原因。这个社会真的是太现实了。而你喜欢读书，思考大问题，这让妈妈既骄傲又欣慰。

你在北体大的三个夏天，基本上也是这么度过的，一个人，读书、读有用的书。现在，你在美国，也是读书，只是登高了一层，读喜欢的书，思考人类这个大问题。相比你的激情，妈妈真的感到羞愧了。

妈妈最近也在读书——你看，妈妈退休了，才能读自己喜欢的书。《蒋勋说唐诗》《蒋勋说宋词》，唐诗已经读完，宋词也快读完。应该说，收获是有的，他从一个文人的角度，从一个正常人的角度，解读我们中国社会的历史，有很多独特的视角。比如说唐朝的兴旺，他说唐朝总是扩土开疆，老百姓是非常非常痛苦的，不幸的。白居易的《卖炭翁》，杜甫的很多诗都描写人民的痛苦。而宋朝利用谈判，128 年没有战争。赢得一个平和的发展期，结果，文化发展、生活安定，诗人可以做很感性很美的诗歌。而你的信中恰巧又提到中国创造了很多以人性为本的理论。我对中国封建社会那一套是没有多少好感的，这既与我过去所受到的僵化的极左的教育有关，也与现在的现实有关。可是，我的儿子，关于中国文化，当然你说的是古典文化对人类的贡献问题，已经有无数的学者在呼吁、呐喊、研究了。

《蒋勋说宋词》谈到王国维，在颐和园昆明湖鱼藻轩投湖而死的那个大学者。他认为人生有三个阶段。第一个阶段是：昨夜西风凋碧树，独上高楼，望尽天涯路。第二个阶段是：衣带渐宽终不悔，为伊消得人憔悴。第三个阶段是：众里寻他千百度，蓦然回首，那人却在灯火阑珊处。第一个阶段是看山是山、看水是水。第二个阶段是，看山不是山、看水不是水。这个阶段是痴迷、执迷的过程。这个人生过程对很多人来说，是最长久的。第三个阶段终于又回到看山是山、看水是水的境界。我想，你现在处在第二个阶段，痴迷、执迷，看山不是山、看水不是水。我想，当你读的书足以使你高于周围的人时，你就处于第三个阶段了。

家里很好，你不必担心我们。前几天，还做了一件好事。买我们房子的小夫妻，去派出所落户口的时候，因为房证地址与现在写的不一样，不给办。必须把房证拿来，才给开证明。可房证已经抵押给银行，拿不出来。钻进死胡同了。他们买房子的很大原因是那个男孩一直是集体户口，生孩子都没有地方落户口。小夫妻急坏了，也吓坏了。想想，好不容易买个房子却落不下户口。找中介，中介说派出所想榨钱，要用钱疏通。小夫妻哪有那么多钱。女孩和我说了，我说，我和你去办。我就不信了，正常的事情非得一定要用钱？

儿子，你想不到，妈妈去了派出所，找到那个办事的警察，把问题讲明白，然后说，人民警察是为人民办实事的，这是真正的实事啊，哪能不办？无论如何也要办啊！办！办！我给你写表扬信。警察被我逗笑了，起来就给办了。我没食言，写了一封感谢信送过去。

小夫妻感激得很呢！周日父亲节，男孩来电话，要请我吃饭，我谢绝了。他们不富裕，我知道，那个男孩说你不在家，他代你祝你爸爸父亲节快乐。

好了，儿子，快乐地读书吧。

妈妈

2012.6.20

第二十二封信

理想的民族性

妈妈：

这周和父母视频的时候有些不能自已，应该道歉。我想大概是因为写的前言被爸爸因为“不面向市场”等原因给驳回了而感到有些气馁吧，就好像阳春白雪因为无人喝彩而备受奚落一样。我当然不是说我写的东西就是阳春白雪，只是想说好久不习惯“从实际出发”去思考问题，以致于多少有些受挫。

这两周在阅读当中又找到了很多能将自己过去的某些思考整理出来或者给出更进一步答案的语句(文本)。每次读到这些语句，想到自己为了更职业化而去学习知识，而不是为了回答自己关心的问题而发展自己，就感觉到自己虚度了太多光阴。所以有的时候的确很沮丧，又想想自己现在居然还在为将来有一个稳定的物质生活而去奋斗，就更加鄙视自己，再加上年龄上的因素，觉得自己的人生越来越可笑了。

最近看书，经常看得“心潮澎湃”。书中看到某些观点，让我“浮想联翩”。但是这些联系都是很迅速的，如果要用文字固定下来就是上面的结果，对我来说实在太麻烦了。

我对民族的热爱，出乎意料也是想当然的，在我身上就好像蕴藏丰富的金矿，越挖越多。可能是因为“师夷长技以制夷”的洋务思想在我身上不知何时已根深蒂固；抑或是对自己的自信延伸到了对自己民族的自信；抑或民族主义英雄形象对我的感染超过了父母的控制；也可能是我正在迈入文化适应的最后一个阶段(边缘化)。总之，我跟父母说过，我所关注的问题越来越集中，就好像地球围绕太阳转一样，我求知和生活的热情全都来自于我的核心关注点。而且似乎所有的话题只要能够联系到民族的命运就变得既神圣又情绪化。真不知道自己是从哪里被灌输的民族意识。以前曾经和海闻副校长讨论精英主义对中国未来发展的意义。至少有海闻老师这样一个例子可以说明我的“理想主义”或许可以支撑我这一辈子。如果可以，那到底是不是幼稚就无所谓了。

因为之前两周吃饭少，在床上看书的时间变多，感觉身体变得有些松垮了，便决定强迫自己多打篮球进行锻炼。结果全身上下到处都有点小伤，身体也感觉轻盈了许多。父母不用担心，我会照顾好自己。如果我需要什么，我不会等的。

儿子

2012. 7. 1

安全是重中之重

亲爱的儿子：

你写的前言收到了。我儿子真是一个好儿子，虚心地接受了我们的意见，我和你爸爸一致认为你这次写得很不错，不矫饰不晦涩。语言流畅，情感真挚。

关于你去纽约旅行的事情，我们没有意见。但是，你一定要注意安全。安全是重中之重，万万不可大意。年轻人喜欢冒险，冒险也是年轻人的专利。但冒险是要付出代价的。不要冒险，任何冒险的代价与收获相比，都微乎其微，没有任何价值。你在前言中说，将目标和爱情放在天平上，从来没有倾向过爱情。非常对。冒险也同样是这样。经常在电视上看到一群年轻的驴友遇险，政府出动警察救护。有一次，一位被救的驴友说想到可能回不去家了，看不到家人，哽咽地无法说下去。你在千万里之外，安全是最重要的。在纽约，不要上治安不好的地方，不要与陌生人聊得火热，不要暴露自己的住处。记住了！切记！切记!!!

你的来信也收到了，你信中的观点，你爸爸看得很明白，我也看得明白，知道我儿子的一番心思。本来你爸爸不同意对你谈我们的观点，他已经感到疲惫。我不同意，我说我们的儿子，我们的想法当然应该让他知道，这个世界上如果说还有谁能最无私最真诚地给他什么忠告和建议，那就只有我们了。所以，我想谈谈对你目前想法的一些看法。

从你的信中，我们感觉到你在走一条专业上的冒险之路。身在美国的你，竟然要去研究什么中国问题。我们上周末遇到两个研究中国问题的“老外”，假的，是我们的大学同学。两个女同学，20世纪80年代毕业后，我们工作、结婚生子，她们整理行装出国，应该说是与海闻教授一拨的。因为今年是七八级毕业30年，这俩人也跑了回来。她们竟然都是研究中国问题的。研究中国问题是否是在外国的中国文化人混生活的最好手段，就如美国人到中国只要会说话就可以教英语挣很多钱？

郎咸平研究中国问题，犀利、尖锐，但那又怎样？还不是在电视里说说。

儿子，如果说我们的经验和经历能给你忠告的话，这就是最正经的忠告。千万别笑话老年人的经验。如果你与我们来一场豪赌，一定要沿着这条路走下去，我和你爸爸也做好准备，养活你一辈子。如果你真要回来，不能去北京做北漂，就回家吧，好歹还有户口，做个有户口的人。这封信留着。千万千万不能走这条路，这是条死路！你出国多不容易，看看美国大使馆前的队伍。还记得送别你那天，整个国际厅，几乎全是中国人。你说你同学已经缩回来，不与美国人交往，难道你也是，也缩回来了吗？你要了解美国、认识美国，不带偏见地进入美国。记得你在中国要去美国的那段时间吗？我和你爸爸经常性的吵架，有的你知道，有的你不知道。因为我们都焦虑，生怕有哪个问题影响你走不了。这种心情，你理解吗？

说了这么多，基本都是真知灼见。如果与你的观念冲突，也是暂时的。等你有了一把年纪，会与我有同样观点的。

妈妈

2012.7.6

第二十三封信

逼我信教的压力

妈妈：

好久没听到爸爸表达对一个“活人”的认可了。居住在北京也许就有这样的优势，总是有机会聆听到真正智慧的声音。我在北京上学的那些年，虽然无法细表，很多关于人生、治学的知识都是在讲座、与老师私下交流当中获得的。也许可以说，真正的智慧是人和知识的结合，离开知识的人自然是虚弱而空虚的，而离开人的知识仍然会因为缺乏感染力和穿透力而成为抽象的存在。昨天经历的“鸿门宴”再加上之前读神学书的总体体验，激发了我在这一方面的思考。

一个月前，P 夫人借给了我一本《现代性、哲学与宗教》，这本书是由一位备受尊敬的神学家弗朗克斯(Francis，这个名字本身就显得很传统和高贵，我甚至怀疑这是一个从宗教学角度需要所起的笔名)。这本书借古论今，批判了现代性当中的消极变迁，尤其是批判了在“失去上帝”的时代里哲学、艺术、科学等各个领域里的迷茫，其中对于哲学家的批判最让我感到“新鲜”。在这之前，我确实没看到过批判笛卡尔、黑格尔或者萨特等这些哲学巨擘的文献。所以当作者将笛卡尔批判成将人类灵魂束缚于渺小自我的罪魁祸首，将萨特批判成诉诸非理性的混乱制造者的时候，我很自然地就是想笑。我得承认如果把现代化看成是人类堕落的开始，把法国青年学生运动和美国进步运动看成是青年人在迷茫中做出的荒唐举动的话，作者的论述还是有一定逻辑性的。这就好像说我在回忆童年的时候只有悲伤和挫折，所以觉得人生了无趣味一样——愤青、愤世嫉俗的人也是有逻辑的。可是，就算是现代化的种种弊端、近代青年人的叛逆等等，这些历史事件在我眼里总是有积极一面的。和作者相比，我是属于相当乐观的人了(乐观和悲观在这里又成了在比较意义上才有意义的词汇)。

所以这本书没有打动我，尽管我承认从要改善现代社会的角度来讲这本书里是包含智慧的。P夫人借给我这本书，自然是希望从根本上“启蒙”我，希望我能够有所领悟。就如同父亲希望从佛学当中找到一丝答案，我也希望从一个陌生而又看似崇高的领域(宗教)得到启迪，希望从已经认为找到真理的宗教人士那里学到更多。这本书明显说服不了我，接下来就看“人”了。本来以为这一次去基督教夫妇家只是一次“例行”而已，没想到事情的发展到了另一个阶段——群体“咨询”阶段。以前每一次都是和P先生或者P夫人单独交流，可能夫妇二人觉得效果不理想，觉得需要采取更进一步的手段。我之所以有点吃惊还有另一个原因：在晚餐上的其他中国学生，在和他们之前的交流当中我完全没有感觉到他们都是“基督徒”。其中一个本科生还拿自己下载黄片开玩笑，其他两个人说话当中完全脱不了“俗”——我感觉他们的关注点更多的还是“这个世界”。毕竟我接触过比较纯正的基督徒，尽管他们的言谈与常人无异，但是你能看出来他们对抽象话题的关注和对日常话题的淡然。总之当晚餐进行到一半开始了边吃甜点、边喝茶阶段的时候(我才发现甜品+苦茶真是绝配)，不知道为什么所有人的角度开始逐渐集中到我的身上。以前我总是有点害怕别人觉得我是在抢夺关注，可这一次我竟然无意中变成了讨论的焦点。最初的话题是科学界当中的造假问题。我虽不是有意迎合宗教人士对科学的批判，但是我知道讨论这个问题一方面不违背我的真诚，同时也很“安全”——虽然对于科学体制的问题我和宗教人士的态度是不同的。结果后来那个女博士突然抛出一个我大学阶段比较喜欢的问题：你认为人类存在的意义是什么？囧——我大概反应了两三秒才开始想这个问题，而不是像平常那样脱口而出。我以前至多想过我的人生意义，还真是没仔细想过人类的存在意义问题。从那一刻起讨论开始变得更具有倾向性。当我说了我的“相对主义”的观点，以及历史语境的分析思路再加上将形而上追求与现实生活割裂的人生态度之后，他们的质疑就汹涌而来。他们说感觉我的人生没有“根基”(我晕)，他们认为我对宗教缺乏了解，而且所谓的思想开放是虚伪的，因为我不读《圣经》。我说看了P夫人借给我的书，我意识到什么样的起点决定了拥有什么样的智慧。在读书的过程中，我曾经假设自己是一个基督徒，发现作者说的都极有道理，而且我对现代社会的一些弊病的忧虑都得到了解释。可是一旦跳出上帝框架，这一切又都似乎不合理，所以这些可能应该称之为“有条件的真理”。可惜这个词本身就是矛盾。我说虽然笛卡尔的确引发了西方自我中心的现代个人主义潮流，但是笛卡尔的思维方式是永恒的——寻找不可置疑的起点，不断地批判和反思。我不希望我所找到的答案会被我的起点所决定——拥有信仰其实就决定了你会找到怎样的答案。我现下的“根基”是将“没有答案”看成“答案”，正因为如此我将“学习”作为我的终身职业——因为对于抽象的大问题，可能永远没有正确答案，但是我相信有一个最终答案，而达到它的唯一途径就是学习。

在这种谈话当中，我可以让人无可奈何地看着我将自己推到一个非常崇高的位置。这也是我很喜欢这种“玄”谈的原因。事后想想整个晚餐，有点像传销——尤其是那个女博士(后来知道是计算机系的女教授)那么卖力地向我兜售她无力的基督信仰。她可能觉得用道理似乎说不过我(我真是这么觉得的)，最后只好说“我相信你只要读《圣经》一定会有所感悟的。”这感觉就好像一个差劲儿的老师说：“提那么多问题有什么用，把教科书读好就不会有问题了。”

所以我说智慧可能包括两个部分：知识和阐释，而阐释是人的工作。这个小理论可能只是解释学的一个翻版而已。

我和爸爸都在找答案，只不过我不相信答案会在哪个特定的地方(所以我选择“泛滥”地读书，研究最广泛的课题“文化”)。

过去两周我听取了爸爸的意见，开始读英文版的政治理论教科书(政治理论和政治科学以及政治哲学是完全不同的一个领域)。说是政治，不如说是“政治社会学”。换个词希望能缓解父母的焦虑。行动上的政治和理论上的政治的差异可以说在道德上就是卑微和崇高的区别吧。

另外，不知道为什么这个时候同学们似乎都开始了下个学期的工作(可能都玩够了)，所以我那个拖了好久的合作研究又开始了(我几乎都快忘了，回邮件之前花了好久“回忆”)。我想我也应该开始脚踏实地地开始做一些能有短期成果的事情了。

儿子

2012. 7. 16

信仰，很有意思

儿子：

现在是早晨六点钟，你爸爸去晨练，妈妈决定开电脑给你写信。

看了你的信，很为你的环境担忧。令我奇怪的是，好像那几个中国人比美国老夫妇更加有信心有愿望让你归顺宗教。女博士，在中国土地上被教育了这么多年，信仰坍塌得如此彻底、如此迅速，真是很有意思。

不过，她说的那句话我倒有点同意，看看《圣经》。妈妈很早就买了《圣经》，1980年，那时候，是姥姥的一个同学推荐的，他们夫妻都是虔诚的基督徒，她先生是大连基督教协会的头头。不知道具体身份叫什么，想来有点奇怪，神父不是不准结婚吗？他们不但结婚，还生了好几个孩子呢！

妈妈尽管买了《圣经》，却从来没认真地读一遍，几次想读，都难以读下来。只是记得有位名人说过，其实不用读太多书，这个世界有几本书是必读的，其中就有《圣经》，因为这本书汇集了千百年来人类的宝贵精神财富。你读一读倒是不错，了解对方，深入内部的了解，才能更清晰更有利地解释你的思想内涵。如果你读过《圣经》，你们这次的交流是不是会更精彩？了解西方历史、西方宗教，这本书是绕不开的，读一读吧，好在你现在还有时间和精力，等开学忙了，就没有时间读这种纯粹的闲书了。

你爸爸看了你写的信，说你写得很好，思想很丰富。你说你爸爸难得赞扬一个活人，太绝对了，他经常赞扬你呢。

你爸爸到北京学习这几天，听了中国的顶级高手的各种报告，其中很重要的一个方面是中西文化的对比，还有对中国目前形势的诠释。

张总把全部书稿寄给我，厚厚的一摞。我用四天时间通读了两遍。第一遍用了两天从头读到尾，第二遍用两天时间从尾读到头。查出一些错字，每查出一个错的地方，就记下来。这种细致、琐碎的工作真是太伤脑筋了。看信的过程，其实也是回顾了一次你在北体大的成长经历。过度的投入使大脑兴奋起来，困得很，却睡不着觉。幸好，到昨天全部校对完毕。你爸爸昨天去邮局寄出。工作做完了，被激活的大脑却无法安静。眼睛困得睁不开，又睡不着。

家里一切都好，不用你操心。离你去纽约旅游的时间越来越近了，还是要叮咛你，安全第一。有危险的地方不要去，要注意安全!!!

玩得快乐!

妈妈

2012. 7. 19

第二十四封信

信仰与生活

妈妈：

今天中午到晚上，先是陪着中国同学准备晚饭，然后和几个心理系的同学一起吃了重庆火锅，直到晚上十一点才到家，回到家第一件事情就是写信。

过去两周，无论是《政治哲学导论》、《易经杂记》还是《圣经》，都让我受益不浅。重读正正经经的哲学书，才发现过去一段时间的读书实在是太"轻松"了些。那些很有营养的语句不重读是不会印在脑子里的。而读《易经杂记》，正如南怀瑾所言，很有"乐"趣，可能主要是因为南怀瑾在书中保持了一种通俗、风趣的语言风格。至于《圣经》，到目前为止还停留在我已经大概了解的章节上，顺遍看一些对《圣经》故事进行"实地考察"的小视频，寓教于乐了。

上一周看到爸爸貌似"诱导"我去向宗教讨要真理的短信，我感觉到爸爸似乎正经历某种转变。想想，这也许是一件好事：以前爸爸读书很大一部分原因是为了教育我；现在经历了一年的"拉锯战"，再加上升职事件的影响，爸爸开始重新定位读书、思考的目的。在我看来，真正的智者并不需要偶像去定位自己的信念(童年的教育方法并不一定适用于成人)。爸爸对于死亡的思考，又让我想起了本科同学J，这才是真正让我感到不安的地方。不过还好，经过视频，觉得父亲对于自己的思考具有充分的控制能力。只希望爸爸尽快安定下来，不要像我这个20多岁的青年人一样处于思想的躁动阶段。

因为从纽约回来的时候基本上就快要开学了，我想提前准备一些研究想法，并付诸具体的设计，等开学前再和老师进行具体的探讨，在第二个学期开始自己的研究计划。我将从来到美国开始的种种研究设想浏览了一遍，将还有印象到底是讲什么的现在也觉得有道理的整理了一下，查找相关文献后用英文写成具体的研究设计，也因为在写作中感觉到词汇贫乏，开始整理复习过去总结的专业词汇。如果说第一个学期观察多于行动的话，我想第二个学期对我来说就是一定要行动多于探索。

今天晚上的聚餐和系里一对美国男女朋友聊了不少，聊到了一些关于他们个人生活当中的事情。这两个美国年轻人，独自打工赚钱供自己上研究生，每天都要工作15个小时，只有周末才能好好和对方在一起。他们对于自己父母居然没有离婚感到很惊讶，而且对他们居然都是彼此的初恋，并已经维持了五年的关系感到诧异。似乎这里每个人都对抽象问题有自己的看法，而且我到目前为止还没看到一个对抽象问题表现出不感兴趣的美国人（不管他们到底是不是真的感兴趣，似乎“将谈话进行下去”是一个社交基本准则）。比如我们聊了人类杀死动物到底是不是一种残忍；自由是否是有价值的；爱情的定义；宗教人士对非宗教人士的接纳。令我惊奇的是，这两个人都出生在基督教家庭，但是两个人都是兄弟姐妹中“离经叛道”的那个。两个人都对宗教表示不理解，而且男方居然是在15岁的时候才让母亲知道自己其实并不相信上帝。他们可能是我遇到的第一对保守的美国年轻人。他们身上的意识形态特征又与基督教家庭当中的青年人，与完全世故的现代版美国年轻人不同，介于两者之间：不相信上帝，但是恪守传统规范，并以此对人进行评价。我觉得这种状态似乎更加理想。可惜女方对抽象问题回答更类似“跟着感觉走”，而男方像是个中国人似的处于“两可”之间。真希望有机会在纽约与更优秀的美国年轻人有深入的交流，对美国青年一代的精神面貌有更充分的认识。

凡是有我在的场合，话题总是比较严肃，很难变得轻松愉快，而且似乎一直在笑的只有我一个人。

今天一天其实还是很辛苦的，因为周五锻炼的时候把各种器械都练了一遍，结果现在的肚皮很痛，两个胳膊又是酸得抬不起来，肩膀和脖子也是一扭就痛。

儿子

2012.7.30

谨慎才安全

宝宝：

今天早晨你爸爸说，如果下午给你写信你会收不到的，因为你去纽约了。

所以，我早晨八点就准备给你写信，没想到，看了一会网上消息，突然停电了，这是我们搬到这个小区以来从来没有发生过的事情。与邻居不认识，于是去了物业，才知道，我们这一块儿全停电了，包括市政府行政大厅。

快到11点才来电。

你和美国同学的来往，我们很欣慰。到了一个地方，不能仍然缩在中国人的小圈子里，与当地人多联系、相处，对你在这个国家生存下去是很有必要的。那对美国夫妇，妈妈从照片上看到，哎呀，真是很精神啊！那个老太太，多精神啊！无论基督教可不可信，但有一点，儿子，你要承认，有信仰的人与没信仰的人精神境界是不一样的，眼睛里流露出那份自信很让人喜欢。你从他们身上至少可以学到宽容、和善等等正面的品德。

你爸爸现在每天半夜起来读《金刚经》，据说佛经内容非常多，《金刚经》是其中很重要的一部。《古兰经》也找了出来。人老了，很多东西可以放下，在单位也不用负责任，对一些过去曾经有过兴趣的东西探讨一下，是很正常的事情。不必担心，他一切都很正常。

你一个人去旅游，我知道我完全不必担心。在《非诚勿扰》的舞台上，发现很多男女嘉宾都有独自游历各国的经历。一个女博士，竟然还说自己去过南极、北极、非洲什么的，可真让我吓一跳，那种地方，有多危险啊！可是，妈妈还是担心你，钱够用吗？旅途上顺利吗？旅游景点安全吗？这些事情，你一定要处理好。谨慎不出错，谨慎才安全。切记切记!!!

祝你旅途愉快，收获颇丰。我的儿子。

妈妈

2012.8.3

第二十五封信

“纽约之旅”之一

妈妈：

在动笔之前，还在犹豫是要把这次纽约之旅按照唯美散文那样的方式去记录，还是像做人类学报告那样追求面面俱到的汇总报告；可是转念一想，这次旅途本身并不唯美，更何况，我的许多感悟恰恰是在大汗淋漓地奔走中和晚上的辗转反侧中体会到的，如果要唯美实在是要编造太多的“情境”，那这篇记录就真成了“创作”。

在休斯顿中转飞机的时候，我就隐约意识到自己其实对于这一趟一个人的旅途的心理准备并不充分。记得在北京经常一个人东跑西颠的，可是无论在哪里，我的注意力总是在自己身上，即便在陌生的地方我也会感受到一种莫名的兴奋。可是在休斯顿国际机场，最直接的感觉就是总感觉周围的人在注视我。一般的心理学常识告诉我有这种感觉的大部分原因在于自己的注意力涣散，而并不是真的有那么多人有闲心去看我(为此我还确认一下自己是不是裤子拉链拉好了，或者身上、脸上是不是有异物)。记得那次去内蒙古赤峰游玩儿，一行人穿梭在深山之间，我脱离了队伍，一个人深处峡谷之间。当时我顿时感到一种嘈杂的寂静——尽管还有夏日里的虫鸣和热风吹过山林的窸窣之声，可是那种被孤独地置于世界一隅的情境，让我内心感受到的却是一种冰冷和寂静。彼时彼地，我感受到的是兴奋——这可能和那时上大学前渴望独立和自由的心情有关。记得我在之后的生活里还经常“援引”那个时候的心理体验来证明自己是一个喜欢孤独的人。可是，此时此地，被各色人种环绕，被需要二次加工的语言浸泡(即便偶尔听到几句国语也变得陌生得和在新墨西哥州听到西班牙语一样)，我没有感受到兴奋，内心的胆怯让我变得无法集中注意力。在这种情况下，基本上是不可能产生什么积极情绪体验的。

但毕竟这也不是第一次感到身处逆境了。深吸一口气，故作镇静，佯装忽视周围的目光，一个人大踏步地走在候机大厅。几乎在每一个机场，除了认路，我一直都在和周围人比走路的速度——这样可以让我的精力稍微集中一些。我当时就想知道，如果父母在现在这个年纪一个人出去旅游，没有伴侣，没有朋友，没有同事，没有单位的安排，就一个人旅游，会不会因为陌生而感到一点点的“害怕”？如果是的话，那说明我真的是比 18 岁“老”了。

这趟旅行第一张景点照是休斯顿候机厅里的一尊老布什“金身”铜像。毕竟我所在的机场就是以布什的名字命名的，这也不足为怪。

有趣的是，布什被塑造成一个工人阶级的形象——脸上是仿佛中国 20 世纪 70 年代电影里描绘的充满幸福和无产阶级理想的笑容，披在肩上的衣服居然还迎风飘扬。要我说，这和国内到现在还比比皆是的毛主席“向人民招手”的雕像是相似的——只不过中国人崇拜权威和高高在上的形象，而美国的民粹主义使人们崇拜白手起家的实干者(布什家族其实是石油暴发户，也算得上是白手起家吧)。政治家如何美化自己的方式可能不一样，但总是要用文化符号的形象去装饰自己的动机可真是如出一辙。

其实在从休斯顿到纽约的飞机上我看了哈佛大学政治哲学课的录像，也很受启发，不过这和我此次旅行的关系不大，所以暂且不表。

当飞机落地时，已经是晚上八点了，憋着一口气，拍照、问路、买公交卡(因为地图上很多道路的名称是法语，所以我还顺便问了几个法语单词的英语发音)。大概是身体已经好久不知道什么叫“潮热”了，没一会儿我就大汗淋漓了。不过除了周围人的肤色五颜六色(白色可真不是主色)以外，我仿佛恍惚间回到了北京朝阳区(因为这里更贴近朝阳区那种模仿都市的感觉，而不是市中心那种真正的都市繁华)。这板砖式的大楼、这高速公路、这肮脏而重要的天桥，真是“熟悉的陌生人”。对比一下，谁能看出来哪个是北京哪个是纽约？

不过第一晚的亮点还是发生在地铁里，我记录了当时的情况：

纽约最先让我有印象的是地铁站里的紧张气氛。本来刚下车的时候，与我心理预期相一致的，无论是工作人员还是当地居民都是很热情的。为我指路，主动提醒我下车站点。尽管看到地铁站门口的景象让我想起了北京朝阳区，但是美国人特有的热情和高素质还是依然如故。而且这一点其实在飞机上看穆勒的《论代议制》的时候也得到了印证：即便在19世纪，到美国的欧洲人也得到相类似的印象：美国热情而且素质高。可就在地铁站，一个墨西哥中年妇女，我一个亚洲人，一个黑人，像演出一幕哑剧一样，为我展示了纽约的另一面：我先是看到一个目光昏聩的黑人向我走过来，我下意识地从座位上站起来，就算是无意的，根据心理学的研究，这表明我对黑人是有内隐刻板印象的；紧接着我看到在地铁地图旁边坐着一位墨西哥中年妇女，毕竟有第三者在场还是让我感觉好一些；就在我那不到两秒钟的凝视被她发现后，那位墨西哥中年妇女非常“外显”地用面部动作表示出警惕的神情，并且立刻把手提包抱紧并从座位上站了起来走到站台的另一边——问题是晚上这个时间其实已经没有快线地铁了(地铁站有两条铁轨，分别是快线和慢线，所以明显她是在躲避我)。当时整个看台上只有我们三个人，这出哑剧的舞台背景简洁而又宁静。有趣的是，我是这出戏当中的一员，因此客观的立场自然是不存在的，不过恰好让我更直接地从两个角度体验了一把这种气氛：我能理解这位墨西哥妇女的反应，因为我自己也是这样反应的。很有可能我和这位墨西哥妇女听到过关于纽约相类似的地铁故事，抑或我们都只是纽约城市文化的一部分。

就好像当年听到过对于深圳治安如何如何差的各种传言，但是在那里生活了一年多后反倒是对这种传言不太在意了。听过纽约地铁的各种传言，我本来并不是很在意，但是这第一晚的“亮点”还是让我不自觉地提高了警惕。这以后的几天里我尽量不去“注视”人，要么闭目养神，要么看书，要么佯装看报站指示牌——戏总是要演下去的。最后我总结了一下，在纽约地铁上哪怕只是两个人，都会有说有笑，而且在我看来似乎还有那么点戏剧化的夸张效果。尤其明显的是当结伴而行的两个人中的一个人下车后，另一个人立刻就从笑脸变成了 Poker Face(扑克脸)，就像演戏一样。因为纽约人本来穿衣服就不那么鲜艳，都很相似(短裤和浅色衬衫)，所以一个典型的纽约地铁乘客的形象就是扑克脸+Mp3。这个模式如此稳定，以至于后来我在地铁上碰到一位有着天使般无邪笑容的女生，我顿时觉得自己已经习惯的 Poker Face(扑克脸)真是无比“做作”，在天真的笑容面前实在是赧颜以对(我很不习惯摆臭脸)，忍不住就和她聊了起来。果然，她不是 New Yorker(纽约人)，而是刚从巴基斯坦来的在纽约读医学院的研究生。就算我知道夸人漂亮会让自己感觉很不自在，我还是忍不住说她的笑容像是“坟墓里的花朵”(说完之后她笑得更灿烂了)。想想北京地铁也大概如此，才意识到其实文化本来就该有差异，只不过强大的现代化进程让都市里的一切都变得极其相似，无论是优点还是缺点，以至于文化差异反而变成了另类课题，真是有点本末倒置了。

到站了，出了站，好家伙，一堆汉字迎面扑来。之后的几天我去了布鲁克林(Brooklyn)另一个华人聚集地[其实纽约有三个(中国城)China Town，分别是在曼哈顿(Manhattan)的中国城(China Town)，皇后区(Queens)的法拉盛(Flushing)和布鲁克林(Brooklyn)的第八大道(8th Ave)，只不过曼哈顿的比较有名而已]，才发现曼哈顿的唐人街还算规整(虽然到处都是小店面的街道还是给人很凌乱的感觉)，而法拉盛因为有类似“菜市”的超市，脏乱差是避免不了的。恰好后来又在百老汇看了场凌晨电影(Total Recall)，里面描述的未来“底层社会”完全就是香港、纽约唐人街的形象(导演为了迎合西方人对华人的印象，干脆弄了一大堆汉字，太刻意了)。

同学的公寓里没有空调(是与合租的人没有协商好，结果就没了空调)，室内室外一样闷热，只有一个电风扇降温。因为我去的太晚，同学就留在这里没回他另一个公寓。尽管睡地板，尽管洗了澡后很快又浑身是汗，尽管地上还爬着蚂蚁，还是挡不住席卷而来的睡意很快睡去。

儿子

2012.8.20

人与人之间总是戒备的

宝宝：

期待中的来信收到了，或许可以说，这不是一封家书，而是一封旅游见闻，但又不是普通的旅游见闻。你不用唯美的写法是对的。因为看过很多旅游散文，都是对那些地方极尽赞美之词。或许是我的感觉迟钝，又或许是我的玩心太少，那些年因为开笔会走了很多地方，留下深刻印象的还是人文景观，花花草草，也就一走一过。当然，太过险峻的除外。

俗话说，看景不如听景，实在是高论。过去，每当在电视上看到解说员声情并茂地介绍各个地方的风光，当然也是充满了向往，恨不能去一趟。走过才知道，与其费心费力地去走去看，还不如听听。因为听景可以使我们充满向往和想象，看了以后就没有了。尽管那些名山大川给我留下了很深的印象，现在请我再走一遍我是不会再去了。三次上泰山，除了一次在朋友的劝说下乘缆车外，另外两次我都是自己爬上去再走下来。那时真是年轻啊，有力量，又不怕累。你大概不记得，有一年，妈妈去泰山，你和爸爸在家。等我回来，进家一看，那个乱啊，你和爸爸笑嘻嘻地坐在床上，对乱象视而不见。

你关于哑剧那一场描写特别传神，人与人之间总是有戒备的，尤其是互相不了解的种族之间。

下周我和你爸爸要去丹东，同学邀请我去帮他写点东西。你爸爸随行。

好了，儿子，继续写吧，把旅行中的点点滴滴都写下来，我和你爸爸等着看呢。

妈妈

2012.8.22

第二十六封信

“纽约之旅”之二

妈妈：

早上很早爬了起来。因为怕热，我洗了澡就直接跑出去躲在麦当劳吹空调。看看我所在的小区，都是一栋栋紧密相连的小别墅，就算设计的没什么独特的艺术气息，也总算不是千篇一律。不过仔细看过来，会发现很多熟悉的事情。我住的这所房子的房东是位不太会说普通话的老太太，为人很和蔼，就是一说话就停不下来，一个意思能重复五六遍，到后来都想要躲着她。本来觉得美国的大婶总归应该洋气点，结果她却再三嘱咐我如果有易拉罐或者饮料瓶子一定要留给她，放在单独的地方。我一下子仿佛穿越到了六岁时我们全家租住在一间非常逼仄的小屋子，而房东大婶也是收集破烂去卖钱。本来我所见过的美国老人一般都很注重打扮和化妆，可是我这位房东的脸上清清楚楚地写满了沧桑，肤色黝黑，和当年东北路的房东大婶一模一样，就是笑容没那么亲切了。再看看房屋之间细小的狭缝也被充分利用了——晾衣架，乱七八糟的箱子。每天早上我都能清楚地听到邻居在我厕所外面收拾东西——我洗澡也不敢唱歌了。

另外还看到不少小屋门前的过道或者小花园里有类似基督的雕像，估计基督教也渗透到了这个社区。大部分时候马路上听到的都是粤语(或者是闽南语，我分不清楚)，偶尔听到的英语也是带着粤语腔调的。早上在麦当劳，突然被服务员叫去帮忙当翻译。我还正困惑是不是自己听错了，就看到在柜台前有一位大婶神色紧张(我这才意识到原来港剧里面老人发愁的样子不是做作或者拙劣演技，而是南方老人发愁的样子，和东北老人发愁的样子不一样)地看着我。她一开口我就懵了——她讲的是我根本听不懂的闽南语。我只好让她写汉字，结果她写了个繁体字(雞)。麦当劳早饭没有鸡肉卖(难道我翻译错了?)，老太太看我也是个没用的，好像说了句“不买了”之后就拿着手里的20美元走了。我只能朝店员耸耸肩，无奈地解释自己也听不懂广东话(不是广东话，只不过我不知道闽南语用英语怎么说而已)。出了麦当劳，在地上看到一条很熟悉的广告，而且在之后到另一个华人聚集地的时候也看到了很多辅导班的广告。如果硬是要我从这当中得出什么结论的话，我只能说：应试教育可能真不是什么“体制弊病”，只能说是社会压力的产物。听同学说，这里华人社区的平均教育水平很低，很多人根本不会说英语，也不接受教育。我想，只要社会当中的人还挣扎在需要通过教育来改变命运的阶段，应试教育就不可避免吧！(或者说是经过社会选择后最有效的方式)。现在还不能说应试教育就是中国文化的一部分，但移民过来的中国人将这种传统带了过来，而且在这么多年的时间里仍然将这种传统保留了下来，表明即便在美国的文化氛围下应试教育仍然有其生存的基础。

本来我在制定旅游计划的时候还是希望有一些象征性意义的。比如我计划先看自由女神像就是想要“沐浴”一下美国的理想主义，而这种理想主义我相信是美国之所以强大和受世人仰慕的根本原因；之后去华尔街是要感受美国成为世界强国最直接的原因——资本主义(如果纠结资本主义的本义，可能华尔街的金融业并不是严格意义上的资本主义)。可是同学说中午要和他实验室同学一起吃顿饭，让我一起去。我只好改变上午去自由女神像的计划，决定改道华尔街后在中国城(China Town)与同学会合。

可能因为是周六的缘故，华尔街街道上的车辆和行人都不多，而大部分行人也好像是游客。一头栽进华尔街，没有半点头绪该从哪里开始游览。问过警察后，警察建议我从教堂开始。这个教堂名叫 Trinity Church，最有意思的是这所教堂的旁边有一个墓地。不知道这是宗教世界对贪婪世界的无声抗议，还是希望用圣人的遗骨给这个物质世界带来一丝精神上的宁静，毕竟无可逃避的死亡对于享乐主义者来说是件很扫兴的事情(不知道是互为因果还是互相讽刺)。高楼大厦倒是没有给我留下什么印象：一方面是因为成长在大城市很难有像刘姥姥进大观园时的那种好奇心；其次就是因为整个曼哈顿就好像用刀横竖切割的蛋糕，建筑物都规划在田字格里。可能为了充分利用空间，所有的楼都是直上直下的——没有横向的层次更不会有门前广场(有广场的都挺有名)。只不过在华尔街有很多看上去分不清是无家可归还是坐地示威的人，他们全部都聚集在教堂门口，我只能猜测在那些金融大厦之前是不允许他们露宿的。大概是这里的楼都太高，估计挂在楼顶容易被忽视，在纽约随处可见斜挂的旗帜，包括后来在纽约大学“校区”随处可见的紫色旗帜。

看过金牛，就打算离开华尔街了。感觉很遗憾，在华尔街，毕竟只不过是走马观花般地仰视了摩天大楼，并没有体验到什么“贪婪”或者“繁荣”的景象。可能这也大概正是这个世界现如今运转的模式：旁观者永远不知道墙里面发生的事情。

华尔街令我印象深刻的并不是我的所见所闻，而是在华尔街里迷了路找不到地铁站乱闯乱撞的辛苦。和我以前一个人熟悉北大和清华校园的经历一样，不迷路是不会认路的。就是因为迷了路，吃到了苦头，才大概了解了以 Avenue 和 Street 作为主干的认路模式，以及地铁站的分布原则。在华尔街转了半天，又在 City Hall 找不到正确的地铁，折腾了将近两个小时，才终于坐上地铁到了下一站：中国城(Chian Town)。

一出地铁站的第一印象就是：好多中国人。无论是在飞机场还是在地铁里，总是感觉自己是被包围在各种颜色人种之间。这种压抑的气场需要那么一点小宇宙的力量去抗衡。到了唐人街，看着老外，又一次感觉像在北京城，感觉还是相当亲切的。但是和大连的天津街、北京的王府井不同，中国城是个类似四方块的商业区，不是那种有一条主干道发散式的布局，无论在哪一个十字路口，只要稍一不注意方向(比如原地转个圈)，就忘记了我从哪里来，要往哪里去了。更何况我不识东南西北，经常需要往返于两个道路之间来确定方向。因为我走路比一般人要快一些，在熙攘的人群当中，我就好像篮球场上三步上篮一样，左冲右躲，有的时候还得用各种高难度动作躲开迎面而来无视左右发短信的行人。毕竟是第一天，习惯了给人让路并说“对不起”，在走到目的地之前，不知道说了多少个对不起。眼见着到了中国城的深处，看到了熟悉的菜摊，看到了带着孩子、同时手里还拎着各种蔬菜瓜果行走于街道之间的妇女，也看到了在街边老人们三五成群下象棋的场面。唐人街里很多的东西也让我想起了香港：小得几乎只能让一个人通过的公寓“小”门，远远就能闻到草药味的中药药铺，甚至是老太太之间聊天时候的语调语气。不得不说，广东人、福建人是中国走向美国的第一批华人移民，因此这里的唐人街保留了极多的东南沿海特色。也难怪美国电影里的中国人形象和我自己脑海中的中国人形象有那么大差异。中国政府做了很多事情希望世界改变对中国的印象，可是在唐人街这些强烈的标志性特色面前，中国政府做的事情很有可能被一笔抹杀。再加上听同学说华人聚集区的华人的整体素质比较低，很难想象没到过中国的美国人会对中国有一个全面的、积极的认识。与其他国家的移民相比，中国大部分都是劳务输出和非法移民，而欧洲基本上都是“精英输出”(留学、商务)。想象一下美国人在日常生活中了解中国的渠道，无非是媒体新闻和与他们距离最近的来自唐人街的直观认识。在政治上，新兴力量自然被美国视为一种威胁，媒体宣传主流是消极的；而在日常生活中，最能直观了解的就是唐人街。过去我所见的中美交流大部分都是政治上的；其实对于美国人来说，最多的“中美交流”就发生在唐人街(这种交流对人的思想形成的影响最大)。在这种情况下，我真是不能责怪美国人对中国有“落后、教育水平低、闭塞”等等偏见了。我不知道在美国其他地方的华人聚集地是否和纽约的一样，但是就从纽约的唐人街来说，实在成为中美交流当中改善中国形象的一个阻力。

和朋友的同学聚餐倒是计划外的收获。除了我和朋友，其他三个人都是国际生。一个是在韩国出生在美国长大，但是不愿被人称作韩国人的美籍韩国人；另一个是走遍欧洲刚到美国，爱吸烟的德国日耳曼美女(粗犷美)；另外一个是平日基本不离开实验室，很会发文章的中国四川小女生。可能大家都有“国际”背景的缘故，交谈起来舒服很多。我一直想知道自己在新墨西哥州所处的人际环境究竟有几分代表性。这个问题本身是伪问题，因为可能这种事情在美国本身就没什么“常模”可言。但是在纽约，来自世界各国的留学生汇聚在一起，彼此之间不存在固有的团体，在交流当中能够感受到更多的彼此理解。虽然女生之间的谈话还是更多的涉及饮食和生活琐事，但是我所挑起的话题还是总能够引起她们的兴趣，因为毕竟有过类似的体验。而在新墨西哥州立大学(NMSU)这里，美国人是主流，他们对我的话题的兴趣很难使得谈话延续下去，而且美国人之间的联系更加巩固，他们并没有那种扩大人际交往面的迫切感。就好像在这边我最能谈得来的是一个来自马来西亚的人。虽然他工科出身，但是和我一样经常考虑现代化、种族等问题，我们的讨论经常会变成辩论。就在昨天我们几个人一起吃饭时还讨论了关于科学议题政治化的问题。对于我这样一个组织归属感“发育不良”的人来说，可能纽约更适合我。而拉斯克鲁赛斯(Las Cruces)更像是一个宜居的社区，虽然温馨但是稍显闭塞。

从早上七点半从住所附近的麦当劳出发开始，我已经马不停蹄地行走了一个上午。但是第一天里的我明显处在亢奋期，根本不想停下来。为了防止再次迷路，我在麦当劳(有网络)规划好了整个行程，上好厕所(因为这里厕所不是那么好找)，带好纸巾(擦汗用)，深吸一口气后又从空调中走进了闷热的街区。

儿子

2012. 9. 5

第二十七封信

“纽约之旅”之三

妈妈：

在电视里曾经对时代广场有一个基本的印象，但是到了现场，却发现有好几个时代广场。基本结构都是以路中央一座一面全都是巨型屏幕的高楼为核心，四周高楼林立。我在时代广场来回穿梭，感觉建筑物都长得好像，也分不清到底见到了几个“时代广场”，到底是不是见到了真正的时代广场。

大概繁荣一定是要有人的，而且人一定要聚在一起。街道两边有各种画画艺人，也有典型的美国“热狗”小贩，不难看出这个地方大部分都是游客。正如传说中的一样，路上行人的步伐都很快，以至于我的步伐也相应地变得更快，感觉整个氛围根本就没有让人停下来仔细体验的机会。本来想要慢慢地走，四处看一看，但是人潮之中，真的是身不由己。而在这人潮之中唯一能闲庭信步的可能就是那些街头流浪的人了，似乎只有坚定地大步向前，目不斜视才不会变得像这些流浪的人那样特殊。所有人都像是正在飞的子弹，我好不容易找到了一个正在休息的建筑工人帮我照了一张照片。

拉斯克鲁赛斯毕竟是小地方。在校园里，凡是华人彼此见面，就算不打招呼，也会有那么一两秒有点让人尴尬的对视，就好像觉得有打招呼的必要但又在等对方先出手，最后两个人招呼也没打，硬生生地把目光彼此错开。这种体验基本上每天都有。倒是在时代广场，虽然有不少华人，但是似乎彼此之间对于“同胞”毫无兴趣，连对视都没有。不过几次在百老汇大街行走的经验，感觉黑人还是很聚堆，经常三五成群地在电影院门前闲扯。本来感觉这里来自世界的各个种族很和谐地混合在一起，可是自己的“有色眼镜”还是不经意地看到了另一种隔离——职业隔离。街头画家几乎清一色是黄种人，卖饮料的小贩清一色的是中东人，晚上夜总会门前的保镖则是清一色的黑人；各种快餐店的服务员基本上没有白人，地铁上见到的护士和清洁工也都是清一色的有色人种。感觉好像这些低端工作都被有色人种包揽了，而且好像街头小贩这种“职业”背后可能有某种协会，而这些协会基本上也有种族的标签。要不然怎么可能从自由女神像的电池公园(Battery Park)到时代广场再到世贸中心遗址附近，所有卖饮料的小贩都是中东人？记得唯一有点多样性的地方就是大都会博物馆，在不同文化的展厅里几乎都会有相应种族的保安。比如在埃及馆就会有中东人(虽然不清楚是不是埃及人)，在非洲部分就会是黑人。归根结底，哪里都是有色人种，即便在古希腊区，白人保安也是凤毛麟角。记得我同学跟我说，美国需要外国移民，因为那些脏活累活没人愿意干，当然都是由移民来干了。在世界上，美国梦几乎是一种时尚，但是想想在纽约的这些移民，他们真的追逐着“梦”吗？对于中国人来说，做一些低端的工作可能很不体面，难道在纽约做这种工作就“体面”吗？我所看到的区别是，在中国的清洁工的生活会很窘迫，而在纽约的清洁工可能在工作之外也有能力去享受生活，至少买个 iPhone 手机也算不上是一件奢侈的事情。这种种族与职业之间的关联，再加上唐人街落后的印象，再一次表明中国乃至其他种族很难在美国这片土地上树立起良好的形象。

疾步走在时代广场，实在是没什么灵感。我总是想着自己来到纽约去感受美国的现代气息，希望在每一个地方领悟到一些什么。可是这里的气氛与北京的商业街并无太大差异，我倒是能想象我和父母一起在这里逛街时，我会抱怨妈妈总是光看不买，转了一圈之后，除了感觉双脚隐隐作痛以外，没有什么大收获。可就在麦当劳重新计划下一步行程的时候，我突然想到，其实这里就是美国的“紫禁城”。中国的文化都保留在古迹上，而美国的文化就在这里。全世界的人到了中国也许都会去看看长城或者故宫，而全世界的人到了纽约都会到时代广场、第五大道、百老汇去。我们的文化好像是被用来缅怀的，而美国的文化是他们正在享受的。我对商业街无疑已是司空见惯，但是这正说明美国的“生”的文化比“死”的文化更具有扩张力。毕竟中国值得保留的文化并不是因为他们在当下有多大的价值，而是他们曾经在世界有着和现在美国文化一样的影响力，被人模仿和崇拜。

离开了时代广场，本来计划参观一下可能比大连的劳动公园还无趣但是实在是慕名已久的纽约中央公园。到了那里之后发现果然很无趣，而我也实在不是一个会因为“向往”而变得疯狂的那种人，临时起意，决定为难一下自己：

今天做了一件跟自己过不去的事情。在上午已经走了整整四个小时的情况下，我坚持自己“错误”的计划，准备徒步走完第五大道的110到60街。一开始制定计划的时候忽略了地图上距离的实际长度(毕竟都是在地铁上，对于路程的长度用的是时间中的分钟来衡量)。上午去华尔街的时候因为没有网络支持，其实一直处于迷路状态，走了很多冤枉路，而且加上精神上的折磨，整个人已经是身心俱疲了。雪上加霜的是，中午的时候莫名其妙地参加了一个他们实验室的聚餐，吃了用方便面做的炒面，胃很不舒服。让事情变得更戏剧化的决定是因为不舒服而到了圣保罗教堂。其实找到圣保罗教堂是迷路的结果(在离开纽约城市大学之后本来想去市政府大厅，结果市政府大厅装修，失去了目标，偶然间发现了一座教堂，就毫不犹豫地走了进去)。因为圣保罗教堂和我两个小时之内参观的教堂很相似，都是“崇高”无比的拱顶，耶稣基督及其圣徒的玻璃窗画。只不过前者是将历任有德的主教安放在教堂之外的墓地中，而后者是将其石棺椁的等身雕像存在单独的小间当中。首先想到的是休息，其次才是想到即便身体休息大脑也不应该休息。于是思考忏悔到底有怎样的心理作用？心理效应是否真的会影响宗教信仰呢？于是我以一种换位思考的方式“装作”虔诚地向上帝忏悔自己内心的挣扎和悔恨，并在这个时候体会忏悔的心理作用。如果说我有所感悟的话，那就是如果想要得到原谅并且获得改变的动力，的确需要向一个更强大的存在去倾诉。当一个人真诚地相信存在一个超自然存在的客体的时候，这种忏悔的力量远远要比向父母承认错误要更强大。当然这种虔诚是否可以伪装我并不清楚，也许我所伪装的信仰的作用只是混淆变量，但是按照逻辑来说，似乎这种力量只能更强大，而不会更虚弱。其实，每个人在忏悔的时候需要的是将希望寄托于一个更强大的对象，从而获得救赎的力量。于是我决定从自己身上寻找更强大的力量来获得救赎，而不是依托于超自然的偶像。那么怎么让自己相信自己更强大呢？我觉得最直接的方式就是克服自己的恐惧和懒惰——而这两者是削弱自信当中最有力的因素。我决定坚持“错误”的计划，从116街一直走到第60街。无论有多少更合理的替代计划，无论有多少更实用的替代方案，这一次真正让原则成为首要因素。

就好像最近有一本书叫做《你永远都无法叫醒一个装睡的人》，当我决定“为难”自己的时候，我是不会停下的。我从116街走到60街；在苹果总店稍事休息后，又从60街一路走到28街。其实事后在网上查了一下才知道只有7.11千米而已，就算加上我因为迷路而折返的道路也不过8千米。当时真的是很累，一方面是因为炎热，另一方面是因为之前在华尔街、市政大厅、唐人街、时代广场已经走得筋疲力尽了，这8千米更像是破釜沉舟，置之死地而后生。这一路我拍了不少街牌号，就是为了证明自己这次“为难自己”之旅，希望在自己内心建造一个强大的自我，原谅自己，给自己提供前进的动力。

第五大道的前端是博物馆街，有很多博物馆。而后半段就是著名的商业街了，好像北京的王府井，大连的天津街。不过这里应该算作是世界现代都市商

业街的鼻祖和样板。

我不能像山本五十六那样有机会目睹美国的军力并且发出了“不可战胜”的慨叹。但是在纵贯第五大道之后，我切身体会到了什么叫做繁荣发达的商品经济。无数的品牌，高耸入云的摩天大楼，这些无论是在香港还是在北京都是有的，但是量上的差异还是让人感到诧异。如果说北京的商业街让我这个不喜欢在衣服、食品上进行选择的人感觉到“琳琅满目”的话；如果说香港的铜锣湾商业街让我感到的是喧闹和烦躁，美国第五大道的商业景象就只能说是：一切都让人疯狂。

这里就是美国的文化，只不过和故宫不同，不光是用来看的，更多的是用来享受的。

本来以为一天的折腾应该在帝国大厦终结，准备登顶后就回家休息。可是终究还是算差了一招，忘记今天是周日，而且还是旅游旺季里的一个周日。从晚上将近9：00开始排队，等我到塔顶的时候已经10：30。因为我的腰受不了长期的静止站立，在漫长等待过程中我经常不得不弯腰、靠墙(为了面子一直没蹲下)。好几次想要放弃，但被帝国大厦里精巧的队伍设计所迷惑。回想起来，在帝国大厦一层有不止五个独立的房间，在每个房间里都有长长的回型队伍。在每一个房间里都有一种错觉，觉得到了尽头就可以上电梯了。可是一次次被错觉欺骗，就这么一直等了将近4个小时。当我登顶的时候，我承认，已经毫无心情和体力去“欣赏”什么了。我先是坐在了地上一动不动。站起来后也被人群挤得无法站立。就连拍照也遇到了很不耐烦的游客，以至于没有留下什么像样的照片。

儿子

2012. 9. 19

第二十八封信

“纽约之旅”之四

妈妈：

第一天可以用痛并快乐着来形容。痛，腰痛，脚痛；快乐，向更强大的自我又迈进了一步。记得以前和父母爬山，与其说是累，不如说是不耐烦单调地走路，体力是富富有余的。庆幸现在自己还能够有这份自信和能力。想想以后遇到的挫折可能更多地来自于自己，一个更强大的内心可能应该是我人生下一个阶段最重要的课题。

入夜，我同学本来等我早点回来和房东见面。但是我回去太晚，他只好又留下来住一晚上。就算是地板，我现在也是甘之如饴。不过，出乎我意料的是，我同学有一头脑的想法想要和我分享(更像是宣泄)。聊了很长时间，废话不少，虽然我总是想“纠正”他的想法，但感觉自己“寄人篱下”，说话还是随和一些比较好。我听了半天，除了感受到他的孤独和饥渴难忍以外，真是没听出什么。但是聊着聊着，我感觉到他的孤独又引发了他进一步的抵抗情绪。老板拿他当高级劳工，他偏不，偏要学哲学(因为老板老讲哲学)；说什么美国失败男却能找中国漂亮妞，他就不信这个邪。这真不是我认识那个在北大一起打篮球的人。想想白天和他同学一起吃饭时候谈笑风生的样子，感觉到在国内已经培养起社会精英意识的中国人，在美国遇到的问题和以前华人移民遇到的问题的确不同。

第三天早上为了见房东，早上 9 点才出发。腰和脚还在隐隐作痛，好像在提示“我老了”。要不是知道年轻人的特质特点就是恢复快，我也不会有这种“老”的感觉。按照计划，今天是必须去参观自由女神像的。等游艇的地方倒是不难找，结果一到售票亭我就傻了眼：没带套票。本着自由女神像完全值得参观两次的想法，我买了一张不登陆的游艇参观票。登上船后才发现在那么多人当中，似乎只有我是孤身一人的游客。毕竟游艇不会停下来，一上船我就盘算着怎么才能找个人帮忙拍照。我先上船，找到了一个凳子，就想着可以用这个凳子来“交换”。我脑子的确是有点问题，总觉得这种“公平交换”是世界通用语，应该很好理解。我看到两个坐在甲板上似乎很想找座的女生，就上前搭讪(要是说为了泡妞我可不敢，但是为了找人拍照就没什么问题)。两个女生来自法国，其中一个女生的英语似乎不太好，我说的几句话基本上都是另一个女生回答的。在陈清我的意图之后，她们似乎还是很犹豫。很自然的，她们觉得我没有必要为了找人拍照而把座位让给她们。但是我当时脑子里忘记把人情世故放进逻辑里面去，还是一根筋地想要一次“公平交换”。结果自然很尴尬：她们帮我拍了一张照片之后也没坐在座位上就走了。我不知道是自己没说清楚，还是她们觉得我不靠谱，反正我已习惯把自己尴尬的时候抛之脑后，不过事后想想自己真是够愣的。

亲眼看到自由女神像，我并没有什么特殊的感动。可能和很多人一样，我总觉得自己应该“很激动”。春节是没什么理由让我觉得自己应该高兴的，我也不会逼自己“今儿个真高兴”；但是在自由女神像前，冷静和世故似乎是对她的一种亵渎。以前的逻辑是：自由本身是一种让人兴奋的渴望；但是我现在的逻辑是：自由是一个可以让人选择去兴奋的理由。所有的理念之所以能让人兴奋，其实都是在经过人的加工之后的事情。结合当下刚学到“热乎乎”的民族主义知识，编出一个质疑美国的理由：美国将自由“打包”，在美利坚民族主义旗帜下向世界传播，给世界带来混乱；美国采用霸王条款，将无辜的自由和美国的民族主义捆绑在一起向世界推销。这样做一方面有一种基督教同化世界的宗教追求；另一方面他们也在给自己创造难题：很多人在受到蛊惑后都放弃了自身的民族认同而追求异质的民族认同，这反倒给美国带来移民的大问题。从这个角度看来，美国的这种多元文化似乎是当今以民族主义为根本来组织政治秩序的世界的“癌细胞”。不知道当代美国是否会在自身民族主义反战基础上步入传统民族国家(nation-state)的行列，还是会催生出继民族主义之后又一个新的意识形态，并重组世界政治秩序。

看到自由女神像，不由得又反思了一下人类社会：“被抛”在这个世界上的人类，一出生就被捆绑在各种枷锁当中。自由在实际当中更像是一个相对概念；但是人类社会却创造了一个绝对自由的概念去追求。想要把相对的东西变成绝对的企图，借用庄子里的故事框架，就好像要把一棵看上去“无用”的树，偏要说成无论在哪里都是“有用”的树。

在甲板上到处“逡巡”的我，很像是一个游客(尽管我本来就是一个游客，但是好像我实在太入戏了，反而走样了)。虽然有一点担心自己在别人眼里是不是像刚进大观园的刘姥姥一样，不过很快我就释然了。在回去的路上拍了一张照片，自己看过后觉得挺有意思：背景里的曼哈顿“风生水起”，美国国旗与之交相辉映。这种图像最适合宣扬资本主义盛世繁荣了吧?

来到纽约之前计划的第二个要参观的地方就是纽约公共图书馆。对我来说，北京和大连最直观的区别就是市图书馆的规模和藏书质量。而北京和香港的直观区别就在于国家图书馆和香港中央图书馆的不同风格和内涵。如果说商业街、高楼大厦是在物质上衡量城市发展的标杆的话，图书馆对我来说就是衡量一个城市内涵的最可观的标准了。纽约图书馆明显流露出一种“服务于民”的理念。有一个标志性的纽约公共图书馆，但是从网上数据库就能看出在纽约有N多个分馆，目的就是为了方便公众借书。图书馆里的电子查阅室相当巨大，可以说是主要场所。相较于北京国家图书馆简单的两个电子查阅室，纽约图书馆在装潢上相当“豪华”，除了熟悉的宗教气息以外甚至还有一种皇室风范。它和北京国家图书馆的共同点是，两者都试图创造一种“神圣”的氛围，这也是为什么虽然香港中央图书馆是唯一中英文“通吃”的图书馆，但是我更喜欢北京国家图书馆的原因，香港中央图书馆的设计风格将知识的神圣性压抑了下去。这可能是我(想成为)知识分子固有优越感作祟(现在可能还算不上是知识分子，毕竟还处在社会之外)。很可惜，图书馆的阅览室不允许照相，没能留下那种“神圣”感的直观印象。这种印象其实在到了华盛

顿国会图书馆之后才真正定型。作为全世界最大的图书馆，华盛顿国会图书馆利用宗教因素和皇家建筑设计风格将“神圣性”提高到了艺术和道德层次。知识就是至善至美。真善美的确是有各自独立的标准、理念体系，但是我作为一个求学的学生(而且对美一窍不通，对善恶只有朴素观念)，自然而然希望知识能够取代善和美成为人类社会唯一的准绳(在美国这个观点被批判得体无完肤)。

儿子

2012. 10. 6

一个人在战斗

亲爱的儿子：

先说说你读博的事情，把自己搞到这种疲劳程度，我们是不赞成的。在这之前，你也没征求我们的意见，别人学两门课程，你要学四门课程，又加上美国的老师特别认真，总是要留作业。在本科的信里，你说过，我们家总是三个人一起在战斗，但是，儿子，现在则是你一个人在战斗。本来我们是愿意和你一起战斗的，大概是你觉得父母已经没有能力没有资格了，所以才一个人战斗。别硬挺着，太累就放弃一门课程吧，这不是软弱，这是识时务。识时务者为俊杰，知道自己要什么，知道自己能做什么，这很重要，既然知道了，就不

必太勉强。儿子，人不能太累，会累坏的，即使是学习也是如此。所以，我和你爸爸希望你认真考虑一下，放弃一门课程，以后再上嘛。我们不给你压力，你自己给自己压力，但要适度，千万要适度。

健康是一，其余的都是零，有了这个一，后面的零才有意义，对你也是一样的。

儿子，别太累了。安排好自己的生活，健康第一，千万别忘记。就在妈妈给你写信的时候，书商和我在QQ上聊，说还要加印。

妈妈

2012.10.8

第二十九封信

拉 票 演 讲

妈妈：

我在想自己为什么把作业看得那么重要，以至于比家书还重要。虽然我反思后得出的结论让自己很不愉快，但我觉得还是有几分道理的。当一个人的目标不很明确，没有落实到现实的行动计划的时候，外来的任务反而就成了满足心理“实现目标”欲望的救命稻草（我的成就动机还是很强的），于是工作就变得比什么都重要，而没完没了的工作的确让我的心理有些耗竭的感觉。最近偶尔和周围的同学聊起自己工作繁忙的时候，发觉他们其实对这个话题并不是很感兴趣，就连“吃惊”或者“同情”的表情都带有太多做作和不耐烦的成分。我意识到这个话题实在不属于我和他人共同的交集，而且我也不应该试图通过抱怨将自己的痛苦向他人转移。同样对于父母，我想如果我是一个从事技术性工作的上班族，也不会把自己工作上的细节当做家庭对话的谈资。从情感上来说，那样做似乎也有点太女性化了。可能西方文化比较男性化，而我在国内习惯了和女性的交流方式，感觉到有点不适应吧。

还好，即便应对没完没了的任务有些狼狈不堪，我还是没有忘记自己来到这里的真正任务。我旁听了地区检察官竞选辩论、美国驻外大使的拉选票讲座，并和课堂上的学生进行私下交流。虽然这些事情只占据我学习生活当中很少的一部分，但是似乎从某种意义上来讲却比什么都重要。也正因如此，无论多么忙的一天，我的计划表都给这些事情让路。小学的宋老师说我“外路精神头”，真是一点没变。

之前经历过的竞选辩论毕竟属于地方档次，两位候选人并非职业性的政客，无论从形式上还是过程上都体现不了美国民主体制的发达程度。当然这一点我是在参加了美国前驻外大使乔·威尔逊（Joe Wilson）的“Is the Arab Spring

Becoming the Arab Winter?”(“阿拉伯之春”会变成“阿拉伯之冬”吗?)讲座之后得到的体会。这次讲座之所以吸引我，其实就是因为演讲人的深厚背景。他正是在伊拉克入侵科威特时驻科威特的美国大使，而且奉命在2002年去尼日尔对萨达姆·侯赛因试图获取大规模杀伤性武器的传闻进行调查的成员之一。再加上他的妻子是美国中央情报局情报员的身份被暴露，使得他的身份变得更加具有社会影响力(正因为“大使的妻子是特务”，他也无法再担任大使的职务了)。对于Las Cruces这个小城来说，这应该也算是一次大人物的驾临。他的到来也成为新墨西哥州的一次新闻事件。事后才发现，所谓此次邀请演讲，就是民主党在这个地区的一次拉票活动。新墨西哥州这几年选情有转变的迹象(尤其是Las Cruces)，从亲民主党转为了亲共和党。因为州的政治影响力很小，很少有大人物光临来拉选票。这一次民主党派重量级人物前来，明显是希望尝试扭转一下地区局势，但也明显并没有倾尽全力。演讲地点在学校，是一次公开的讲演，可以看到非常有趣的现象：学生不太热情，来得比较晚，座位都被热情高涨的地区选民给占了。我因为刚上完课，只是提前十分钟来的，但是拼着一张厚脸皮，“礼貌地”东跳西窜，找到了一个第二排的位置(第一排是给贵宾的座位，我就应该算是在第一排了)。

对于演讲内容，我只能说，实在是太有启发性了。我的笔记做了整整两页，都是受到大使的演讲启发而产生的对国际关系政治理论的新的理解(当然也有关于我正在学习的民族主义理论的重新认识)。不过等我事后二次加工之后发现，他的这些亲民主党理论的核心观点是：要出师有名，不要卷入“部落之争”(tribe war)。他的观点就是为奥巴马的“新”国际关系政策进行宣传：从领导走向参与。我的观点就是美国影响力的变化和国际关系的日趋复杂，使得美国的强硬单边外交政策需要转型。虽然这种转型给作为“世界领袖”的美国人一些挫折感，但却是基于事实的政治上的需要。政客的任务就是重新编造一个故事，将现实合理化，并重新将“自豪与骄傲”灌输给选民，继续将美国的国际干预主义政策演绎成“正义”之举。但我得承认，这哥们儿太能讲了。演讲很多次被听众的掌声打断，我看到周围的人那“无比赞同”的神情和“遇到知音”般的共鸣。当然，这种热情能够存在的前提就是有“不同政见者”。因为民主党明显没有共和党那么“挺”以色列，在场的犹太人就不停地摇头(事后这位犹太人的提问证明了这一点)。他鼓动女性选民支持奥巴马并走出社区去投票的方法就是大肆赞美女性，并且以标志性的美国讽刺幽默的口吻说：“如果你们这些18到38岁的女性不去投票的话，20年后你们可能就会因为社会保障的钱都花在了40多岁肥硕而愚蠢的白人男性身上而感到后悔！”有意思的是，在现场有不少“肥硕”但不知道是不是愚蠢的中年白人男性在场，真想知道他们对这话的反应是什么。虽然在演讲的过程中意识到这主要是在拉票，“阿拉伯之春”基本上成了附带话题，但是我还是很不知趣地想要问一些问题。我觉得自己不知趣主要是因为这是人家美国人选自己总统的事情，我一个外国人，还是一个政治上遭受美国两党党徒歧视的中国人，竟然在这种场合从中国立场提问，实在是有点不知趣，而且让人讨厌。但我想反正这里没熟人，而且我向来是越知道自己不识趣越是叛逆，真想索性发言。

在Q&A(问答)时间，本应该是听众提问，但是基本上都是那个犹太人在发表自己的个人观点：犹太人是讲理的，我们愿意谈判、妥协，甚至是割让领土。但是巴勒斯坦人是一个生下来就非要将某些人看成是敌人的种族，和他们谈判是不会有结果的，当时全场立刻就出现嘈杂的议论声。我不认识这位犹太人，这位犹太老人显得理直气壮。后来有一位印度老伯同样质问美国对巴勒斯坦的外交政策的偏颇，完全是个人意气的表达。但是两位“老伯”的共同特点是：都是移民多年后入了美国籍，提问中不时地彰显其历史知识背景和严谨的思维逻辑。只可惜两位的某些观点的基本前提实在值得商榷。不知道类似这样的人能代表多少美国选民？他们平日里可能彬彬有礼，工作上进，但是他们在投票选择上的理由实在是让人无法理解和控制。

我最终没发言，散会后立刻就溜了，毕竟这是人家的家事，我在这儿搅和根本不合适。

我发现政治真是一个挖掘人智慧的场所，在这里谎言和真诚不再仅仅基于事实，而是部分地依赖于沟通和表达的艺术。对于我来说，人性最美、最值得欣赏的一面就是超现实后建构现实的过程。饿了吃饭，冷了穿衣，孤独了就去寻找伴侣，这些因果关系都在尘世之中，由不得你人的意志。相反，在人所构建的世界里，因果关系是理念的产物，自由意志是凌驾于因果律之上的存在。这才是真正自由自在的事情，大概庄子的《逍遥游》就是一种退回到精神世界后的自由体验吧。

至于和美国“女”学生聊天这件事情其实还是有些背景需要说的。有一天这个女同学在Facebook加了我，然后问我是不是打算长期在美国居住。我第一反应就是“这个姑娘要泡我？”后来理性地打消了自己的自恋情结，如实回答了自己的计划。结果越聊越长，在Facebook上我俩开始了一些文化讨论，我说了不少“道貌岸然”但是毕竟比较深刻的话，她说：这是我在Facebook上进行的最有深度的对话了。就算她不是故意拍我马屁，毕竟还是挺受用的。然后第二天她就约我面聊，出于一半轻佻、侥幸，一半了解美国文化的意图，我就同意了。聊天的过程中明显看出她真的是对我这个来自中国还会讲英文的黄皮肤感兴趣。因为她是土生土长的本地人，从没离开过父母，就算去纽约也是与父母在一起。她对于下个学期要去法国交换留学感到有些忐忑，希望从我这里知道一些关于“文化”的知识。从一个中国人的角度我觉得这些接触有些暧昧的因素。但就我对美国本科生的了解，他们没那么多规范，想做什么就做什么。在我们看起来不算理由的事情，可能就是一个美国人兴之所至，随手在手机上发个短信的事情。我要是想太多，太认真，那可真就输了。再说了，本科生、研究生时期和女性交往经验毕竟还是锻炼了我的意志力的。

如果妈妈看了我的信能开怀一笑，那我的目的就达到了。在视频里知道妈妈又“出口伤人”了。我还是理解妈妈的，毕竟我继承了母亲嫉恶如仇的性格，但是控制不好的话的确挺伤人的。

祝父母身体健康！

儿子

2012.10.21

不愿意你太忙

亲爱的儿子：

你刚发来信，妈妈就看到了。现代信息这种传递方式真是让人感慨，过去时代的人无论如何也想象不出来：一封从美国发到中国的信一分钟不到就能收到。

你好久没写信，妈妈也好久没写信了。从读研究生开始，我们的信就是以你为主。

你那么忙，让我们很意外的。想来，你的忙也部分是“自找”的。你在读本科、研究生时候就总是忙，总是给自己加码。多加两门专业课以外的课程，忙成现在这个样子，是正常的呀！你向别人诉苦，别人不接茬，还有潜台词就是，你愿意，谁让你加那么多课呢！别人不加，就你加，出风头。而且，你说自己忙，别人也可以看作是炫耀的，你比别人有本事，多学两门课，不忙才怪。也许是妈妈的“小人”想法，但我还是觉得，人家不同情你也是在情理之中。虽然说年轻时候忙一点不算什么，正是因年轻时候的忙，老了才可以不忙，可以慢悠悠地享受人生。但妈妈还是不愿意你太忙。不舍得你这么忙这么累。我知道你不会听我的，但我还是希望你自己把这一切搞好，生活有条有理，而不是忙乱不堪。

身体是最重要的，我们这一代生活曾经历过“一不怕苦，二不怕死”的年代。号召年轻人将生命看得无足轻重，没有人将自己的健康放在心上，现在老了，各种病痛自己找上门。你不要走我们的路，事业重要，身体也重要啊！我的儿子！

看了你对美国竞选的描写，也觉得确实有意思。别说你，如果妈妈在，也会去听。政治是一个让人不由自主想投入的事情。但是，儿子，你说的对，那是在人家家里呀！我们还是独善其身吧！儿子，妈妈已经说过很多遍了，不希望你参与政治，无论是怎样的政治。而你最后还是对政治学发生兴趣，这简直就是宿命。心理学与政治本来可以不搭界的，你偏偏让他们搭界了！我的儿子！妈妈对此真是有太多的无奈！

那么长时间没写信，这两件事都是最近发生的，这两个月，有多少事情都没记录下来，真的是挺遗憾的呀！

相比于你的专业，妈妈对美国女孩对你的好感更感兴趣。你当然不必自恋地认为人家喜欢你，但无疑，她对你是肯定的，所以，愿意和你探讨问题。喜欢，可以发生变化。我的儿子被喜欢，妈妈当然是高兴的。被人喜欢是幸福的事情。我能感觉到你是多么喜欢讲课，多么喜欢“智慧外泄”。挺好的，儿子。昨天妈妈发了一个微博，说你在美国给大学生讲课，妈妈感到骄傲呢！

妈妈给你寄去的东西中，有一条天蓝色的围脖，你看到了吗？喜欢吗？别的都是买的，只有那条围脖，是妈妈亲手织的。妈妈不想强调一针一线倾注了多少感情，只是要将为什么织这个围脖的原因告诉你。

在我下乡的时候，有一年，冬天很冷，妈妈在田野里劳动。你姥姥，不知道花多少钱给我买了一条天蓝色的毛线围脖。很长，一米多吧。围到脖子上转一圈都可以。那时候的妈妈多年轻啊！每次戴着围脖站在镜子前，自己都觉得自己挺漂亮的。后来回城以后，就有了新围脖，那条围脖也不知去向。我过去都是对旧物不太喜欢，旧了就送人了，或者扔掉。现在老了，喜欢向后看，想你姥姥，就想起那条围脖。于是，我决定复制一条同当年那条一样的围脖。

去商店买了最好的纯毛毛线，一斤。反复问营业员，这些线能织一条围脖吗？她很肯定地告诉我能。妈妈多年不织东西了。织起来才知道，原来一斤毛线可以织两条围脖呢！你在网上看到妈妈织的，问是给你织的吗？老实说，当时只是想给自己织，想复制你姥姥给妈妈买的那条围脖，想回忆一下虽然粗糙但毕竟有过的青春，更想把自己母亲的温暖永远留在身边。

织完第一条，正好用了5两线。于是，决定再织一条给你。忘记总共用了多长时间，反正在那个冬天没结束的时候开始，在这个冬天还没开始的时候结束。妈妈留下一条，另一条寄给你。或许你那儿温暖的气候里用不上，但偶尔冷几天，你可以围上它。那上面有妈妈对青春的记忆和对你姥姥刻骨铭心的怀念呢！

《我家儿子很叛逆》总算出版了，但样书还没寄来。很多人等着要，我想这本书会帮助那些对孩子教育缺乏办法的人的。

照顾好自己！

妈妈

2012.10.22　中午12：09

第三十封信

解构触电

妈妈：

我最近在分析为什么我认识的这个美国女生会被我吸引。与中国女孩比起来，美国女孩明显比较大方，或者并没有把表达好感看成是多么重大的事情，所以有的时候我比较“得瑟”(夸奖对方)的结果是获得了一个女孩的好感。自己分析来看，最主要的原因还在于我所接触的这个美国女生是一个需要用坚强装饰自己的女性，内心的脆弱和现实中的孤独使得她有强烈的追求认同的动力。另一方面，自以为是地说，经过过去一年和暑假期间看“闲书”的“洗礼”，我大概掌握了照葫芦画瓢，将读过的深刻而凝练的话转述的技巧，言谈也发生了一些变化，这可能丰富了我个人魅力的那一部分。

直到最近，其实整个过程都是在对方的控制之下的。首先是她询问我是否需要研究助手的时候我就意识到她对我的态度与对其他学生有所不同。之后是在 Facebook 上的聊天，我当时把这当成一个像“致命吸引力”的游戏一样，在网聊中充分展现自己的“深度”和“不同见解”，结果女孩子就约我单聊。但是起初的理由是她下个学期要去欧洲交换半年，希望能够向我学习一些有关文化心理的知识。就算是有东西方文化差异也能看出些猫腻。不过有太多自作多情遭无情打击经历的我早已经学乖，不管是对对方还是对自己始终强调整个事件的“纯洁性”。对于一个理想主义者来说，事实本身并不是关键，关键是你希望创造怎样的事实。这就好像过去我总是试图将我和异性朋友的关系塑造成“纯洁男女关系”的努力一样。我自己对第一次谈话的印象并不是很深刻，只记得当时有很充足的理由相信这只是一次“一个有学术热情的学生与我之间的一次兴趣讨论”。不过，从她的眼神当中我能感觉到事情可能和我设想的并不一致。但是我不单是给自己理由，也把自己对这次谈话性质的理解告诉她：我希望能够让自己的文化心理学学术知识对她下个学期的欧洲之行有所帮助。事后想起这第一次见面，体验到这可能就是所谓的成人的世界：即便两个人都知道有些话不方便直说，但是聪明的人总是能想到合适的场面话将尴尬掩盖过去。我并不是说自己聪明，只想说这种微妙的场合的确有提高人阅历的作用。

在中国的时候，我的很多讽刺性笑话或者自嘲笑话对很多人来说都是自作聪明的冷笑话。但是在这边情况要好得多，至少在对话中我不用刻意压抑自己挖掘讽刺的天赋。其实我并不认为第一次的见面我真的有什么能够吸引女性的突出表现。但是隔了一周的时间，她突然给我发了个短信。这一次我基本上可以确认这不是简单的“学术兴趣”了。但是在对方没有表白的情况下，我不想自作多情。虽然用手机发英文短信是极为痛苦的，但是我硬着头皮浪费大把的黄金时间去和她聊天。聊着聊着她就约我“hang out”(出去玩)。到这个时候我就知道之前的一切都是女孩有计划做的，并不是“单纯”的学术动机(我怎么就会相信这个世界上除了我以外会有人有纯粹的求知欲呢？——这个问题的提问方式是个美国式幽默)。就我对美国青年男女社交关系的了解，所谓的“hang out”其实就相当于“约会”了。但是一想到“约会”这个词儿，心里就不停地打鼓。毕竟以前从来没“被约会”过；其次总感觉好像答应约会就好像做了什么承诺似的。不过想到美国青年男女对约会一点也不严肃看待，还是觉得自己太刻板了。想到自己与其在手机短信中冒风险自作多情地拒绝对方的“美意”，不如先走一步，当双方明确这次“活动”的目的之后再坦诚相告。以前我总跟别人说“诚恳”，在很大程度上是一种沟通技巧，现在轮到我实践自己理论的时候了。

被心理学武装的我，每一步都思前想后。从搭上她的车开始，我就开始精心计算每一个表达细节。用老百姓的话来说，我这个活法实在太累。虽然我觉得搭女生的车很囧，但是又知道在美国这个女性权利是敏感话题的国家暴露自己的“大男子主义”是要承担比在国内大得多的风险的。权衡利弊，忽略自己没车的窘迫，故作自然地和她讨论。最开始的时候气氛稍微有些尴尬，我的分析如下：

女方：很明确自己的目的；不清楚对方知不知道自己的目的；觉得如果对方知道并答应前来，就应该是对自己的目的有了积极的反应。

男方：觉得自己知道对方的目的；怕误会对方；不能直说“很高兴你对我

有意思”；打定主意只要对方坦白，自己就回绝。所以感觉有些歉疚。

在这种气氛下，我说了一句事后看来相当愚蠢但是在当时的情境下相当机智的话：“你马上就要去欧洲了，可以把我看作一个国际友人来练习与异国文化的人进行交流。”我本来就不擅长日常客套家常，所以在到饭店前大概就保持提问的状态，大概了解了她的一些家庭背景。但没想到吃饭的时候才了解到更多事情背后的“真相”。在相互了解更多之后，她提起了自己的身世。她是个被人遗弃在门口的孤儿(因为在墨西哥文化下十几岁就生孩子是相当普遍的，这也导致弃婴现象也很普遍)。但是长大之后她觉得自己并不信仰耶稣基督，就从不去教堂，最终被当地的教堂除名，从结果上来看这是相当严重的。首先是她被孤立了起来，周围的邻居都无法接纳她的“背叛”。而父母也没办法和她一起去公共场所，除了她的母亲，她的家人都不再与她保持联系。她最开始选择了离开，但是在丢掉工作后只能回家和父母同住。同住期间，她的兄弟姐妹总是旁敲侧击地希望她能回归教堂；她受到来自四面八方的社会压力。现在她重新回到大学，希望找到一份好的工作，离开家乡，因为这里对她来说实在太严酷。

我当然对这些快餐式的戏剧性事实有些感到突兀。但是我也大概理解了为什么她拥有与其他美国女生不同的成熟。我也建立了一个对她更加立体的了解，从外表上的豁达、沉着和开朗到内心上的渴望、坚强以及孤独。她应该是一个比我更有阅历的人，所以我对她的赞许既是社交性质的也是由衷的。我对她的认同和对她内心冲突的解读可能换来了共鸣，她可能很受用。吃完饭我们又去吃了冰激凌。她可能将我的赞许、认同以及答应吃冰激凌的举动看成了接受她的信号。结果当天晚上她就在 Facebook 中表达了她对我的好感，并且希望确认我的“感觉”：

“当我第一次约你在 Corbett 见面的时候，我确实部分地是想要向你学习文化知识以及你在美国的体验，但是更主要的是因为你引起了我对你‘智慧’的兴趣。我不确定在我昨天给你发的信息中我的意图是否表达得明确，但是发现你对我很有吸引力——你的智慧令人惊异而且我发现你的幽默感令人喜爱并且保持了一种‘纯真’。不想再用造作的辞藻去掩饰，我想我就是想问你这种(吸引的)感觉是不是相互的。如果不是的话，我感觉很荣幸能有你这样一位朋友！”(翻译)

很内疚的，我收获了自己渴望已久的虚荣感，但是很快就是负罪感。虽然有一位美国女朋友的想法很吸引人，但是我还是很清楚自己的分量。一个竭力否认现实的理想主义知识分子，加上独生子女的自私和对自己高期望所带来的自卑，这些都让我完全没有信心去牵手伴侣。而且我和她认识的时间太短，所有的好感和吸引力要么是男女之间激素的产物，要么是单身男人陈年累月的幻想带来的冲动。我可能有无数个拒绝的理由和为数不多的接受的理由。大概沉淀了半个小时，我回了信，委婉地表达了自己希望保持友谊而不是恋爱关系的意愿。她反应的相当良好，不过从之后的发展来看，她似乎还是希望事情能够进一步地发展，我并不确定她究竟想要获得什么。希望她不是那种笨笨的美国女孩以为每个中国人都是有钱人。

就在愈加紧张的时刻，“人事”却接踵而至。和校广播电台主持人的对话非常有趣，她说终于了解到一个年轻人如何像我一样如一个老人一样地思考的。美国的发达并不是全民奋斗的结果，其实也只是少数人在思考而已——只不过这个少数的比例要远远高于中国。她推荐给我的流行歌曲(有关政治的口水歌)我基本上完全听不懂，所以我也“回敬”了她两首中文歌(崔健的《一无所有》和《新长征路上的摇滚》)。下个星期与她法官父亲的早餐更是让我期待良多。

儿子

2012.11.4

对几个问题的看法

宝宝：

你的来信看过了，你爸爸说这封信写得非常好。而妈妈在感觉好之前，还要感谢你，将这个事情的基本状况告诉我们，谢谢！真的非常感谢。当然，我也非常为自己骄傲，是我与你真诚的沟通，使我的儿子愿意与母亲坦然相见。这在今天，是一种多么宝贵的关系。

来谈谈妈妈对几个问题的看法。

首先，关于你的花销问题。你对自己上个月在吃饭上多花了一百美元感到有些内疚。我知道，你一直在努力学习无数中国留学生前辈，不用家里一分钱，靠奖学金完成学业，你不但要成就学业，也要在这方面与他们并肩齐驱。美国孩子自己挣学费的精神也让你认为自己应该这么做。你有一百个理由这么做，妈妈也同意。但是，妈妈只有一个理由，就是我们爱你，不希望你在经济上太窘困。所以，如果说二百美元可以度过一个月，再加上一百美元就可以过得更好，你加上一百美元就是了。这个钱由我们出。能让你生活得更好一点，质量更高一点，那才是我们的共同目标。贫穷毕竟不是好感觉，看着自己喜欢的食物却因为囊中羞涩而不能吃，太不必了。再说，你以后谈朋友，是会有些花销的。我们会帮助你。你如果觉得这样实在让你难为情的话，那就算借给你的好了，无息无期啊！妈妈希望你生活得好些。道理曾经讲过，就不讲了。

其次，关于你与女孩儿的问题。再有11天，你就要过27岁生日了，况且你还是在读博士，妈妈当然相信你完全有能力自己来决定这件事情。但是，作为过来人，妈妈还要提醒你一点的是，如果你确实不想和第一个女孩做朋友，你已经拒绝她了，双方可以继续做真正的朋友，单独约会还是不要有了。单独约会是会给女孩发出错误信号的。我昨天晚上和你爸爸说，事实证明，人性真是相同的。美国女孩和中国女孩没什么区别，都是喜欢有能力的男人。我儿子刚刚当了两个多月老师，就有两个女孩喜欢了。剪不断理还乱，这会给双方找麻烦的。正常地对待正常地交往，这就很好。单独约会当然是会让女孩产生遐想的，既然你不想，就不要去搅浑这湾情感之水。

你很期待周五的早餐，妈妈在视频上也说了。再重复一遍，关键就两个字：一定要“得体”。举止要得体、说话要得体、表情也要得体。千万不要像在爸爸妈妈面前那样放纵地大笑啊，那就很不得体。不要急于表达，问什么答什么，不问就不答。总之，就是要得体。当然不是木讷。妈妈相信你会做得很好。处不处朋友不是关键，关键是你在对一个美国法官表现中国精英分子的面貌。哎呀，这个时候才发现，爱国有了实实在在的含义。你是中国人，他是美国人。他打量你，是打量一个中国来的年轻人。你打量他，是打量一个美国的法官。可惜妈妈不在，如果在的话，这是多么好的写作题材啊！

妈妈写你的书《我家儿子很叛逆》，在网上卖得很火的。当当、京东、淘宝、腾讯、网易等大网站都在卖。有一个《新书——百道推荐》网站也很隆重地推出了这本书。看到妈妈的书与很多国外翻译过来的、国内著名的学者的书排在一起，妈妈真的很骄傲。记得你小时候说过一句话：“没有我和爸爸，你写什么”。你爸爸至今还反复在重复这句话。其实，妈妈能写的很多。只是今天小说已经没有市场，而家庭教育却是每个家庭都极其关注的问题，所以，关于教育的书就搭上了时代列车而呼啸向前了。

妈妈的朋友迟亚东阿姨说，看了这本书，几次落泪，被咱们家的亲情所感动。如果这本书能为一些家庭在孩子教育方面提供一些帮助，妈妈真是太高兴太有成就感了。

好了，就写这些。

祝我儿子事业、爱情双丰收。

妈妈

2012. 11. 6

第三十一封信

法官父女

妈妈：

每一次过生日其实都是一次将现状与人生起点联系起来的机会。回忆人生的悖论在于即便在死亡之前的每一刻都不是终点，但是回忆这个行为本身却塑造了一个心理上的终点。27 岁已经不再属于童年对未来的想象的范围，这个阶段似乎处于童年时对于大学自由的憧憬和遥远未来功成名就的幻想的间隙——一个对于孩童来说并不重要，但是对于实现目标来说却是最关键的阶段。以这一刻为节点，我看到的是对大学时充满能量和希望的热情和对未来不确定的担忧。过去过生日总是一个积极的信号，而现在，接近 30 岁的信号实在更像是痛定思痛的“鞭策”。

如果有什么能让我将 27 岁生日回忆成为一件快乐的体验的话，那肯定就是参观当地法院的经历了。其实从一开始，我并没有想到对方会有如此的热情，而且现如今仍然对于对方的热情处于不理解的状态。不理解主要是因为我自认自己不会做出同样的事情。我和法官的女儿只有一面之缘，虽然谈话的过程能够感受到彼此有很多共鸣，但是我也得承认我是一个很会伪装共鸣的人——心理咨询的技巧加上传统知识分子多元主义的意识形态伪装。这个女孩的名字叫 K，她否定美国两党制力挺多党制，还是“占领华尔街”运动的支持者，寄希望于流行歌曲当中的政治意识觉醒对大众文化产生积极的影响。这些都是我可以理解但是不会苟同的观点。美国年轻人在表达自己观点时更注重“表达”自己而并不在乎对方是否同意，在我看来这是稍显傲慢的表现。但是估计他们不知中国人，尤其是我，是很擅长于伪装“和谐”的(也有可能是我自欺欺人)。不知道出于怎样的考虑，在第一次谈话结束的时候她提出了邀请我和她父亲一起吃饭的提议。事后我才有些许感觉可能这更多的是她父亲的想法。K的父亲是地区法官，他对中国很感兴趣而且也去过中国并正在学习中文。我想法官喜欢反思体验并不难理解，况且他又很少有机会接触到中国人，他可能有很强的冲动想要和一个中国人印证他对中国的种种印象。

当天晚上K开车载我到了饭店，不久就等来了她的父亲。不难听出，他的英文并不地道，英语应该是他的第二语言，之后从K那里也印证了这一点。很快他父亲就开始和我探讨他在中国的种种遭遇。我不得不佩服他有勇气在不懂一句中文的情况下就孤身跑到中国北京、重庆、上海和深圳旅游。不知道他父亲是刻意将自己描述得更加理想主义还是出于将故事描述得更具有戏剧性的考虑，他在描述自己在北京遭遇“黑的”经历的时候，刻意强调了如何利用对中国“面子”文化的理解来应对的。很明显他被一个北京非法出租车司机敲诈，当他意识到被敲诈的时候，根据他对中国“面子”文化的理解，对那个司机说：“我会把这件事情告诉你父母的！”他的逻辑是，中国的“面子”文化就是信任，而对方失去父母的信任会让对方感到最大程度的内疚。还好，当时忙着讲话嘴里没太多东西，要不然真的要笑喷了。法官大人似乎还用眼神征询我的认可，我只能说这招可能对于中国典型的无赖不太有用。这个问题虽然很直白，但是如果想要用逻辑解释清楚还真不是那么容易。因为我在美国真没见过彻头彻尾的地痞流氓，所以一时找不到恰当的类比。结果K忍不住了，说她也不觉得这种做法真能够起到“震慑”对方的作用。真不知道这位法官是不是有点“天然呆”。

紧接着他又提到他在北京机场看到的一条标语——“高度决定成败。”当时翻译人员翻译这个标语英文意思是：“Altitude determines success”。他很惊讶，他说中国上层社会的人真的很傲慢，连这种话都敢讲。他对这句话的理解是：你在政府里面的官位越“高”，你就越容易成功。他对于这种“不可思议”现象的解释是：“现在中国的社会等级制度使得人们羡慕官居高位的人，成功和尊严都和社会地位直接联系起来”。而在美国，富人是不敢太张扬的，因为不论贫富，人人平等的观念在美国依然是主导，普通人仍然可以对富人进行评判而不是羡慕。但是中国的情况就不同，因为等级制度深入骨髓，所以人们更多的是羡慕，人人都想成为身居高位的人。我又一次差点笑喷。这真是典型的“理论结合实际”的失败案例（另外就是烂翻译害死人）。我很委婉地解释说那句大幅标语的意思大概是站得高望得远，会有更好的全局观，所以更容易成功。法官大人愣了一下，然后似乎很不情愿地终止了这个话题的讨论。

我在去参观之前准备了一些问题，都是些表达好就是深刻，表达不好就是自作聪明的问题。比如对于社会来讲，究竟是应当依靠体制来规范人性呢？还是应当依赖人性去约束体制呢？美国议员对奥巴马社会保障案的投票究竟有多少意识形态成分？在事实无法还原的情况下，法律体系如何确保正义得到伸张？法官大人和K给我印象最深的就是“天真”。我结合各种案例试图说明体制是无法提前阻止人的贪婪的，而即便在一个不完善的体制下，具有正义感和知识的法官仍然可以使得正义得到伸张。由此可见，社会秩序的建立关键是人而不是体制(当然两者都重要，只是在非要分出伯仲的时候)。法官大人一开始强调体制重要，并且向我介绍他们众多的“培训”课程。一提起培训，本来想介绍一下我父亲就是做干部培训的，而且这种培训形式大于内涵。但是感觉同样是培训，也许人家的培训真的就能够“改善”律师和法官队伍的素质。所以我用美国金融危机作为案例来说明体制建设的滞后性，并且说了几个我知道的法官如何腐败而没被发现的案例。最后法官大人承认说最终还是需要一种“信念”——违法会被发现。这就好像说要相信“天网恢恢，疏而不漏”一样。我相信法官大人的从业经验可以让我相信这种“信念”在体制发挥作用当中的重要意义。虽然从我愤世嫉俗的角度来看这种信念真的是薄如纱织，但是也许在一个有着宗教传统的文化当中非世俗化的信念反而是最坚强的后盾。中国向来是一个世俗社会，就连宗教都被具有强大感染力的中国文化给世俗化了。这正是为什么一个需要建立在信念基础上的西方政治体制在中国会有些水土不服的原因吧。对于习惯了中国历史上的强权政治逻辑的我来说，还是很难理解庞大的国家机器怎么可能建立在信念之上，但是我想一个还没有深刻理解宗教信仰的人，这种理解上的障碍本身应该不难理解。不过一个比较实际的理解方法就是这种信念可以通过强大的社会舆论监督来得以塑造。虽然这不是我想得到的答案，但是似乎一个无孔不入的媒体监督有可能在体制建设上起到根本性的作用。

不知不觉在饭店聊了有将近两个小时，我心里还惦记着参观法院的事情。尽管我光顾着说话以至于基本上没吃几口饭，但是我还是主动提议去参观法院。我在中国都没参观过法院，而我小时候经常想象自己成为一名律师，在“陪审团”(那个时候忽略了中国没有陪审团的实际情况)面前慷慨陈词，伸张正义。所以这一次参观法院对我来说几乎成为了实现童年梦想的一次机会。来到法院门口，直到进入审判大厅，一路上几乎全都是法官的“私人通道”——专有停车位、专有通道、专用洗手间、专用大厅、专用称谓(Your honor)。在美国，实在是很难见到这种特权职业的。因为无论什么工作，似乎在职业设计上总是尽力将之设计成为平民性质的，尽量掩盖其特殊性。但是很明显的，美国社会对于法官这个职业的设计并没有遵循一般的大众规范，处处彰显“特权”。每个法官专用的庭审大厅不太大，但是该有的也都有了。来到陪审团的讨论小屋，法官大人向我介绍了陪审团如何达成裁决的基本过程。我和K其实都是陪审制度的怀疑者。首先我提出陪审制度更多的是历史遗留性的制度(英国古老的贵族元老陪审团体制)，而和三权分立等这种建立于法理之上的体制不同。其次，心理学上对于团体讨论过程的研究表明，有很多因素会导致团体裁决存在不公正性。法官大人同意我的说法，但是强调在他审过的90%的案件当中，陪审团得到了与他相同的裁决，但是也有10%的案件他认为陪审团的裁决是无法理解的，而他认为这样就很好了。也许和自然科学当中追求百分百客观不同，法律追求的是最大化的正义，而不是完美的正义。

这时我正好想起之前参加过的地区检察官的选举，我说其中一个资历深厚但是强调正义的法官在辩论现场并不受欢迎，虽然明显比现任检察官更有资历，但是我觉得他很难赢得选举。结果法官大人说最终的结果是那个强调正义而不是民众支持的候选人获胜了。我真的是有些意外，我上次还写文章说地区民主存在的弊端就是地方主义以及选民偏见。看来只能说那场“辩论”真的是形式，一个在辩论现场得势的候选人在选举中反而落败了。即便在一个单身母亲全美比率最高、高中教育水平全美最低的新墨西哥州，选民的素质还是要比我预期的要高得多。

在法官大人的办公室，他向我展示了他平日里怎么通过数据库搜索案例来帮助审案。我们碰巧探讨了司法独立的问题。因为案例数据库是私人包办的，所以法院要支出一大笔费用从私人承包商那里购买数据库。于是我就想到这些钱从哪儿来的，以及整个司法系统的资金从何而来。结果不出意料，国会负责拨款给司法体系。但是接下来的问题反而更多：在司法依赖于国会的财政支持的情况下何谈司法独立呢？就好像我拿父母的钱上学根本就谈不上什么独立。可能法官大人并没有在这方面思考过太多，所以他的解释并不是很完整、系统，不过他告诉了我一个很有启发性的事实：法院是通过民众来制衡议会的拨款的。议会按理说没有道理给另一个与其制衡的体系拨款的，但是如果议会缩减法院开支，那么法院可以直接走向公众，陈述问题，并且将司法过程的种种问题归咎于议会的缩减开支。而民众进而就会通过投票的方式来反映法院的意愿。

后来又讨论说法律太过复杂，人们都说议员根本就没有看完厚厚的法案就按照党派意识形态投票了。法官说这是难免的，但也并不是很大的问题。毕竟审议法案是法官的工作，他们会对法案的合宪性进行审议，而对于复杂的法律，议员们基本上都是按照法案的基本方针的意识形态进行投票的。听上去似乎并不影响法律体系的完备，但是感觉在逻辑上仍然有很大的矛盾。

当晚K载我回学校的时候，我问她是否考虑过从政，毕竟她明显对政治感兴趣而且还有一个法官父亲，可以说是得天独厚。她说她当然考虑过，只不过一旦成为政客自己的隐私就无法得到保护，而现在她正在考虑是否要牺牲自己的隐私去从事政治活动。我大概能够理解她的潜在意思：毕竟她是一个单亲妈妈，估计这对于一个政治新手来说就是一个“定时炸弹”吧。

K一家三代是典型的移民家庭。第一代出生在墨西哥，来到美国后以拾捡垃圾为生。她的父亲出生在美国，但是母语是西班牙语，也跟随父母一同拣过垃圾，但是靠个人奋斗考上了律师，并且在两年前被新墨西哥州长任命为地区七位法官之一。而K已经不再说西班牙语，但是仍然不忘记自己的家庭背景，很珍惜眼前的一切，所以对于政治，尤其是移民政治有很高的热情。K的父亲，也就是法官大人，是美国梦的代表(从拣垃圾到做法官)，而K作为第三代人全心全意地融入美国文化当中，可以说K一家折射出了美国作为移民国家的一种发展模式。与亨廷顿所认为的无法融入美国文化的墨西哥裔移民不同，K一家抛弃了过往的宗教信仰，脱离了原有的墨西哥社区。但是他们并不是典型的墨西哥移民家庭。我之前认识的女孩一家也是墨西哥移民，他们有自己的教堂，自己的社区，保持了自身的语言和文化习俗，而且凡是背叛传统的人都会受到排斥。美国当前移民问题的核心大概就是融入问题，毕竟新一代移民不再像二战时或者更早时期那样属于贫穷移民，实际的奋斗目标使得融入的心理障碍并不大。当前新一代的移民并不再是一无所有者，他们形成了自己的文化社区，这使得美国当前陷入到了真正的多样化危机。很多人都说这一次的选举前所未有地将社会分成不同的成分，让人感受不到凝聚力。好比我，即便我移民美国，我也不是一个一无所有者。无产阶级具有革命性是因为他们一无所有，但是对于某些中国人来说，来这里只是为了追求更好的生活，他们的过去仍然会将他们与美国文化划上一道边界。这就是我所看到的美国的政治危机：社会文化多样性的利空。

至于在课堂上认识的美国女孩，只能说可能我所幻想的、在大观园里那种超过朋友但是低于恋人的异性关系的确并没有获得大部分人的认同吧。在美国可能根本就不存在这么个灰色地带，至少在这个女孩这里不存在。在我们第二次一起吃饭的时候，她问了我很多问题，不需要多敏感就能明白她还是在坚持。反正她不明说，我也不明说。但是我跟她说了很多大白话，就是自己对人生的规划基本上没有给伴侣留一个空间，而且我的计划是除非我确定自己人生基本上没什么希望了，我才会将注意力转移到家庭上。而且我也说了我对父亲当年选择家庭而不是事业的决定始终无法理解，所以也不会重蹈覆辙。我也说我是独生子女，本质上很自私，尽管接受的教育让我去负责任，但那需要耗费我太多的经历去变成一个不是我的“我”。反正各种理由，真的假的我都说了。不知道为什么她还是要问我对于婚前性行为、生孩子等问题的看法。明显的，她现在处于人生的低谷，非常孤独，缺乏朋友，而我(一个东亚留学生)则是一个似乎什么条件都能接受的替代品。但我并不生气，因为我知道她并不了解我一身的傲骨。她说她只和几个人说了她的家庭遭遇，但是只有我真正理解她(估计她不太可能理解我其实什么都能“理解”的了)。我猜测对她来说，这种交流已经完全可以达到约会、交往的程度了。那天晚上，我们吃完饭，开始“压马路”(这倒是我很怀念的事情)，基本上绕着整个校园走了一圈。最后还在办公室聊了很长时间(结果当天晚上基本上没怎么睡觉，做第二天的报告准备)。结果我送走她后不久，她就在Facebook上给我留言：

“这可能听起来很奇怪，但是不要因为我的家庭遭遇而感到抱歉或者觉得要说些什么。现在日子一天比一天好，而且这也是我应当承担的责任，既然我选择做我认为正确的事情。同样，我也理解你不太愿意谈起你过去那短暂的感情经历，但是我想这对于我理解你是很重要的。我并不会因为你谈“她”而感到不舒服。比起用言语去表达，有些事情可能用文字表达起来更轻松些。我真的不愿意后悔自己没有说出自己的感受。正如你今晚说的，两人之间的吸引往往开始于一些不那么具体的事情，而我从你身上感受到的吸引力是来自于你的知识和幽默以及‘为智慧作出贡献’的渴望。但同时我从你身上感受到的吸引同样来自于我感到在你面前我可以毫无顾忌地讨论任何话题，不管是什么，并且真正表现为一个我最终想要成为的那样一个人。我理解你说你感觉自己还不适合做一个在一段认真的关系当中负责任的一方，而且我很感激你总是恭维我(的坚强)。如果我可以恳请你满足我的愿望，那就是我希望能够和你建立一个没有必要承担未来压力的感情关系(或者至少可以彼此更加了解，至少看一看这段关系是否合适)。我希望你能够同意我们相处过程是很愉快的，而且我也知道这种感觉是不足以‘再生产’其自身的，但是我觉得这是值得的。即使我们并不是以‘认真的关系’开始的，我还是想要知道这是不是也是你所想要的(对于你我的关系)。我很抱歉没能在今晚把这些话说出来，毕竟这些话不是那么容易说出口的。”

我总是试图找到所谓的“恋人未满”的状态(台湾语，大概指处于朋友之上但是不够恋人的状态)，一方面是希望有人能够让我坦诚相对，但是另一方面不希望有任何束缚在身。但是这个女孩没能理解我的用意。大家都很自私，对话甚至都是多余的了。

上周周日受 Petro 夫妇的邀请，去了乡间一个教堂教友的万圣节 party。因为基督教并不信仰魔鬼，所以他们并不接受传统的美国万圣节庆祝方式，而是以自己独特的方式来庆祝万圣节。他们的庆祝方式就是举办一些乡间游戏比赛，一同进餐，并且吃一种“烤棉花糖三明治”(超级甜)的东西。整个 party 期间我和一位受聘在 NMSU 上金融课的老师在排队等饭菜的时候聊了很久，从上课的经验到对学生的态度，再到教会在美国大学的地位等等。本来 Petro 夫妻提醒我说可能到时候有捐款，所以我就带了 10 美元现金。结果最后发现就我一个人捐了钱，那些负责捐款的人对我热情得不得了，把剩余所有的甜点全都给了我。在我看来，整个活动就是一个家庭聚会，家庭之间的界限在这里消失了，孩子们共同玩耍，大人们互相攀谈。不过前提是他们都是同一个教堂的教友。美国田园的风光自然很好，广阔的牧场，奔跑的骏马，自然也和中国的乡村一样，随处可见的马粪和掩盖不住的马粪臭味。我不是一个很喜欢乡间生活的人，这里的生活在一些人看上去与世无争，祥和安宁，可是在我看来是单调枯燥、脱离社会的。我问 Petro 夫妇为什么那些离开了这里去城里上大学的孩子会选择回到农村呢？我总是觉得似乎见到花花世界的年轻人总是更喜欢留在繁华的都市而不是乡间。我和几个人都问了这个问题，但是我并没有得到我满意的答案。有人说是因为他们习惯于这里的生活，有人说他们是被灌输了家庭价值观，有人说城市里缺乏安全感。这里我似乎又遇到了理解的“屏障”（其实在中国我也没理解所谓的“安土重迁”文化，就好像我没觉得我有什么理由回到家乡一样）。在我和 Petro 夫妇的交流中我了解到，这里的住户之间至少有几千米远的距离，平日里基本上没有交往，因此教堂便成为很重要的社交活动场所。在这看似欢声笑语聚会的背后其实是实际生活中的疏离。虽然这里的农村生活并不艰苦，但是与城市里的生活方式的差异并不比中国的少多少。在生活节奏慢的地方，人自身会得到更多的关注（不知道两者之间孰因孰果）；在生活节奏很快的地方，人就不再是关注的焦点。我想的是也许等到中国农村的经济发展水平得到改善，对家乡的认同会和这里一样超越对物质刺激的需求。

过了一周，Petro 夫妇似乎都很关注我对一周之前的乡村之旅的感受。因为我并不喜欢亲近自然的生活方式，所以我遇到的更多的是理解上的障碍。不过在聚会上听到一个台湾同学讲台湾基督教“团伙”内部的矛盾，结果导致团体四分五裂，很多台湾人现在都跑到中国人基督教社团参加活动。事情过程和大部分的政治阴谋一样错综复杂，在这个事情当中，幕后的一切并不是“钱”，而是争夺上帝的恩宠。这大概是最有趣的一部分了。在这边有华人参与的基督教社团可以分为三部分（三个教堂）：一个是以像 Petro 夫妇的西方人为主的教堂，另两个是以华人居多的教堂。他们所有人都是在努力地招收“教友”，根据和我聊天的这位台湾同学的说法，仿佛招收信徒的个数越多，他们就越能够得到上帝的恩宠，与上帝更为接近。Petro 夫妇对激进的征召方式很反感，而大陆的郭氏夫妇则相当激进，台湾人内部就是因为有两个教授争抢信徒，所以成立了两个台湾人社团，最终导致内部不和谐乃至最后分崩离析的结果。从表面上来说，在这里的中国人即便皈依了基督信仰，但是对基督信仰的理解方式完全跳不出中国传统的范式。在我们看来他们干脆就是把上帝看成了皇上，而自己就是奴才，所做的一切都是为了讨好这位皇上，最后好在天国有一个更好的位置。他们的所作所为完全不是出于对学生的“爱”（这个字需要放在《圣经》的语境下去理解），而是单纯地为了增加自己在上帝面前的恩宠（这和传销很像）。

这个星期放感恩节大假，我的任务就是完成四篇论文。对于研究生来说，假期可以比成对囚犯而言的周末——失去自由后，工作日和周末又有什么大的区别呢？

爸爸妈妈注意身体，祝愿健康！

儿子

2012.11.18

宗教是绕不过去的问题

儿子：

生日好过，日子难挨。前几天，我们还在说你的生日要到了，转眼，你的生日就过去了。你说过生日是痛定思痛的鞭策，这是有道理的。小时候不懂事，过生日是一种被爱的感觉，这一天可以比往日收到更多的重视和爱。当年龄渐大的时候，过生日就成了一种惊醒、一种督促。天啊，我都这么大了，我还没有什么作为呢！一身一身的冷汗，让过生日者全无幸福感觉。所以，中年人大多是不过生日的，即使过，也是如你所说，鞭策自己。

刚才在网上看到一篇文章，一个1981年出生，在北京漂了四年终一无所获的30岁男人只好离开北京，回到家乡，接受父亲的安排。尽管，这是他年少时极力抗争的选择，但岁月让人无法选择。其实，这是很多没有拼出来的年轻人没有办法的选择。你爸爸一同学的孩子大学毕业后去上海混了好几年，才发现终归是买不起房子、成不了气候的，于是只好回家，接受母亲的安排进银行工作，过旱涝保收的日子啦。

好在，你没有这方面的忧虑，你只是在岁月面前更有紧迫感而已。你用自己的努力制造了一个没有遗憾的青春，真是让我们欣慰。想想，如果你也混在北京，混不下去可怎么好？我们在大连无法给你安排位置啊！现在说这些很轻松，可这轻松却是用当年的奋斗换来的。这是世界上最大的回报，4年决定40年！

你与美国法官的接触，真是有意思，此刻你真正地融入到了美国社会的深层，他们的家庭、他们的工作岗位、他们的家族历史……看着你跟他们的对话，妈妈也要笑翻了，不同的民族不同的语言，隔阂真是太大了。对北京宰客的出租车司机，法官大人竟然要将之劣迹去告诉他的父母！这让妈妈想起小时候打架的时候，最喜欢说的话就是我去告诉你妈，而且我真的去告诉过啊！哈哈，真是太有意思了。

妈妈发现，你在美国总是接触到宗教问题，看来，只要在美国，宗教是绕不过去的。中国基本上可以说没有宗教信仰，有宗教信仰的人是少数，在我们周围几乎看不到。

9 天写 4 篇论文，妈妈无论如何也想不出来是如何做到的。可是，看你的样子，似乎挺有把握的。不过，这九天真的就如你所说，其实不能算假期了。妈妈是赞成你努力学习的，但还是要说，不要过分透支身体，要注意劳逸结合。

很高兴看到你的信，反复看了两遍，越看越觉得我儿子了不起。

假日快乐、忙并快乐着！

妈妈

2012. 11. 20

第三十二封信

国人相欺？

妈妈：

在2012年秋季学期最后一周里，接二连三的意外事件为我丰富而疲劳的半年学习生活留下了一个难以忘怀的结尾。

最让人吃惊的是明年开学，将有三个学生离开心理系。其中和我同年入学的美国博士研究生丽贝卡（Rebecca）和派尔（Pyle）。他们离开学校的理由居然都和“综合考试”（comprehensive exam）有关。就说丽贝卡和派尔，他们两个人都没有充分准备好综合考试，所以都没能通过写作审查和口头答辩。而两个人的反应也相当“直爽”：都选择了退学。也许这会给父母一个直观的印象，就是我在接下来半年所需要完成的任务的难度会是怎样。在和丽贝卡聊天的时候，她说她觉得可能读博士并不是她想要的东西。其实说白了，综合考试的难度和要求超过了她敷衍自己人生所愿意付出的努力；而对于天天Party的派尔来说，他的确是不太有时间去完成综合考试。这两个人都是和我同一个年级的博士生，一下子这一届就只剩下我和利亚姆（Liam）两个博士研究生了。

本来以为期末考试结束后可以放松一下，结果因为室友的父母周日就要来这，所以室友想要在周六一天对寝室进行彻底清扫。鉴于我们厨房地板的“肮脏”是不止一两年“精华”的积淀，我和室友都下了很大决心才开始清扫的。考虑到任务的艰巨性，我们跑到沃尔玛买了相应的工具。“工欲善其事，必先利其器。”漂白剂、手套、铁刷（我们用废了将近7个铁刷）、抹布、洗涤剂（为了彻底清洗餐具用的）和其他厨房用具一共花了80多美元，我们平分了费用。我们两人花了整个白天的时间趴在地板上像抠口香糖一样清理看上去已经与地板融为一体的污渍。晚上的时候，因为没有水管，我们用煮面条的锅接水冲洗地面，清理冰箱（冰箱的恶心程度丝毫不亚于垃圾箱，想想自己过去一年半吃的都储存在那里，实在是……)。晚上和父母视频的时候其实我们还没有将各种调料、餐具归位，而且玻璃和墙壁还没有擦洗。

在清扫过程中有趣的花絮是我们在挪动冰箱的时候把冰箱后面专门为了做冰块的水管弄断了。我们打了电话给宿管，结果警察、消防员和宿管领导以及后来的管道工的车辆把我们小区塞得满满的。知道有这么多人为我们服务还是感觉不错的。

我们在吃晚饭的时候聊起了过去半个学期的经历。毕竟我们基本上没机会像现在这样聊天，不知不觉“浪费”了不少时间。室友说他觉得自己系里虽然有很多中国人，但是大家内心都是很寂寞的。因为寂寞和缺乏沟通，彼此之间缺乏一种信任，经常会有闲言碎语，以至于他现在懒得和中国人打交道了。他还说了一些其他中国人让他很不爽的事情，比如一个他系里的同学，有一次竟然因为我室友没有载他到他想要去的地方买东西，就翻脸了。我室友本来是出于帮忙的心态去帮助人的，结果反而受了埋怨，当然感觉不爽。最有意思的是他们系里一个我不认识的同学居然还抱怨起了我。虽然室友没有说那个人的名字，但是我能猜出来是谁。那个人我只是在 Petro 夫妇举办的感恩节晚餐上见过，他一句话不说，就在一旁听我“夸夸其谈”。记得临走的时候 Petro 夫人还开了个玩笑说那个男生好沉默，结果后来这个男生还在我室友面前说我太过招摇。看来的确像我室友所说的那样，内心的寂寞反而让他们对本应该更为亲近但是却得不到亲近的中国人产生了更多的敌意。还好，在我们系里没有这种“国人相欺”的现象，不过我室友很明显地有些郁闷。他还说自己对这个化工专业实在是一点好感没有，就是想找个饭碗而已。他觉得这边的人际关系状况让他觉得生活很不快乐。

我不知道自己到底是内心真的很强大还是缺乏敏感，很少感到孤独。现在看来，这是我适应留学生活的一个优势，虽然很少想念家乡的确是有些不对。

这个学期暂时告一段落，对我来说这样一个持续紧张将近大半个学期的经历，会让以后的我有更多的信心挑战更大的压力。对于我再读一个博士的计划来说，这无疑是很重要的人生经验。记得在考试周以及之前的三周时间里，有好几次在凌晨四五点的时候觉得自己支撑不下去了。我在这个过程中选择性地放弃了不少东西，而这对于我这个完美主义者来说是很少见的。我记得自己放弃了几篇认知心理学课堂上指定的阅读论文(主要是因为老师没说不读会扣分),期末的时候我放弃了民族主义的论文(毕竟没选这门课),在计算机编程课堂上我还选择性地降低了要求,我编的一些程序都有不少不易发现的"bug"(毛病),其中之一就是一个类似五子棋的程序作业:我花了整整两个晚上的时间还是没能修正一个让电脑变聪明的问题,最后干脆发明了另一种看上好像是"智能"电脑的程序来蒙混过关。幸运的是老师没有发现,居然还给了满分。我现在感觉很复杂,感觉有种聪明反被聪明误的意味。

下个学期不会再选这么多课了,相反我会全力以赴地准备综合考试。

到了这个时候,拉斯克鲁塞斯(Las Cruces)反而比入冬的时候暖和得多,不开空调也不会感觉冷。不知道大连的雪有没有给父母的晨练造成阻碍?如果雪太大就不要太勉强。"事在人为"既可以理解成凡事只有去做才能发生,也可以理解成很多事只有选择不去做才不会发生。

此致

敬礼!

儿子

2012.12.16

把我们吓住了

亲爱的儿子:

儿子,你想不到我看完你昨天的信是什么感觉。在你极端忙碌得连觉都没得睡的这一个月里,我知道这封信你一定会给我们一些意外,可我没想到是这种意外。你这封信把我们吓住了(我把这封信转发给你爸爸了)。他和我的感觉是一样的,目瞪口呆、惊慌失措、心惊胆战……所有登峰造极的负面语言都可以用上。你爸爸干脆说,腿肚子吓转弯了。这是民间形容人害怕的时候,腿肚子能转过来的说法。幸好这不是你。过去也知道美国博士不好读,也知道美国博士很受尊重,可没想到这么不好读,竟然有那么多同学因为综合考试的原因放弃了读博。那是付出多少努力才得到的资格,那是付出多少心血才得到的机遇,就这样失去了!

美国读博竟然如此之难，儿子，想想你的学习劲头，妈妈真是佩服了。我对你爸爸说，如果是我，一定是那个退出的学生，一定读不下去，我可没那份毅力。好在，儿子，这方面你像你爸爸，强韧而坚毅、基因和后天努力造就了今天的你。上帝，能把博士读下来可真不容易！

想想你视频那天说的，如果能在三年内读完博士，是一件很难很荣耀的事情。是啊，别人读都读不下来，我儿子要在三年里读完，当然是了不起了。但是，儿子，妈妈不愿意你那么累。正如你所说，可以选择不去做。按部就班，四年读完就好啊！别太辛苦了，偶尔不睡觉可以，长时间缺乏睡眠对身体健康有影响，妈妈不愿意你那样。所以，我的儿子，你要认真安排好自己的学习生活，生活与学习不能太偏颇，更不能牺牲生活。

今天早晨我问你爸爸，如果退学的不是美国人，而是我们的儿子，我们该怎么办？妈妈爸爸又没有后门，不能给你安排一个好的职位。我说，如果那样，就只有当作家了。你爸爸也说，嗯，只好当作家。幸好退学的不是你，幸好我儿子是能读完的那个人。

正因为不容易，所以美国博士才能得到更多的社会尊重。在中国，博士也和硕士一样，太多了。昨天，看到一条微博：硕士满街走，本科不如狗。任何一种商品或者人，太多就不值钱。当年，你爸爸从外地调入大连时，只要是研究生，就可以直接调入，人事局直接批。现在，研究生已经太多，而博士也是太滥。2002年，妈妈出去开笔会，在一个笔会上认识两位博士：一位医学博士，一位文学博士，受到大家一致的敬仰。可你看看现在中国的博士。宽进，硕士毕业后不必考试就可以直接读博，因为直接读博，所以硕士不用写论文，硕博才五年。《非诚勿扰》节目中一个从硕士直接读博的女孩子，干脆讲，要在读博期间结婚、生孩子、发一篇论文。恋爱、结婚、生孩子，除去这些内容，不知道她用在学习上还有多少时间？当然，她不是唯一的，这是中国目前很多博士的学习状态，不像学习更像疗养。

综合考试是一种什么考试？让他们都在这儿倒下？

你说你不想家，有点不好意思。不必不好意思，做大事的人就是要能拿得起放得下，如果整天沉溺于对家的想念之中，弄不好这次倒下的也有你一个呢！你看，毛泽东离开家乡32年才回去。“别梦依稀咒逝川，故园三十二年前。”这是毛泽东解放后回家乡的诗词。而邓小平，更干脆，走出四川后就根本没再回去过！成大事者感情只能放在一边，而你不是，你只是关注于事业而已。这是做好事业必须的条件。

好了，希望你在假期里认真休息好，休整好，迎接以后的学习任务。

妈妈

2012. 12. 18

第三十三封信

雪山游记

妈妈：

作为一个学生，我的各种娱乐方式基本上都不那么复杂，看电影只需要到电影院买张票；唱卡拉OK只需要和同学约个时间然后在柜台结账就行；吃饭更是简单，只要馋了，去饭店就可以了。这一次滑雪才体会到稍微高级一些的娱乐方式可以是很复杂的。

算上中途在中餐馆的短暂午饭，一行人驱车七个小时才到达目的地。滑雪场坐落在新墨西哥州北部一个名叫Taos的小镇。滑雪旅游明显是这个小镇的“支柱产业”，随处可见旅馆、饭店以及出租滑雪用具的商店。一路北行，纬

度变化的也不算多，但是海拔可是扶摇直上，所以一路上明显能够感到气温的下降。周围的景色也从热带大漠变成了白雪松林。我们到滑雪场的时候已然是下午三点，只能先买票。在美国，有可能人不需要排队，但是车是需要的。为了找一个停车位，我们足足绕着停车场转了10分钟，最后还是在工作人员的帮助下在很偏远的地方找到了一个泊车的地方。看到周围的人都穿着笨重的滑雪靴像企鹅似的行走，我就想到第二天光是穿上装备就一定要不少时间。

第二天一大早就跑到了滑雪场。滑雪用具包括厚重的滑雪靴，沉甸甸的滑雪板，两根滑雪杆和一副头盔。除了我以外，F和她男朋友以及A都选择两天全都玩儿雪橇，但是我觉得滑雪板特别帅，所以第一天学滑雪橇，第二天学滑

雪板。因为不太熟悉，租赁、穿戴花了将近一个小时时间，等真正走上雪场已经是上午十点多了。现在想想第一天真的应该参加一个学习班，就不用遭受后来的“皮肉之苦”了。前天晚上看了网上视频，对雪橇有个大概认识，但就是因为只有大概的认识，自学的时候真是吃尽了苦头。一开始没找到初学者场地，跟着乔治(George，F 的男朋友)走，结果各种陡坡让我屁股经常性的与雪地亲密接触，而且雪橇的特点就是一旦摔倒想要起身很麻烦，尤其是在大斜坡上，上午的时候基本上坐着的时间远远多于站着的时间。后来总算找到初学者场地，坐着缆车上到山顶，结果这一路真是连滚带爬地下来的。看着周围不到 10 岁的小孩不到半分钟就从山顶滑到山脚，真是羡慕得眼睛都直了。到了十二点左右，他们都去吃饭了，我既想要省钱又想快点学会，否则明天就换雪板了，于是自己一个人在初学者场地继续摸爬滚打。和各种学习经历一样，经过一个高原期，一个突然性的进步就在某个瞬间发生了。当时我正从坡上滑下，本来都是摔着下去的，结果那一次硬是挺住了，并且顺利拐了弯。当时那个兴奋，伸开双臂大吼了一声。之后一切都变得顺利起来，很快我也能一次不摔地从山顶滑到山下。到了晚上，我才发现自己小腿上到处都是淤青和伤痕。

第二天早上浑身酸痛，腿上的伤还隐隐作痛。这一天当中好几次差一点就选择放弃的记忆还异常清晰。我真的是有点不确定如果同样的事情再发生一遍，我现在的身体能不能顶得住，再加上乔治提醒我说滑板要难得多，所以我决定还是花钱上课。记得小时候看极限运动当中的滑雪板比赛，总觉得那真是相当有型的运动。真不知道自己站在滑板上是不是也会同样有型。在课上，我算是提问最多的学生了。五个学生都是第一次接触滑板，但可能因为我昨天刚刚练过雪橇的缘故，我学得算是比较快的。上午的基本技巧出乎意料的简单，到了下午开始练习将基本技巧连接技术的时候，我又开始摔跟头了。因为是在大斜坡上练习，所以每次摔跤基本上都是一路滚下去的。还好这一次有人手把手地教，到了第三次我就掌握了在斜坡上找到平衡的技巧。课程结束后，我到了稍微难一点的雪道，想要稍微挑战一下自己。到了地方往下一看，真是有点害怕。那个斜坡至少有 45 度，而且面积极大，一个人都没有。这要是摔下去不知道得滚多久。果不其然，第一次没控制好速度，直接倒栽葱滚到山脚下。屁股摔得生疼，浑身上下全是雪。这个时候总算感觉自己还是年轻，拍拍身上的雪之后站起来又登上了缆车。之后也是各种摔，不过那种呼啸下山以及在山坡之上保持平衡的良好感觉远远胜过摔跤的疼痛感。

想起来好久没有学习什么新的东西了，几乎忘记了学会新东西之后的兴奋和喜悦了。当时我还和他们争论到底是把一个技巧学得更精深好还是学得更广泛好。我立志想要成为一个“博学者”，对我来说广泛性更重要，掌握两个技巧比挖掘一个技巧的深度更有启发性。通过对比雪橇和滑板的区别，我对学习过程的体会有了更进一步的加深。再说了，第二天他们跑到了最高峰，从山顶滑到山下用了一个小时。回去的路上他们还诉说山顶是多么的陡峭，我想两天里无论如何都不可能把技巧练熟，冒那么大的风险体验刺激算不上是理智。

虽然身心俱疲，但是滑雪后心情大好。可惜之后发生的事情实在是让人气堵。A 提议去乡间看看什么传统建筑，结果晚上的时候我们正好碰到当地的宗教活动。远远看去，到处都是熊熊燃烧的大火，不时还传来枪声(事后才知道是开道的枪声，毕竟以前好像没听过真的枪响)。走近后，我看到一个白人牧师穿着传统的基督教牧师服装领着一群貌似印第安人的当地居民好像在举行什么宗教仪式。当时的气氛一下子让我想起了在书中看到的美国 19 世纪农村杀死黑人的私刑仪式，而且也让我想起了电影里三 K 党屠杀黑人的场面。我就跟另外三个人说最好赶快离开，这个是宗教场所，我们这些亚洲人是不受欢迎的，而且这里是农村，和城市里的气氛可不一样。但是师兄还是大大咧咧就跑了进去。当时月黑风高，除了燃烧的火焰以外已经是伸手不见五指。我提心吊胆地跟了进去，看到很多和我们一样的游人似乎都没有我那种“紧张”，于是也放下心来。看到很多人都在拍照，于是我也拿出相机拍了一张照片。结果突然从人群中跑出两个像北极熊一样的人，不由分说拿走了我们的相机。我们极力解释说自己没拍照，那俩人根本听都不听就走了。乔治一句话没说，因为他也拍照了。我稍微定了定神，然后就去找没收我们东西的家伙。在教堂门口，我们找到了其他的人(印第安保镖)，然后找到了那个白人。在说明事情原委后，那个白人很不情愿地把手机和相机还给了我们。说不情愿是因为这家伙居然连正眼都不看我们一下。当时我真想上去给

他来一拳。在我眼里，可怜地抱着地球村想法的我们第一次暴露在白人对亚洲人的歧视面前。记得在被没收相机之前，我和几位游客聊天，大家都对这种仪式很好奇，彼此之间的交流都是正常而友好的，但是游行中的人的眼神则完全是冷漠和充满敌意的。我们走出聚集地之后大家一句话也没有，我在车上写下了如下这些文字：

"在乡间(天主教)对于异教徒的敌意仍然存在。宗教仪式仍然如此原始，(封闭的社区)使得整个小镇根本没有自由派的空间。很明显，城市里的多元文化并没有渗透到乡村。宗教，无论是在古代还是现代，都是一堵竖立在'圈内人'和'圈外人'之间的高墙。中国传统的家庭文化可以被现代化所影响和瓦解，但是作为有思想自觉性的宗教却在现代化进程中得以保存并仍然保持着自身的自主性和抗衡能力。"

在世界范围内，如果说一战、二战之后是冷战，冷战之后是恐怖主义，可能正如亨廷顿所说，这些其实都是"文化战争"。与中国不同，美国的城乡差异虽然同样是传统与现代性的矛盾，但是这种矛盾已经从经济发展水平差异过渡到了传统价值与现代价值的差异。一个社会之内，不同国家之间，矛盾的根源都是文化价值。文化价值的对立带来的是人与人之间心理上的距离感和不信任感，进而是敌意。在《圣经》里有末日大战会发生在东方和西方之间的预言，美国内部仍然普遍存在排外宗教团体。

没有见识过真正人性扭曲的我，即使是面对这样一点点的敌意都让我感到冰水浇身的寒冷和恐惧。记得民族主义课堂上老师说未来世界中的冲突是不可避免的，和平是很难维持的。但凡人与人之间仍然有距离，但凡灵魂之间不能得到彻底的理解，但凡地球上仍然有国家、民族之分，冲突似乎是在所难免。

至于之前和父亲讨论的关于我未来的打算，这几天我也思考了一下。反观自己，因为发生了很多无法改变的事情，所以我也是相当理想化的。我的应对方式就是否定现实，变得愈加理想化。父母面对现实选择了逃避，从农村跑到大学，从单位跑到家庭。但是在我眼里，敌意仍然存在。乡村里对异教徒的敌意，和我交谈的基督教夫妇也流露出对美国越来越不"白"的担忧，这些都让我感到美国不是一个我愿意为之奉献自己智慧的社会。

记得基督教夫妇说过，他们从来不和自己的某一个儿子谈论宗教问题，因为他们的一个儿子并不信仰上帝，而且他们也从来不和他们的母亲讨论政治问题，因为他们属于不同党派。我觉得像我们这样的家庭都会有类似的精英意识上的对立，成熟的应对方式就是“存而不论”。虽然这种策略并不能解决问题，但是至少能保住最重要的家庭血缘纽带。

车的问题已经解决了，明天视频的时候说一下具体的细节吧。

儿子

2012. 12. 28

希望、失望、收获的一年

亲爱的儿子：

先回答你在QQ上的问题，你爸爸更希望你详细地叙述你是怎样度过那魔鬼般紧张的日子的。

说说这一年。

这一年，是我纪念日最多的一年。我和你爸爸大学毕业30年。八月份在沈阳举行了全班聚会。我和你爸爸结婚30年，12月18日我和你爸爸在家照了照片以作纪念。这30年，多快啊！有快乐、有幸福、有奋斗、有艰难、有争吵、有痛苦，但是一路走来，互相搀扶，还是正能量为主。重要的是有了你，让我们骄傲的儿子。

这一年，是希望、失望、收获交替进行中的一年。2011年10月，《家书里的大学》给了张总，基本确定出版。2012年春节前，好像是腊月二十八九，张总给我打来电话，说商务印书馆已经通过出版该书的决定。那是一个充满兴奋、想象的春节。我与你共著的书在商务印书馆出版，这是上天给我们的一个大礼物。不算馅饼，毕竟它首先有价值，才能被商务印书馆认可。转年三月，通过林夕阿姨介绍，漓江出版社与我签订了《我家儿子很叛逆》的出版合同。而张总却一直没与我签合同，这样，心其实也一直是吊着的。没签合同，就没有法律效果。六月份，张总与我签了合同。接下来就是漫长的等待，好漫长啊，简直都要失去信心了。你知道吗？《我家儿子很叛逆》一度没有任何消息，我都要绝望了。总算，八月还是九月，寄来了封面样本，重新启动了。“十一”的时候，总算出版了。诸多曲折，你是不知道的。你让妈妈平淡心待之。是啊，不就是一本书吗？出不出来能怎样？可对妈妈来说，这可是我的事业啊！

“十一”出来后，送给一些人，效果很不错，大家都很喜欢这本书呢！《家书里的大学》如今已经送到印刷厂了，估计一月份无论如何也应该出版了。

我们家今年还有两件很大的事情。今年4月13日，我们搬家，从白云新村那住了12年的房子里搬出，来到现在的住房。说改善条件也好，说因为我的腿也好，反正这次换房，房子比原来的好了许多，尤其是环境。可以说是生活在花园里，青山、蓝天、白云，每天与这种环境为伴，也算一份难得的幸福了。

这一年，我的儿子，你在美国学习收获不小，有了更多的想法、更多的动力、更多的目标。希望在新的一年，我们都能活在当下，把每一件事处理好，把每一分努力积累起来，通向我们的大目标。

新年快乐，我的儿子！

吻你

妈妈

2012.12.31

第三十四封信

二 手 生 活

妈妈：

32 寸大屏幕电视、23 寸液晶显示屏、迷你重低音音箱、豪华办公椅、多功能躺椅、高性能自行车、再加上标准“皇后”四柱大床、一辆小轿车以及高价位的笔记本(如果是苹果电脑就更符合美国中产阶级的形象了)和 iPad，貌似我在美国的生活水平俨然已经达到了美国的“小康”水平。当然仔细查看细节，就会发现不少漏洞：房子是租的，而且我只占 1/3；电视、显示器、音箱和椅子原来都是二手货；家具家电几乎全部都是房屋自带的。尽管我并没有刻意追求，可是似乎到了美国，生活标准自然而然地水涨船高，都不用我出力。也可能与我是学社会心理学专业有关，我更倾向于将现在的生活状态归咎于“环境因素”。首先是房屋自带的家具：四柱大床、床头柜和衣柜、厨房用具(烤箱、微波炉)、洗衣机和烘干机。假如要我一个人完全从头购买家庭设备，我敢说，除了微波炉以外，其他的我都不会去买(当然会去买物美价廉的二手货)。对于学校房屋管理中心来说，这些似乎都是最基本的，我的生活水平的提高很大一部分要归功于房屋管理中心对于“最基本”家庭设备的理解。这是最明显的环境因素之一。其次，当我看到网上有卖二手大屏幕电视消息的时候，我自然而然地就觉得这并不是件离谱的事情。分析起来，其一是因为我在同学家里基本上都看到了大屏幕电视，而几百美元的价格和我每个月超过千元的薪水来看，总觉得大屏幕电视对我来说也并不像是遥不可及的东西。这种“同辈压力”是另一个环境因素。与“同辈压力”共同发挥作用的就是卖家的态度。作为两人都有工作的三口之家，一个已经用了两年的 32 寸电视似乎已经无法满足他们对自身生活水平的要求或者期望，在搬家需要考虑各种搬运费用的时候，这台电视显然就成了累赘，而不是必带品。这台 32 寸电视，外表看上去并没有什么磨损，只是原来的拥有者怠惰于维护，失去了新品的光泽。我只能凭空想象，如果我们家搬家的时候有一台只用了两年的32寸平板电视，那它应该不是搬家“清洗”的对象。可是在这里，一台原价400多美元的电视，我以90美元的价格就收入囊中。我想要是我心中的窃喜让美国人知道了，一定觉得我是“刘姥姥”级别的人物了，自己也觉得快变成赵本山小品的忠实消费者了。不过昨天和两个工程系的中国人聊天，他们也认识卖给我东西的人，听说我90美元就拿走了这台电视，而且还免费拿走了那么好的自行车，都觉得我赚大发了。我向来耻于因占便宜而自得，所以愈发“内疚”了。出于“内疚”，我又上网查了一下自行车的价钱。当看到自行车在网上的价格赫然要350美元的时候，只得心中暗自“善哉，善哉”。这个环境因素可以归纳为对于“奢侈品”的认知。很明显，32寸电视和350美元的自行车，在两个有工作的人的眼里算不上是奢侈品，而我生活水平的提高也要归功于这个“环境因素”。

如果算上现在我每天吃的也是室友父母做的饭菜，这在某种程度上也算是“二手”的“照顾”，那么我现在真是名副其实地过着“二手”生活。还有毕业离开的同学留下了液晶显示器、立柜、台灯以及一双跑步鞋。听到要把跑步鞋留给我的时候，我内心那份来自于优越感的抵触基本上没让我说出拒绝的话，如果是以前的我是断然不会要的。当我穿上别人的跑步鞋，套上父母买的外套，骑上二手的自行车，来到办公室坐上同学送的二手办公椅——这生活真是麻木不仁到了极致了。

看文献，写文章，吃中国菜，这是我过去两周生活的主题。心理学的科学性问题在我头脑里可以和任何一个科学哲学话题联系起来。实证主义、现象学、建构主义、功能主义、目的论、因果论、决定论、心灵主义和后现代主义，这些词语颠来倒去很容易深陷其中而不能自拔。这种状态在本科、研究生阶段都出现过，其结果就是每次都使得论文写作变得很仓促而且文章核心观点漂浮于不同的“主义”之间而无法定型。这一次我决定改变策略，先找到核心观点，然后以核心观点来组织材料的阅读。这样做难免偏颇，但是纵观心理学科学当中的行文风格，大多如此。比较而言，要谈治学严谨，我还是更欣赏中国的“博古通今”的“大学问”传统，而不是西方学术体系内的现代流水线式的产出模式。把智慧当商品，可能会造福一个公民社会，但是代价却是智慧的深度和广度。

对于我的财政问题，我想有必要在这里说明一下。前后两天的滑雪一共花费了500多美元(其实本来滑雪加住宿一共只有320美元，但是自己上了一门100美元的滑板课，然后每次他们都选比较贵的地方吃饭，虽然我为了省钱两次没去和他们一起吃午饭，但是吃饭的费用还是挺多的)，这些费用我都自己承担了。但是上个学期因为额外选课而多出的800美元学费，我的确无法独自承担，所以由父母承担了500美元。汽车保险费用320美元我自己承担，但是注册费等杂费200美元以及购买的GPS导航的50美元是父母承担的。我现在打算每个月给同寝150美元作为吃饭的费用(5美元/天)。这个月底会发第一次的工资，到时候我会拿工资买一个新手机。所以在月底之前我没有手机，邮件和QQ是唯一的通讯方式了。马上就要开学了，那个韩国老师也开始找我干活。看上去这个学期没有课业很重的课程，但是杂事也会很多，我还是要拿出上个学期的干劲儿和效率才能保证顺利通过综合考试。

祝爸爸妈妈身体健康!

儿子

2013.1.13

我们是普通的父母

儿子：

你看了妈妈这封信，一定会说妈妈怎么这么庸俗呢！可是，我无论如何也要把我的想法告诉你，让你知道我的想法，知道我们其实也是普通的父母，知道我们其实在可能的条件下，也向往富裕的生活。

你在视频里说，你的导师每年收入15万美元。你说他的生活很富裕，而且他也希望你走他的路，做一个教授，挣很多钱，过好的生活。你却并不在意。儿子，你知道吗？我和你爸爸讨论了很久。15万美元啊！他一年的收入可能很多中国老百姓要一辈子才能挣到，甚至可能一辈子也挣不到。钱可以使人生活得有尊严，钱还可以使人能有条件帮助别人。我们没有那么多钱，有的时候也想帮助别人，只可惜心有余而力不足。周日和你视频完，我和你爸爸去大连商场，在商场门口，看到一个穿戴整齐的中年人前面放着一个大牌子，上面写着：救救可怜的患白血病的孩子。一个玻璃箱里，有寥寥几张钞票，有一张百元的。快过年了，购物季到了，汹涌的人流从他面前流过，基本上没有人停下来，也没有人往那个箱子里放钱。我们走过去，我说捐点吧，没有多也有少啊！我拿出十元钱，你爸爸放到箱子里。男人表示感谢，我内心却感到羞耻，仅仅十元，对一个患白血病的孩子，可以说什么作用也起不到，其实，只是表达了一个心意而已。或许有人说，那是骗人的。零下十几度的低温，在外面站几分钟就冻透了。谁不知道家里温暖，对"骗人说"我是不认同的。

看了你的二手生活，我和你爸爸都笑了。儿子，别说那只是环境因素。要知道，你是付出了多少才得到这样的生活，那是学校给老师准备的，而因为你是博士，人家才给了你这个生活条件，如果你只是本科生，还不一样要自己找房子，要什么都得自己买。如果在纽约，这些生活条件也是不可能的。儿子，你现在所具有的现代化生活水准，在中国确实可以算一个中产阶级的水平了。想想遥远的美国，我儿子一个人的家中竟然有这么多财产，我和你爸爸就好笑。我发愁地说，等儿子离开这个地方，那些东西怎么办啊？你爸爸说，当然是卖掉了，我说太可惜了。一个好的自行车，是很重要的。平常在校园里，你还是用它来代步吧。你原来那个自行车呢，丢了？如果没丢，你不是有两个自行车了吗？真是富有。等我和你爸爸去探亲，你爸爸一定会骑着这辆自行车到处逛。

好好努力吧，儿子，"钱"途一片光明啊！

妈妈

2013. 1. 15

第三十五封信

印第安室友、课程和生活方式

妈妈：

父母六十大寿，儿远行在外，不能尽孝，在亏欠父母的账簿上又多了一笔。

记得当时买车的时候只用了一天时间就将买车、车的换手手续以及注册手续完成了。虽然当时想一鼓作气将驾照也考过，但是在第一次驾车之后才知道这个驾驶是需要练习的。在考驾照之前我大概只有不到 10 个小时的驾车时间。我也预计到自己会因为准备不足而紧张，并做好了各种放松的思想准备。果不其然，路考过程相当紧张，只不过和以往考试不同，这一次考试紧张的直接原因不是对结果的担忧，而是性命悬于一线。之前室友和同学都说路考很简单，室友坐了我开的车之后也说我没有问题。但是一旦上路，就发现自己选错了时间。当时选择了中午的时候去考试，结果路面上的车辆明显比我平日里练车的早上和晚上要多得多，更不要说路考所在地还是主干道和州际高速公路和城市公路的交界处。平日里开车从不超车，也从不并道，更不要说上高速了。结果我开车的许多第一次就这么在考试里体验过了。先是被考官逼着加速超车，然后是多次改道，最后是被要求上了高速公路。加速超车的步骤是先打左灯，然后加速，最后打右灯。这个程序我是从来没做过的。虽然看上去没什么难度，可是超车要加速，而我从来就没在那么高速的情况下换过道。再加上我两只眼睛像履行职责似地漫无目的地环顾四周，到头来还是弄得个自己心惊肉跳。最惊险的一次是考官说错了转向，结果两个急转弯，把车斜停在两个道之间，之后看见后面的车就在我车尾的地方停了下来。我大概就像是个北京出租车司机，硬是见缝插针地插进转弯道。如果在北京我可能还洋洋自得，显得自己胆儿肥，可实际是我根本没那个胆量，却做了一件胆子很大的事情，自己浑身又是一身冷汗，看都不敢看考官。上高速最恐怖的是速度，我还从来没上过70英里/小时(大概100公里/小时)，结果在考官催促下上了70之后，觉得肠胃都扭在了一起，身子不自觉地前倾，脚不自觉地就想踩刹车。也不知道考官是有意的还是无意的，就在我全神贯注的时候居然问起我学校的事情，弄得我像戴着耳机上课一样——根本听不见他说什么，还得装着听懂的样子，频频点头。

大概过了半个小时，当停车那一刹那，我感觉到自己的两条腿已经软了。拿到成绩单之后我就跟乔治说让他开车载我回去，因为我实在是想好好喘口气。

至于我的印第安室友，其实新鲜感很少，因为很明显他已经相当西化了，完全不是那种披着羽毛拿着弓箭的形象。虽然现在还不知道他的年龄，但是间接地了解到他已经有一个13岁的孙子了。而且他有自己的农场和耕地，一般都喜欢吃自己种的玉米和辣椒。他们的部落只有3000人，居住在新墨西哥北部的保留区。他是因为厌倦了自己过去的工作，所以决定重返校园拿一个硕士然后换一份工作。他们有自己的语言，对他们来说英语也是第二语言，而且也并不是必须学习的(据我所知，在意大利和伊朗，和中国不同，英语也都不是学校必修的课程，都是个人根据意愿去选修)。他们部落的政治体系是部落内部的各小团体的头领轮流担任部落头领。而且他们坚持自己的捕猎文化，女人负责家庭内部事务，男人负责猎食。但是相比较于其他部落，他们已经选择定居而不是传统上的迁徙生活，在很大程度上接受了现代社会的影响。他们自始至终认为是西班牙人和美国人夺走了他们的土地，他们才是主人，而美国人是后来者。但是他们仍然要服从美国的法律，比如服兵役。尽管如此，对他们来说，家族总是生活在一起，家庭永远是第一位的。当我询问为什么那些出去服兵役或者读大学的孩子仍然愿意回到部落，生活在不那么现代化的环境当中的时候，他只是说在城市里人与人之间关系并不总是美好的，而且哪里也找不到像“家”那样可以互相信任、互相依赖的地方。其实之前去乡下的教堂活动的时候我就问过相似的问题，而这次得到的回答似乎与之前得到的回答有着异曲同工之妙：他们都认为现代化都市人的人性缺陷是驱使年轻人回到不发达地区的重要原因。问题是在我看来，现代化给人带来的生活条件的改善和新的体验远远超过了那些负面影响，我对于得到的回答仍然感到难以理解。

这周周三我去旁听了《国际关系理论》课程。自我介绍之后，我的兴趣似乎从课堂内容转向了这批坐在我身边的人。第一个自我介绍的是一个来自科威特世俗家庭的自由主义人士，其实上个学期我就已经认识他了，很明显他对于讨论什叶派和逊尼派之间的分歧并没有感到"不愉快"。另外一个引起我兴趣的是一个"苏联人"。他现在居住在乌克兰，但是他的父母明显对于苏联解体感到很困惑，而且他学习政治的原因也是希望理解为什么一个如此强大的联盟会在这么一夜之间轰然倒塌。我第一次尝试将自己想象成一个生活在苏联时代的上层人士，想到国家的荣耀，想到沙文主义的快意，想到国家从超级大国变成一个需要和中国在某些方面进行联合的弱国后形成的巨大心理落差。如果说盛唐对我们来说只是一种想象，那么对于苏联人来说，他们的辉煌真的是不久以前的事情。我想那些不愿意挽救苏共的共产党员如果知道苏联会沦落到如今这个地步，他们也许会改变想法。我想知道现如今俄罗斯的衰落是不是戈尔巴乔夫认为的必要的代价。而这个乌克兰"苏联人"现在学习的课程是水资源管理(不太明白是农业学还是管理学)，原因就是在东欧地区水源变成了国家利益冲突的核心，他希望自己能够做一些什么。

之后是一位在环境学院学习"气候变化"(主要课题就是全球变暖)的人。在中国，可能大众舆论更多地把"气候变化"看作是一个科学事实去争论，但其实诸如"全球变暖"之类的话题由于牵涉到国家能源政策以及各种大型跨国公司的利益，在美国已经俨然是一个"政治事件"。Petro 夫妇就认为"全球变暖"就是一群想要依靠新能源发迹的大公司编造出来的科幻童话。现如今，在一个国际关系课堂上出现了一个学习"气候变化"课题的学生，科学问题政治化的现状也由此可见一斑。

之后是一位来自美国陆军的军官。他说他过去从事的都是战术研究，如今他的工作转化，他需要更多地考虑战略层面的问题，因此他需要了解国际关系政治，以便自己将来能够提出更好的战略建议。虽然我对于他作为美军军官在阿富汗究竟如何采取军事行动很感兴趣(毕竟还是很难相信电影能够真实还原战争原貌)，但是考虑到自己是一个中国人，我还是决定微笑着闭上嘴巴。不过，从言谈来看，这位军官似乎很有自信，尽管他对于国际关系理论并没有了解，但是在他还没有开始学习之前就已经有很多自己的理解了，真不知道这到底是一种傲慢的无知还是自信的智慧。

在政治课堂上，我将自我介绍进行了去政治化处理。我着重介绍了自己的心理学背景，以及对于政治课程的兴趣。在没有了解周围人的政治见解和性格之前，最好还是韬光养晦吧。

这一周我开始试着自己开车到办公室，或去打篮球。或在这个季节，以前每次出去都要准备一段时间，包括大衣、MP3，然后还要小小忍受一下“高速”行驶中的冷风。就因为来回一次的代价、成本，所以每次忘记带东西对我来说都是一件让我“吸冷气”的事情。可是现在有了车之后，尤其是驾驶越来越熟练、对学校里的道路也越来越熟悉之后，开车的方便之处就越来越体现出其“诱惑”了。每次出去打篮球、去办公室，都变成很随意的事情。晚上出去打篮球在过去是不太合适的，因为晚上很冷，满身是汗的情况下很容易在骑自行车时感冒。过去经常因为晚上有事就不得不在办公室拿饼干凑合当晚饭的情况，现在也不是问题了。虽然可能这样我更不在乎落东西了，但是那种随意性的确和以往大不相同。这又一次证明仅仅是物质生活上的差异，也会造成行为方式上的差异。想象一下，如果一个人平日里做大部分事情都是“随意”的，那他会不会就更倾向于“肆无忌惮”地表达自己观点，更喜欢独立活动，更喜欢自由自在的生活，而且这种习惯似乎是一旦沾染上就无法改变了。

我猜想父母和我一样，生活都因为经济状况而受到些许影响。我相信就像冬天即将过去一样，我们家的春天很快就会到来的。

儿子

2013. 1. 27

尽可能详细记录

儿子：

昨天收到了你的信，有点意外。有段时间了，你写信总是有点不心甘情愿，如果不是我们的坚持，我相信你已经放弃了这种交流的方式。可妈妈还是喜欢这种方式，不仅是因为《家书里的大学》的出版。在你看来，已经出了两本书了，可以了，为什么还要写信呢？不写不行吗？所有人都不写啊，或者说，大多数人都不写了，这真是负担啊！

不是因为出书，而是这种记录对我们来说真的是宝贵的财富。正如你所说，你在往前走，你不想停下来左顾右盼，你不想停下来回望，你只是往前往前，一直往前。而经验和智慧让我们知道，停下来回忆一下，停下来沉思一下，有多么重要多么宝贵。这些日子，我在做一件事情，就是将当年你姥姥给妈妈的信在电脑上打出来，只是打了几封，就停顿下来了，因为对我的冲击真是太大了。你姥姥的信，将她对我的爱，将那个时代又活生生地展现在我面前，常常哭得我稀里哗啦。这些信，真的是太宝贵了。在你姥姥的信里，竟然有些繁体字，这是因为她小时候学的就是繁体字，后来国家规定使用简化字，但有些字，她还是写繁体更熟练些，所以，给女儿写信自然而然地用了繁体，这是一个时代的记录啊！

尽管你觉得那位印第安人没有什么可写的，但妈妈还是很感兴趣，真的太有意思了。一群人占领了自己的家园，那种愤怒和反抗的情绪历经几代也是不会消失的。但现在，他们也享受着美国先进的生活方式，自觉不自觉地投入其中，这个人有了孙子还来读硕士，就是一个案例。这种矛盾的心理，只有在一个个活生生的人身上才能体现出来，才能赋予其文学的、历史的价值。如今写历史，只是说美国政府为了保证印第安人历史，划出了保留地，干巴巴的。

想到我儿子开着车来来往往，享受着现代生活的便利，妈妈觉得很高兴。如今在中国，很多人家里都有车了。但很多人是咬着牙贷款买车的。你用那么少的钱买了一辆不错的车，开着车去读书。儿子，你真的很有福。

妈妈只是想问你，晚上十点去打篮球，回来睡觉好吗？你说你睡眠不好，这与晚上打篮球有没有关系呢？你查一查，晚上睡觉前好像不适合搞剧烈运动的。健康生活很重要，符合科学的生活才能使身体更好，这是应该做的。这个问题不要轻视，要查一查！！！

就写这些。

妈妈

2013.1.29

第三十六封信

筹备一个美式 Party

妈妈：

记得去年春节过得了无生趣，跟着化学工程学院的学生站着(人太多)吃了一顿年夜饭，然后上网看了一下网友对春晚的调侃就草草睡觉了。和在这里的很多事情一样，生活的质量基本上取决于自己的选择，做出选择就意味着要承担责任和付出代价。自从买了一台32寸的电视机以后，唱卡拉OK就成了我的目标之一。这一次，我决定让这个春节不那么平淡，自己搞一个K歌party。

目标有了，要准备的事情就一大堆了。在国内，钱可以打理绝大部分的娱乐，只要拿着卡到一个歌厅就可以和朋友痛快地玩儿一个晚上了。可是首先是美国没有这种唱K的地方；其次是在拉斯克鲁赛斯(Las Cruces)这样的小镇里，似乎没有哪个商户是拼了命地挣钱的，到了晚上，基本上都关门了。而那些没关门的，估计也不是我这种来自中国的学生敢去的。这最后一点就是，大部分熟人之间的聚会活动都是在私人场所进行的。这一方面可能是因为美国人的房子一般都够大；另一方面，根据我对参加过的聚会观察来看，可能是因为在私人场所举办聚会更能让人随心所欲(随便地喝酒，跳"臀"舞)，所以美国人更喜欢在自己的住所举办聚会活动。既然我找不到像国内那样的歌厅，况且我住的房子也够大，基本上举办一个小型聚会的硬件条件都具备了。可问题是要有麦克风，要有能K歌的软件，要有伴奏带，要有各种饮料和零食，要有足够大的椅子，还要准备足够多的一次性餐具，再就是干净不让人厌恶的环境。毕竟这一次除了师姐的未婚夫(他们俩刚刚订婚准备下个月结婚)是个美国人以外，其他人都是中国人，所以就不用准备满是冰的大箱子了(美国人似乎对常温的酒水感到"无法理解")。因为有室友的母亲在，饺子的问题很早就解决好了。接下来我要做的事情就是准备歌曲、清扫卧室、客厅和厨房，购买一大堆的一次性餐具和各种饮料以及零食。

根据以往的经验，很多女生出于“健康”的考虑只喝果汁，男生也都附和，似乎只有我一个人喜欢碳酸饮料。但是我只能买便宜的果汁，因为如果给一群人准备“天然”、“有机”的果汁的话，估计我下个月就没伙食费了。想想他们喝的这些廉价果汁其实还不如碳酸饮料健康，实在觉得多少有些讽刺。不管是美国人还是到了美国的中国人，似乎都喜欢上“挑挑拣拣”的习惯。不管饮料的质量如何，一定要满足不同人群的“选择”感。我就买了苹果汁、梨汁、橙子汁、混合汁以及乱七八糟的各种“汁”。就连碳酸饮料我也买了可口可乐和百事可乐两个牌子——谁叫有人对于这两个品牌各有一种特别的偏好，似乎一个恶心得不得了，另一个就好得不得了。零食毕竟比饮料贵些，我只买了三大袋不同口味和牌子的薯片以及一口袋的开心果(这10美元花得那个揪心啊)。最后是一大箱子的一次性餐具和一次性盘子以及四卷餐巾纸。花钱的时候我总是告诉自己：去年去别人家吃过饭，今年该还的我都还了。

接下来是清扫。记得以前上大学的时候一位辅导员说寝室卫生是面子，现在想想果然不错——这面子果然是只要没人看就不用要的东西。最恶心的要算是卫生间了。平日里都不怎么清扫，各种头发、牙膏沫和“污渍”，想想别人看到的时候自己都会脸红。花了半个小时做足表面工作，然后用各种东西挡住死角。其他清理工作自是不在话下。看到干净的厨房，现在想想幸亏在室友父母来之前给清理出来了，要不然还不得用一大块布或者无数报纸把地板给“遮上”？

收拾妥当，接下来就是“高级阶段”准备。按照心理学当中关于需要的双因素理论，卫生、零食和吃的，这些属于“保健”因素，也就是说满足了这些需要，并不能起到“激励”的作用，但是如果不满足则会让人产生不满。如果想要让人“激励”，必须满足更高一层次的需要——“激励”因素。这些因素如果得不到满足并不会导致不满，但是如果一旦满足则会产生激励效应。在聚会这个语境下，就是说如果不让人玩的高兴，虽然他们不会不满，但是可能也不会高兴起来。我提前一周就向参加的人搜集他们想要唱的歌。因为网速并不是很理想，缓冲一首歌的MTV需要很长时间。我尽量提前将所有人想唱的歌都下载下来，这样到时候就不会因为网速太慢而扫兴了。把一切设备都调试(一台32寸电视以及随“机”附送的音响、一个网上订购的麦克风，一台装了“酷我K歌”的笔记本电脑）妥当之后总算可以松一口气了，结果发现客人的时间又出了问题。原来周五晚上本来就有各种聚会，很多人要参加这个教会、那个party。在室友的帮助下，总算确定了来的人，以及那些中途才能赶过来的人。刚决定可以缓口气又发现饺子不够吃的，于是临时决定将聚会变成“potluck”，就是美国人所说的“自带餐聚餐”。这要是在中国，应该算是件挺古怪的事情，可是如果不是跟父母说，我都已经习惯了。大部分我参加的party都是这种potluck：主人准备酒水、零食以及娱乐项目，而饭菜都是客人自带。估计这也是美国大学生想出来的省钱的办法。

到了周五，我准备五点下课之后就回去准备一下，这样六点就可以开始了。结果这次的研讨会（seminar）非常重要，我一直拖到5：50才赶回寝室。当我以为自己成了个迟到的“主人”的时候，结果发现基本上所有客人都“准时迟到”。估计大部分的中国人都已经习惯美国Party的随便性了——根本没人把六点的约定当回事儿。

反正是年轻人的聚会，没那么多规矩，也就无所谓破坏规矩，大家都想着怎么让自己尽兴。这一次的聚会还有一个好处就是因为大部分人都是开车来的，就都不能喝酒。从我室友那里道听途说，我也知道他们工程系里面的中国人彼此之间也有不少“龃龉”，如果某个人喝醉了之后“鼓足勇气”“坦诚相见”，那可就不只是扫兴了。有几个人不喜欢唱歌就在一起打牌，我们几个喜欢唱歌的就轮流唱。在下载的歌曲当中，将近一半多是我自己喜欢的歌，一开始我还客气一下，到后来干脆是一个接一个。想着自己为了一个晚上的尽兴所做的准备，到后来我也更是肆无忌惮了。因为大家基本上唱的都是老歌，想想自己就算理智上并不怀念过去，但其实每次重温旧梦的时候还是相当舒服的。从这来看，我身体和记忆的一部分已经留给了过去，不是像我理想化的那样总是准备好接受新的事物。这种感觉似乎在我身上出现得很晚，似乎就算在北大唱歌的时候都不曾如此。

这几个星期我一直在参加学校的“Teaching Academy”，翻译过来可能应该是“教学研究院”。这应该算是一个提高教师素质的独立的学校机构。这里的老师全部都是各系教授兼职。这个机构似乎隶属于某个更高级别的机构，因为别的学校也有类似的机构，而且不同学校的老师也可以到各处交流教学经验。

但是我在网上没有找到这个大的机构，只有各个学校自己的研究院(Academy)。本来我以为参加这个机构的活动只是为了满足我教学的基本要求，结果上了两节课之后发现不仅不是浪费时间，反而是很有效果。尤其是关于如何利用课堂讨论的形式去传授知识的座谈，对我来说当真是“茅塞顿开”。毕竟以前对自己的课堂总是有一种盲目的自满，一方面是出于课堂效果，另一方面也是出于比较。但是在座谈会上，一方面是主讲介绍了各种理论和具体形式，另一方面是来自不同系的老师分享他们的教学经验和方法，让我如梦初醒。事后我反思了一下得出的结论是：一方面对比来看，中国大学里似乎没有这种组织；在体大和北大两所大学里教授来了就来讲课，从未听说他们参加什么“教师”社区组织进行教学培训的。另一方面，我觉得这种活动特别像是美国那种类似戒酒或戒酒组织里的“焦点”小组。这种“焦点小组”其实是来源于心理学当中强奸受害者如何在和自己有相同经历的人的支持下分享自己的经验从而摆脱对过去的恐惧的一种“社会支持”恢复方法。在美国，这种“焦点”小组应用极其广泛，戒酒、戒毒、读书、创伤后应激障碍的恢复等等。一群有相同经历的人，在一起分享一些不能轻易分享的内容，并且形成一种“集体”反思的状态。有些时候，这种“集体反思”要比个人反思还要有启发性。我在不同的“小组讨论”中受益匪浅。但是另一个让我印象深刻的就是这里老师们对于他们的教学效果的关注和负责任的态度。其实和中国类似，对于大部分的大学教授来说发文章是主要的，但是在小组讨论中很多老师都提到自己如何关注课堂效果，如何希望学生们能够真的学到东西，如何担忧国际学生、残障学生会被无意中特殊对待。我在想，虽然美国传统中没有“师道”，但是似乎从“职业精神”这种美国新教精神当中推演而出的责任道德，使得大学里的老师自发地去优化自己的工作质量。想想曾经遇到的那么多不负责任的老师，真替他们汗颜。

上个星期五我第一次一个人驾车到沃尔玛买了点东西，整个过程我很紧张。以后我会定期练习一下。

祝父母在新的一年里身体健康，万事如意！

儿子

2013. 2. 10

梦想成为现实

儿子：

2月5日离开家去鞍山，到2月12日晚上11点回到家，来来去去八天时间。在别人家过年，心却还是在自己家的。由于今年新搬到一个地方，各处都不熟，一下子要外出八天，心中是放不下的。总算四楼有个女邻居，彼此点头，有些交往，硬着头皮去找，请求人家帮助这几天把报箱里的报纸取了。去送钥匙的时候，想想求人办事，于是带了一本书。把钥匙给她后，我又说，送她一本书，她说不要，又说，要是你写的我就要。我说是我写的。她说真的吗？没看出来，你是个文化人。这样，彼此之间融洽了许多，又拉了一些家常话，情感上又靠近一些……

前些日子，我们家发生了一次漏水事件。三楼的小厨宝坏了，水漏到我家，又漏到一楼，被人找上来，你爸和一楼的一起去找三楼，才解决问题。怕我们不在家的时候再发生这种事情，于是，你爸爸想了一个办法，把我的电话号码写好，放到一个封好的信封里，送到一楼。如果有什么事情，给我电话，没有事情，就不必拆信封了。一个家，真是不能随便扔下。

12日到家，13日赶紧去爬山，在鞍山不能锻炼，我和你爸爸憋坏了。赶紧到山林里大大地呼吸了一场。14日，情人节。你二姨、二姨夫、舅舅、舅妈、马腾哥哥、应雪姐姐和小天天都到咱家来了。大家在一起畅谈，很尽兴。我和你二姨、二姨夫、舅舅摆了一桌扑克。你爸爸和应雪姐姐谈得兴致勃勃，当然是教育孩子问题。对天天的教育，是应雪姐姐当前最重要的问题，而你爸爸在这方面当然是专家。应雪姐姐愿意请教，你爸爸又愿意帮助人，谈话很融洽。

现在来说说最重要的事情。昨天早晨，你爸爸从山上回来，坐到电脑前搜索，竟然搜到了《家书里的大学》，已经正式开始销售了。所有的过程在漫长的一年半时间里都解决了，这本书终于上市了。你爸爸告诉我这个消息，我正在厨房里准备客人来的菜肴。因为当时事情多，高兴是高兴，却没有时间细细品味。

妈妈和你爸爸都非常高兴。儿子，你在文学上没有艰苦的攀登，没有孜孜以求的渴望，可如今，你的书已经放在北京王府井书店中国当代散文的书架上了。

你也高兴吧，当然不能骄傲。你的起点很高，要再创造新的高点，困难很大。但是我知道，你一定会，妈妈也会。在这以后，我们有很多事情要做，慢慢想一想，慢慢做、认真做……

吻你，我的儿子。

妈妈

2013. 2. 15

第三十七封信

这里的“师道”

妈妈：

最近一直纠结于“什么是科学”的问题，时不时地会觉得自己真是永远逃不开这些不切实际的东西了。自嘲地说，“百无一用是书生”，是不是“书生”我自己说的不算，但是“百无一用”倒是感觉自己是想躲也躲不开了。本来以为到了美国会学习更多的务实精神，干点务实的事情，结果在经历这次综合考试的过程中才知道务实先务虚，而自己以前务虚得远远不够。

最近读了实证主义、逻辑实证主义、波普尔、库恩、拉卡托斯以及一大帮以前都没听说过的科学哲学家的书，又把批判主义、因果论、实在论、目的论和建构主义这些词汇“重温”了一遍。不确定到底是不是“温故而知新”的缘故，但更害怕自己每次读书都“不求甚解”，所以每次读书的体验都不相同。基本上我对这些词的意义又有了新的理解。新的理解固然让我高兴，但是每次都有新的理解实在也是件令人沮丧的事情。以前觉得读新书，悟大道，更像是娱乐。这一次有“谈朋友”的冲动，而且在心里模拟了不少可能的情况，才发觉自己思考方式有发生转变的倾向。这个时候哪能像本科或者研究生的时候跟人家说：“我不想谈恋爱，就想有个朋友。”当然并不是说我做的事情本身就是错的，只是和我同年龄阶段的人已经大部分都更换了思维方式，而如果我再固着在过去的状态，这种“与众不同”就的确是“耍流氓”了。根据心理学精神病的诊断标准，大概来说行为异常的少数人就是“精神病”，而不是说行为异常者的行为本身是对是错，只是他们的行为相对别人而言不同而已。最近，我经常会有很好的想法，经常因为有个非常好的想法而激动地想上厕所。这个毛病大概是在本科的时候养成的，那个时候经常在自习室，比较合理的放松方式就是去趟厕所，很多时候就算没感觉也会去上厕所，其实只是放松一下。每次想要放松的时候，就是有了个很古怪的想法需要脱离开书本自己好好想想。这个时候我就会去洗手间，在路上将自己的想法延伸，结果逐渐地形成了条件反射，一有想法就要去厕所。总之，当我真的需要严肃的回答一个我已经试图尝试很久去回答的问题的时候，我才发现自己“务虚”得远远不够。还好我留下了笔记，而不仅仅是兴奋的情绪记忆。

在这边当助教就好像学一个新的学科一样，一开始有新鲜感，很快就因为其机械性和无创造性而变得枯燥且乏味，更何况我两个学期给同一门课程做助教。按照规定，两门课程的助教是每个星期20小时的工作量，但实际工作量的弹性非常大，这个弹性主要在批改作业和准备课程的工作当中。我记得“传言”中，在心理系有几个研究生在做助教的时候，对待工作并不是很认真，基本上在课堂上就能把100多人的卷子批完，问题是并不是他们就是效率高，而是他们是秉持着“给分”的态度，尤其是他们还有“这是一所公立大学”，“反正给分就没麻烦”，“有些国际学生很难缠”等等“刻板印象”，他们认为他们的做法是合情合理的。我记得有一次和一个研究生同事（在向第三者介绍的时候，在英语里都是这么称呼的，因为我不习惯叫他们“朋友”）一起吃饭，聊起他班上有个印度学生抱怨分数太低，甚至还在作业上说他是个“种族主义者”。这当然是个笑话，不过明显地我的同事将这个特例当成他顺水推舟的“借口”了。虽然我是助教，但其实我要负责三个实验室的课程，所以也要“上课”。但是根据我的观察，至少在新墨西哥州立大学里没有所谓的“师道”。当我跟学生在课堂上开玩笑说“你们付钱，所以我得让你们觉得物有所值”，似乎大家都没有什么异议，好像觉得这个“笑话”有不错的课堂效果。从这看上去的师生关系，当然前提是没有课堂外的交往的话，就是生意关系。但是上进的美国学生都是非常聪明的，无论老师多么糟糕，他们总是对老师服服帖帖，总是不忘记表明自己的立场。记得上一次跟父母说过那位韩国老师上课发飙，对学生爆了粗口，学生也对老师说了粗口，闹得不可开交（据说这个学生到现在还咬着韩国老师不放）。我记得和我交往比较多的那个学生当着我的面跟韩国老师说“我们支持你，是那个人不对”，然后在和我私下交谈的时候说尽了这个韩国人的坏话。当我看到一个人的两面的时候，虽然合情合理，虽然凸显了她的世故和聪明，但我总觉得这种印象像挥之不去的阴影，让我不能再正视这个人。我觉得自己辜负了这个学生的信任，我也愧疚于自己在她面前表现得好像很理解。在认知神经课程上，几个学生有求于老师写申请推荐信，尽管在我们私下交流的时候她们都觉得老师上课实在讲得不是很明白，而且课程设置有点让人摸不着头脑。但是在课堂上，当老师提问："这是我第一次这么上课，你们有什么意见或者建议吗？"的时候，这些学生集体沉默。但其实在像《心理学导论》这样的课程上，当老师说需要"意见"的时候，学生是相当慷慨的。

我最近在这边碰到一件很有意思的事情，大概能说明导师和学生之间的关系。这个研究生第一次被老师批评的时候居然是在他已经被开除的时候。他因为没有准时完成考试，结果被系里决定"建议退学"。将近半年的时间，导师从来没有关心过他自己学生的近况，知道结果已经不可挽回，导师也不向委员会做任何回旋，只是很"遗憾"的用投资代理人对客户说话的语气那样说："我实在做不了什么。你没有按时完成，你的报告也很难令人满意。这是委员会的决定，我实在做不了什么。"这听上去实在不像话。记得当年迟老师因为一个不争气的学生气得生病，尽管学生不在乎他自己的学业，但是迟老师却不停地催促学生。很明显迟老师和这个美国教授对于什么是"导师"有着完全不一样的理解。

其实我和父母视频的时候并不知道当天晚上居然就是元宵佳节，直到晚上有人给我发信息祝贺我才晓得。原来当天的中国留学生晚会是元宵晚会，而不是我所理解的"推迟的"春节晚会。在晚会上最有意思的是"家长探亲"。虽然几位学生家长在舞台上唱的是"常回家看看"，但她们实际上不远万里来到美国来看望自己的孩子，不知道有没有人觉得这个挺讽刺的。看到这么多父母为自己的孩子来到美国感到骄傲，看到他们殷勤地表达着自己对这里的喜爱，突然觉得自己做的很多事情都很不对路。心理学真的是很难找到工作，更别提是国际学生了。对我来说唯一的出路就是留在大学里当教授。我认识的留在新墨西哥州立大学的中国人要么是做统计的，要么是做后勤的。在元宵晚会上的大部分研究生都是学工程的，我做的屠龙术不仅仅是没效率，反而有点耽误事儿。也许应该好好考虑一下"不要流氓"的日子该怎么过了。

祝父母元宵佳节快乐！

儿子

2013. 2. 24

读书不是容易的事情

亲爱的儿子：

你长长的来信看完了。我儿子读了这么多书，真让妈妈骄傲。最近，《南方周末》刊载一篇文章，说今天中国的博士太多太烂，竟然99%都不合格，这真让人泄气。不知道有多少中国的博士读了这文章会怎么想。但我想肯定有相当一部分人是认同的，他们知道自己的水平根本不咋地，他们知道自己在玩耍中读完博士。99%不合格或许有点过，但想想，美国博士之不易，妈妈倒是相信。因为在中国读博士，是没有淘汰率的，只要你读，甭管你睡觉、结婚生孩子，还是做什么，都照样能读完。

想想你们的淘汰率，真是让人恐惧。你对美国老师对学生的态度进行批评，说他们不管，但最后事情发生了也不承担责任。我倒是稍稍有不同的看法。都是博士了，博士不是中学生，要老师随时管教。一个做科研的人，一个做学者的人，当然要对自己负责任，当然要努力工作。还需要别人像你的父母那样督促吗？你又不是小孩子！反倒是，没有人督促，是否能自己独立学习、做出科研成果，这也是检验你是否胜任博士资格的一个手法。没有哪个科学家、大学者是靠别人督促来工作的。既然没有主动性，就证明你没有独立科研的能力，没有做博士的资格。认真想想，儿子，其实人家这是有道理的。你说呢？

读书不是一件容易的事情，正是因为有很多困难，所以，大多数人并不选择读书作为自己的职业。现在你读着困难，说明你离巅峰越来越近了。记得你读大学的时候，妈妈常常鼓励你，认真地读，自然会有成就。事实证明，认真读书果真有成就了。现在，这个朴素的道理依然适合你的现在情况。困难一个一个克服，你会有收获的。

周日的视频，看你的情绪好像不太好。因为什么事情呢？是不是和那个女孩的无疾而终让你有挫败感？

说真的，儿子，看到你站在地上考虑问题了，妈妈好高兴呢！我的儿子成熟了。你以前的想法都带着年轻人的稚嫩和轻狂，而现在，你考虑这些实实在在的人生问题，说明你发生了真正的蜕变。不知不觉间，你真的变了。这种变化你自己是感觉不到的，作为旁观者，妈妈能看到。不必气馁，你一定会遇到好女孩。妈妈还要告诉你，真的遇到心仪的女孩，要敢于去追求，你是最棒的！

《家书里的大学》经过将近一年半的漫长过程，终于出版了，妈妈总算松了一口气。我和你爸爸去新华书店，经过寻找，看到它静静地躺在那里。(躺着能看到封面的书和站着插在一起只能看到书脊的书，待遇是不同的。)据说，躺着的书销售量比站着的要多许多呢！

儿子，这本书是妈妈送给你的最好礼物，也是你送给妈妈的最好礼物。

好了，祝你学习顺利、心情阳光！

妈妈

2013. 2. 27

第三十八封信

师姐的美国丈夫

妈妈：

上个星期六，师姐大婚。记得我第一次知道师姐有个美国男朋友时，还有各种揣测。后来认识了乔治(George)，我们几个心理系的“亚洲人”中间就多了一个白人的身影。在交往中，越来越了解乔治，各种揣测也随着彼此的熟悉而烟消云散。这个乔治既有典型的美国年轻人的特点，也有不太符合我对美国年轻人一般的印象的各种特点。比如说他的随便，他可以在任何人、任何场合打嗝、用嘴发出古怪的声音。记得每次和他一起吃饭的时候，他肯定都会在酒足饭饱之后舒舒服服地打个大饱嗝。要是在漫画里，这个时候，我们周围所有人的额头右侧都会出现一个大大的汗珠。在他开车或者别人开车的时候，他时不时地就会用嘴发出各种古怪的声音，虽然大家都对乔治的这个习惯保持沉默，我甚至有些不确定这到底算不算是一种“不恰当的举止”。但是每一次乔治这么做的时候，我都要先“汗一下”，然后再故作镇定，就好像习以为常一样。我不确定他是真的认为自己的这些举止完全正常，还是他有一种天生的本领对自己的举止置若罔闻。我倒是倾向于后者——在我看来美国人的原则就是“只要我的行为对别人不产生坏的影响，那就没人能够约束我”。在这一方面，我用对美国人的理解去理解乔治，而且完全没有任何认知冲突。但是另一方面，乔治却又不停地打破我对美国年轻人的认识。美国人在和人交往的时候大部分情况下都是面带微笑的，可是乔治完全没有。他脸上习惯性地面无表情，无论是真诚的笑、礼节性的微笑、敷衍地笑、尴尬地笑还是笑里藏刀，统统见不到。当然他也不是美国西部老牛仔那种对人保持警惕的冷面，只是单纯的“面无表情”。我相信这一点可以将他和一大部分美国人区别开来。另外，他能很认真地倾听。很多美国人在经历了太长的忍耐之后，对于难懂的“中国式英语”选择了“礼貌性忽略”的态度。这就好像在姿态上“居高临下”的宽容一样——形式上是可接受的，但是实质上是一种侮辱(这还是从个人感觉上来说的，毕竟我最痛恨的就是被别人忽视)。可能“冷暴力”是更贴切的类比。但是交往这么久，乔治从来没有因为听不懂我们的“中国式英语”而漫不经心地忽略我们的话。在这边经历了太多这种情况，我甚至已经可以用这个开玩笑了。记得第一次在美国做报告的时候，我就说：“我知道当你们听不懂我的英语的时候，你们会更加‘用力’地‘盯着’我，而且频频点头(好像听懂了什么似的)。但是我希望你们能在这个时候打断我，要求我再重新解释一下。”我虽然知道作为报告里的一个小幽默，可以活跃一下现场气氛。但是对我个人而言，我认为我是在自嘲——我“苦涩”地知道我无数次被人用“礼貌”的方式给无视了。在美国年轻人的交流当中，最常见的“不理解对方”的表达方式就是：“What the hell are you talking about？(你到底在说什么？)”他们经常会描述自己遇到了一个什么人，在一个什么情况下，因为怕表现得不礼貌或者什么其他原因而不方便表达个人的意见或者不理解对方的“古怪”行为，只好“阴奉阳违”：表面上在认真倾听，实际上心里在想着“What the hell are you talking about?”我几乎听了无数类似的表达方式，在我看来大部分情况下说这种话的人都是想表达“这是一个多么尴尬的情况，对方多么多么愚蠢，自己多么多么无奈”。在我看来，这是比较典型的美国年轻人的表达方式，其中包含了那种“含蓄”的自我优越感和对他人的不尊重。试想，当你不理解对方的话，或者有不同意见的时候，你应该主动去和对方沟通，以获得理解，在我看来这才是真正的尊重(当然这一点不适用于和父亲的交流)。而无论多么礼貌的“敷衍”在我看来都无法称之为“礼貌”，所以我很厌烦听到别人把这种情形当笑话分享。但是乔治则是完全另一种情况。他其实总是认真倾听，尽管从面部表情上看不出来。而且他会想了一段时间之后再跟你说他对你的观点的意见。虽然他属于那种很沉默的人，基本上没事儿不说话，总是得由对方挑起话题(这一点也太不像美国人了)，但是只要你问他问题或者表达意见，他总是会试图给出回应，或者问清楚你的问题(如果他没听懂的话)。就这份耐心就很不像我接触的美国年轻人。

但要说他做过最出格的事情，大概就是这场婚礼了。这场婚礼简直朴素得不能再朴素了，而且据我了解，他们俩不准备再“补办”。要是我不认识这俩人，只是单纯的知道这是一个美国白人和一个亚洲留学女博士的婚礼，我一定会觉得这就是一个中国女性为了拿绿卡而和一个美国公民弄的一个虚假婚姻——而且还是那种都懒得遮掩的那种。他们同居已经两年多，而我认识乔治也快到两年了，所以俩人的性格就能很好地解释这个简单而朴素的婚礼。现场除了新郎新娘，只有乔治的父母、我、韩国人以及帮了师姐很多忙的一个心理系老师以及官方的公证人。我穿上了西服打上了领带，发现我是现场穿着最正式的(那个公证人穿得也那么随便可真是“入情入景”)。当天也算是天公作美，在连续三天的沙尘天气之后给了一个万里无云的大晴天(之后又给了一个星期的沙尘天气)。不知道是学科学还是做科学的缘故，我的感情往往基于我的理解而不是我的意愿。我理所当然希望他们能够幸福，但是一想到作为夫妻可能遇到的各种“苦难”和“不自由”，实在是高兴不起来。进化和爱情，到底谁是谁的借口？

整个婚礼大概不到一个小时吧，我穿着西服站在阳光下暴晒也没出汗。之后我们挑了一家不错(比较贵)的饭店一起吃饭。这才知道乔治是家里的长子，下面还有一个弟弟和妹妹，而且他是家中唯一一个不在纽约的人。听两个人表达的观点，我只是感觉乔治和父亲似乎在某些观点上并不一致(我猜很可能是政治上的，因为他父亲明显是个“保守派”)。最后乔治父母出乎意料地买了单。后来才知道，整个婚礼的费用似乎都是乔治父母负担的，所以乔治父母也没买什么礼物。这倒是挺实惠，不过也有可能是乔治父母知道自己的孩子不会有个多么奢华的婚礼，已经感到很庆幸了。

没想到对我来说这一天还远没有结束。在我开车回家的路上，我误打误撞，错过了转弯路口，直接上了高速。这高速公路对我来说就是一条“不归路”——不能掉头啊！后来才知道 GPS 是有 10 秒左右的延迟的，这也是为什么我错过转弯路口的一个原因。上了高速后，我就好像一个人在丛林里迷了路。可惜这不是丛林(还是比丛林迷路好点)，我不能“减速”。相反，我得“加速”。只见我身后的车一个个从我两侧呼啸而过，我知道自己一定是像龟兔赛跑里的那个乌龟一样。我想如果开得太慢，反而得花更长时间才能出去，索性一脚油门踩到底(其实是不可能的，这里只是夸张的修辞手法)，直接开到 120 公里/小时，120 还不是最高限速，但是我觉得自己不是那么容易被超车了就已经很满足。郁闷的是，两个中途的出口全都在维修，我只好一路开了 10 英里，到了另一个叫 Mesquite 的城市。最后到家的时候，那种如释重负的感觉和考驾照的时候一模一样。我现在更深刻地理解北京出租车司机脾气暴躁的原因了。不过这一次上高速和上一次不一样，我完全是一个人。所以我对于什么时候该加速什么时候该减速是完全没有头绪。还好这一次是往东开，如果是往北开，我没带我的I-20表格，到了检查站我可就遇到大麻烦了(这是后怕)。

上个星期除了忙报告、综合考试写作以外就是税务报告了。一开始一头雾水，要看的材料实在太多了。但是听了一堂课之后，我心里大概有了数，用了一个晚上的时间(又是一个不眠之夜)，浏览了将近200页的材料。还好早已经学会筛选有用信息，再加上是在电脑上读，通过寻找关键词很快就能定位我需要的内容，基本上一个晚上就能够大概把表格完成。然后第二天我又去了同样的课程(这个课连续两天是一样的)。我把晚上积累的问题一股脑儿扔给老师，基本上在老师的帮助下很快就把表格填好了。大概是看出我仔细阅读了说明，所以老师还说："基本上他可以来给大家讲课了(其实是开玩笑的)。"但我并不是很理解这个税制。我上网查了一下，虽然明白"退税"这是"应付税"和"实付税"以及工作单位的扣税和实际税有差额导致的，但是我不太明白为什么会有这个差额。最简单直接的方法不就是有多少税就收多少税吗？我问系里的一个美国人，她说不知道，她只是觉得这很愚蠢。我也觉得这有点"脱裤子放屁"的感觉，但是我想大概是"历史遗留问题"或者得有更深入的金融知识才能理解吧。

上周五我在讲课的时候，看到一个学生眼睛直勾勾地盯着我，几乎把我看毛了。我有点无法"淡定"，于是就上去问她是不是有什么问题。她说"没什么"。但是我能感觉出来她的话明显慢半拍(怎么描述呢，有点像拖音拉调，但更准确来说是"发音比说话的意向要晚半拍")，没过一会儿，她笑着说："你知道吗？在这里(新墨西哥州)你可以合法地拿到大麻。网上有这样的网站，你只要陈述你的病情，并且有医生证明，网上的医生就能给你弄到大麻的处方。我有PTSD(创伤后应激障碍)，需要用大麻来治疗。"我想她忘记解释的是为什么正规医院不给她开大麻，而非得上网上找。当然，在美国大麻合法化依然蔚然成风，基本上成了自由派的标签。这位"同学"观点的潜台词是"真麻烦，还得老娘上网找处方弄大麻"。没过一会儿她又跟我说，她孩子真的很难照顾。我的头脑中立刻就呈现一幅清晰的画面：在婴儿的摇床旁边坐着一个正在吸食大麻、笼罩在云雾当中的母亲。可能她注意到我的神情有些"诧异"，就加了句“这是合法的”。我解释说：“在中国人们对于毒品有一种普遍的‘不理性的’恐惧。”其实我心里想说：“你疯了吗?”

周五的报告有个很有意思的片段。当我介绍一位认为心理学应该分裂的心理学家的观点时，一位同学说心理学就应该分开，因为诸如咨询心理等和科学心理学的确是不一样的。我说这就好像民主党和共和党之间尽管有很大的差异，但是这种差异，无论是价值观还是实践上的，恰恰是美国发展的张力所在。美国学生接口说，就应该分开，北部归共和党，南部归民主党。我当时就无语了。

这边沙尘漫天，我也用不着想象北京的情况有多糟糕了。希望大连会好一点。爸爸妈妈大风天就不要出去晨练了。

儿子

2013. 3. 11

结婚是“发大昏”

儿子：

转眼又是一年，去年一年真是快得可以。今年这两个月也是恍恍惚惚的。春节真是一个糟糕的节日，如今的春节，可以说是整个中国“休克”的日子。正规单位在春节前半个月就开始酝酿分东西、分什么、怎么分。关系到个人利益，大家都兴致勃勃，干正经工作的心就淡了。春节前半个月、后半个月几乎干不了什么。节后半个月更是发昏，大家都还没有从假日的舒适中醒过来，要办什么正经事情几乎是不可能的。而民营、民企更是早早放假，民工大批回家。春节时，北京市内不但不堵，二环都可以开快车了，人都走了。

儿子，看了你的信，妈妈真是感慨良多。师姐结婚，在中国要让父母累断腰也不见得能达到目标的事情，在美国那么轻松地办到了。你说他父母掏了那天中午饭的钱，那才几个钱啊，连一桌人都不够。想一想，你师姐真是给他父母解决了大负担。这如果在中国，那可要发大昏的，房子、车子、票子，累死人不说，如果没有钱，累死也没用啊！记得你小时候，妈妈有个观点，供你读书是父母应该做的，而结婚是自己的事情，结婚的事情应该你自己承担。当时，有人说到时你不管也不行。可妈妈的想法是，我的儿子还能挣不出结婚的钱？

没房子、没工作，照样可以谈恋爱、结婚，并不影响什么，这在现在中国是不可想象的。记得当年你考上中科院博士时，本来我有点希望你在中国读博。后来想想北京的房价，博士又怎样，还不照样买不起？没有房子的人，就结不起婚，哪还有尊严！

在中国活着，年轻人要结婚，父母要帮孩子结婚，都要发个“大昏”！

美国真是自由，吸食大麻还敢于承认是合法的，这在中国是无法想象的。美国也有沙尘暴，让我们稍微感到平衡一点，看来极端天气也不只是中国才有，美国也有啊！只是，你没看到中国的沙尘暴卷起的不光有沙尘，更有人为的垃圾。大连还算不错的城市，我们生活的这个地方，西岗区，也是大连最好的地区了。可当刮起九级风的时候(天气预报说是九级风)我和你爸爸正好出门回来，幸好是顺风，是被刮回家的。当第二天风过后，我们去爬山，眼前的景象真是让人难受。山坡上的树全挂着各种颜色的塑料袋在迎风飘扬。人们随手扔的塑料袋平时在地上，这一刮风，全飞到空中，被树枝挂住，就成了肮脏的旗帜。

你在系里作报告，我和你爸爸都很高兴。想到我们的儿子对着一群美国人用英语侃侃而谈，说着高深的学问，真是让我们的心情超好！太棒了，我的儿子，你是最棒的！在中国是最棒的，在美国也是最棒的啊！

注意身体，开车要集中精力，不要打电话！

妈妈

2013. 3. 12

第三十九封信

不敏感的美国政治文化

妈妈：

过去的两周主要忙于综合考试的写作，但是因为学校邀请了被录取的同学来学校访问，而且“希望”在校生能够让他们对心理系留下一个良好的印象，所以我们“被”邀请参加派对和周五的聚餐。

这个事情说起来还是蛮古怪的。首先是心理系一位负责招生的老师发了一封公邮，说是这几天希望为来校访问的被录取学生举办一个小型的派对，并提出希望某位研究生同学主动承办。我一开始完全没有重视这条消息，觉得这属于院系的活动，就和其他各种派对一样，参与与否全凭自愿。于是这件事情就像很多不重要的事情一样被我抛之脑后了。结果过了一周，这位老师又发了一封邮件，但是内容却让人不得不重视起来。在信中，他说居然没有人表现出要承办的兴趣，而且也没有人表达出参加的意愿。在我看来这很正常，毕竟和一些还不一定要来的学生打交道也不见得有什么必要性，而且这段时间正是春假前最繁忙的时候。这位老师紧接着说了一句“我觉得这很可悲”。一般来说，在公共邮件里，这种措辞算得上是很“犀利”了。结果，此语一出，果然换来了大家的响应。很多人纷纷回应说愿意参加，我也回应说愿意承办。这也是我们周三欢迎派对得以成行的原因。虽然这件事情不太方便和同学聊，但是我猜想大家的反应都和我很相似(一开始完全没有人反应，直到老师放出了某种信号，大家才决定响应。我已经默认了心理系并没有什么“集体认同感”，以心理系名义举办的活动完全没有任何强制力。但是很明显，发邮件的老师并不这么认为)。

周三晚上，大家各自带着自己做的菜到一个研究生的家里欢迎来访问的学生。听他们说这一次也是心理系第一次邀请录取的学生来参观，而且负责他们的饮食住行。可能是最近心理系博士学生数量大量减少(最近有一个博士生转为硕士了)，系里很希望多招几个博士吧。四个人当中有一个印度人，在美国读的本科。另外三个人有两个来自中部，另外一个是从纽约来的女生。对他们来说这次旅行其实就是一次公费旅游。在闲聊中了解到他们都收了其他学校的录取，其中有三个人估计是不会来我们学校的。而且录取的六个人当中，没有来的两个人已经选择了其他学校。也就是说，下一届很有可能只有一个博士生了。看来新墨西哥州立大学心理系对于美国学生来说吸引力是相当差。

不过这一次派对我还是有不少收获的。之前我们系里有一个同学竞选研究生会的“议员”。我收到了她的拉票邮件，自然就投了她一票。今天见到她，我就问她学校的政治组织是怎样的体系。和那些只是旁观，每四年投一次票的人相比，参与到政治生活当中并且有意向从政的人有相当大的热情。我只问了一个问题，她就好像“全盘招供”一样说了一大堆。从她的嘴里我对学校的政治活动有了一个大概的了解。大学里，代表学生的机构叫做 ANMSU。这个组织都是由学生构成，里面设有议员和副主席、主席等职务。但是这个社团的成分很复杂，很难代表不同成分的学生利益，所以在 ANMSU 之外还设有代表各个不同成分学生的社团。但是这些社团并不是学校机构，而是以“社团”的形式组织的，就和网球部之类的一样。因为这些人也都隶属于 ANMSU，而且很多人还担任 ANMSU 的议员职务，各个分支机构里的决策也会间接影响 ANMSU 的决策。比如代表研究生的组织叫做 GSO。GSO 虽然属于“社团”，但是其内部结构与 ANMSU 一样，也设有会员、议员、副主席以及主席等职务。作为专门为研究生服务的社团，他们会在社团会议上审议提案、意见并且做出最终决策，形成具体方案并最终在 ANMSU 提出。而最近这次的竞选就包括 ANMSU 和 GSO 的竞选。两个组织虽然一个是官方的，一个是民间的，但是因为有千丝万缕的关系，为了防止利益冲突，也有各种规定约束两者的关系，比如主席不可兼任等等。ANMSU 作为学校组织，所提交并通过的议案会得到学校董事会的审议，并且有权得到学校董事会的合理答复。其实我还不太了解如何使学校董事会的答复让 ANMSU 满意，继续下来会怎么样。不过从我同学的介绍来看，ANMSU 的决议有很重要的作用，经常会直接影响学校的政策制定。比如最近一次，一个国际研究生发现新墨西哥州立大学研究生的医保标准比奥巴马刚刚通过的医保方案还要低，于是他就将这个事情提交 GSO 审议。经过讨论，

GSO的议员认为有必要将这个问题提交ANMSU讨论，于是指定专人形成正式的书面报告，然后交由在ANMSU担任议员的研究生提出议案。我觉得这个过程很像美国国会的运转机制，可类似这种问题(医疗保险)，一般都需要专业人士的意见，那GSO如何处理呢？我同学说GSO里有来自各个专业的人，商学院的人一般都能够胜任。奥巴马的医疗保险议案将近5000多页，我实在不知道一般的研究生如何可能将学校的医保方案与之相比较。但是从交谈中令我印象最深刻的就是：对公共利益的关切始于个人对自身利益的关切。因为无论是GSO还是ANMSU都是议会制，大部分议案都由议员提出。在同学给我描述的案例中，一个刚刚来到美国的留学生因为自己特殊的原因而需要关注自己的医疗保险计划(大部分都不怎么关心的，所以没人发现自己所享受的医疗保险标准比标准水平要低)，当他发现自己的利益受到不公正对待的时候，就通过代表自己的组织(GSO)将之形成政治议案。这样，公众利益因为一个人“自私”的利益而得到了保护。虽然这在一定程度上将个人利益和公众利益和谐地捆绑在一起，但是我还是觉得这并不是一个最有效的机制。毕竟在奥巴马提出新的医保标准之后的两年里，整个新墨西哥州立大学没有一个人发现这个问题，而这个问题看起来如此的不合理，所以发现得如此之晚，还是让人觉得这种体制存在某种缺陷。相反，由上层机构去“负责”一切的做法，虽然效率明显要比这种从个人出发的体制要高，负效果就是决策者做出的决策在不经过议会的种种审议的过程时很可能会有不公平的现象发生。无疑，最好的体制要在效率和公平性之间做出平衡。

当时我还和同学开玩笑说无论是在美国还是在中国，都没听说过心理学家当过总统或者主席。我希望她将来的政治生涯能够获得成功，并且向世人证明心理学在从事政治当中的价值。

在派对上，我和那个印度学生和来自纽约的学生聊了不少。纽约人果然是纽约人。她自爆高中的时候有很多同性恋、异装癖的同学，所以她学会了如何和这些人和睦相处，而且对于那些对这些“少数群体”带有偏见的人很是反感。另外，她主攻方向还是“性别研究”(我当时的第一反应就是：那还用说吗)。我说我在美国和身体有残疾的人以及同性恋交流的过程中学到了很多。这位来自纽约的同学倒是很热情，对我的处境很是理解。我发现“前卫”的纽约人总是对“少数”群体特别热情，比如同性恋、亚洲人等(感觉美国这种将易遭受不公平对待的群体统称为“少数”群体的政治分类方法让我很不舒服）。和她交谈不需要额外寻找话题，因为她总是很关注你的话，不可能“无话可说”。但是我又想起国际关系理论课老师给我讲的他的婚姻。他的夫人当年是一位“嬉皮士”，不顾父母反对和他这么一个罗马尼亚共产党犹太人结了婚。当时他的夫人就是要离开美国，觉得哪里都要比“肮脏”的美国强。结果到了罗马尼亚，经历了罗马尼亚的腐败和落后以后，他夫人还是决定回到美国。我觉得这种美国人实在是挺可爱的，他们会如此地相信自己心中的想法，不管是真是假（比如美国政府是最大的骗子，美国政治是最赤裸的金钱交易等等），然后疯狂地爱上这个想法，并把自己改造得和这个想法一模一样。我在想，只有拥有这种品质的民族才适合采取比较理想化的政治体制。明显中国人并不热衷于“想法”，就连信仰都要看看哪个更灵验，然后“良禽择木而栖”。

受纽约人的启发，我上网看了美国的一些关于政治语言文化的文章。比如指称残障人士，如何选择正确的用词，哪些词汇会伤害别人等等。我还参加了一个专门辅导老师如何与残障人士交流的辅导班，大概了解了一下美国残疾人保护法案的历史。最简单的一个侧面就是用词的变化。最早的时候，因残疾人的权益没有得到保障，学校有权拒绝残疾人入学；后期政府制定了“normalization”（正常化）法案，旨在向参加人提供公平的学习机会。后期“正常化”这个词被指有“歧视”倾向（正常化可能暗示残障人士是“不正常”的）。于是所有学校当中为残障人提供服务的机构以及相关法规当中的用词全被更正为“provide accessibility”（提供可进入的条件）。因为辅导班的辅导员是一位比较资深（这个词就比“老”在政治上更正确）的特殊人群保障人士，总是时不时地向我们介绍各种为了表示尊重特殊人群而采取的用词上的变化。我上网又查了一些如何称呼同性恋、异装癖和艾滋病患者等政治上正确的用语。很多人可能觉得这些东西很迂腐，但是我倒觉得这恰恰是一个成熟的社会所应表现出来的特征：更多的社会交流使得人们对于交流当中的可能产生歧义的用语的容忍度很低，社会会有不断改进用语的动力。虽然从理论上来讲这是出于一个社会对于公平、尊重理念的重视，但真正促进改变的并不是理念，而是公共生活的复杂性和相应产生的更复杂的实践需要。

记得最近看到国内有一对同性恋老年人高调结婚。新浪网上的各种评价倒是很令人意外。对比国内和美国在对同性恋等少数群体的态度时，我常常用

“insensitivity”(不敏感)来概括。这也是一个美国政治上的专用词语。比如美国人对于亚洲人的印象就是：能吃苦、不在乎低收入等等。有一个新闻节目主持人在节目当中说：“夏威夷有72%的亚裔人口，共和党是可以赢得这个州的。因为从本质上来讲，亚裔人群不是民主党：他们肯吃苦，他们懂得自力更生(因为奥巴马的普遍性医保方案，共和党认为民主党帮助‘懒人’而不是‘穷人’，这个评论算是对民主党的一个揶揄)。”结果第二天，不少媒体就批评这个新闻节目主持人“不具备政治敏感性”(insensitivity)。因为他的评论看上去是在表扬亚裔人群，但其实他的表扬来自于不准确的刻板印象，实质与用负面的刻板印象去评价他人是一样的。这种用褒扬来掩饰其偏见本质并回避问题的种族实质(表现得好像和种族问题毫无关系)的做法就是“政治不敏感”，也是错误的。我觉得国内人对于同性恋的问题就属于“不敏感”。很多人可能会开很多玩笑，也许不是恶意的，但也不能算是善意的；大部分人并不觉得开同性恋的玩笑是“政治上有问题的”。法律无法判定开同性恋玩笑是非法的，但是这种“不敏感”也是社会问题产生的根源。就好像当年我和我的同龄人一样开“农民”的玩笑，其实就是一种“政治上的不敏感”。在一个政治主打的社会当中，政治不敏感就是一种政治错误。而在中国，政治话语最近才开始出现在公众话语当中，人们并不把“政治不敏感”当作是一个问题。我就是从这个角度来介绍中国对待同性恋等等的现状的。但是看了新浪新闻后面各种充满了污言秽语的评论的时候，我愈发意识到政治话语出现在公众话语当中的频率越来越高，如果这种“政治不敏感”不受控制的话，就好像“农民”这类玩笑和不恰当的玩笑一样，很有可能会成为社会问题的温床，美国六七十年代之前的反同性恋社会运动即是前车之鉴。

祝父母身体健康！

儿子

2013.3.25

北京之行

儿子：

你说信发晚了，可妈妈看到你的信，却意外惊喜呢，完全没有晚的感觉。

因为妈妈这一周也像上紧了的发条，一直在做事，所以，并没意识到你的信有点晚。

说说我这一周的经历。19日晚上六点，我和你爸爸登上去北京的火车，20日早晨五点半下车。能想到吗？三月的北京，银装素裹，被皑皑白雪全部覆盖。因为天气暖和，雪有粘度，这样一来，所有的树木、所有带高度的物体全部被雪覆盖了。吉林的雾凇曾经是全国美景，可那个早晨，北京的雪绝对超过吉林的雾凇。但是苦了我们，我和你爸从车上出来，踩在广场的土地上，每一脚下去都是将雪踩成水，你能想象到，一脚下去，脚下的雪像被汽车轮子滚过时四散的雨水那样。幸好，我们穿的鞋鞋底都较厚，否则鞋就湿透了。

上了地铁，我晕，对这种情况，只要有你爸在，我根本就是弱智，没有任何处理问题的能力。在车上你爸说乘这一路、那一路，结果错了。他还看不清车上的路标指示，眼花。还是我"彪悍"，一点问题没有看清楚后告诉他，他再做出决定。地铁、公交车，总算到了你们学校。学校门口的小饭馆全部拆除了。我们进到学校，还好，大食堂里可以用现金买饭，我们在食堂了吃了一顿很便宜的饭。将近九点时，我们去了北体心理学系。

我问清楚后，进了办公室，我说我是你们学校原来的学生王宝玉的妈妈，把书带来了。

当时办公室里只有两个老师，陈静老师立即站了起来，而旁边那位老师更是热情地也站了起来，竟然是迟立忠老师。

然后你爸爸把书拿出来。说真的，如果不是你爸爸，这件事是不可能做的。太沉了，我可拿不动，即使是拖着箱子。可你爸爸根本不在乎，说不沉。上车、下车、上楼梯、下楼梯，都要提着。书拿出来后，他们都很欢喜。迟立忠老师看到商务印书馆，直说好。你爸爸和他谈了很多，我基本上没说什么，一直是他们俩在谈。大约半个多小时，我们离开了办公室。迟老师一直把我们送到电梯口。这些老师都还清晰地记得你的很多事情，我真好感动啊！

然后我们和你大姨、二姨约好，在北京的王府井见面。坐了很久的车，总算到了。北京真是太大了，乘一次车，个把小时好像不算什么。我说，我的大姐二姐都到北京来了，我就不来了，不再给北京增加负担了。当然，办事还是要去的，谁让北京是文化"大氧吧"呢。文化人到了北京，就如鱼得水啊！

我们和你二姨、大姨在王府井一带逛到下午，你爸爸在王府井书店和西单书店都看到了妈妈的两本书。

下午，你爸爸独自去车站，乘晚上的车回家。我跟着你大姨回到她家。

21号与张总约好，我和你大姨按照他说的地点去见面。在座的张总，还有两个年轻人，都是文化公司的白领，听他们讲工作，真让我开眼，很多事情对我来说都是头一次听到。从这个角度讲，大连真是土啊！我终于体会到你曾经对大连的评价，儿子，你是有道理的。

与张总吃完中午饭，你大姨回家，我又乘地铁到国贸与林夕阿姨见面。林夕阿姨让我与出版《我的儿子很叛逆》的漓江社的庞社长见面。

我们一起到饭店吃饭，还好，他不喝酒，不喝饮料，只要了白开水。他确实是个文人，讲他怎样创作诗歌。情绪来了的时候，就写上一首。假如生活中没有诗歌，没有诗意，那该多么无趣啊！

吃完饭，我和林夕阿姨去了她家。一天的奔波我疲惫不堪。不到11点的时候我睡着了。

好多年了，妈妈都没这么疲劳、这么奔波了！

你的信写得真好。

祝我的儿子越来越博学！

妈妈

2013.3.26

第四十封信

停留在表面的学习

妈妈：

春假一周，全部的时间都毫无保留地投入到了综合考试中。虽然其中有点小插曲，但是在没有干扰的情况下修改和写作还是有很大的收获的。

综合考试的第一个题目是一个哲学题目，问题是：心理学是不是一门科学？请结合心理学所受到的实证主义影响来讨论这个问题，并且参考经典的科学哲学以及心理学家的理论（比如拉克托斯、威廉·詹姆斯等等）。其实这个问题我从本科做自己的毕业论文的时候就开始思考了。那个时候是考虑方法论的问题，研究定性研究方法是否“科学”。不过那个时候看的都是国内的资料，虽然也有英文图书和文献，但是从现在的视角来看，实在是太不全面了。在开始回答这个题目的时候，我想的是利用自己双语的优势，中文资料和英文资料同时参阅。毕竟对于文科理论性质的东西，角度不同，对同一个理论或者同一个问题都会存在描述上或者语言上的差异。对同一个理论的介绍，所看的材料越多越容易掌握理论的精髓。而且我知道国内心理学处于学习西方心理学的阶段，某些期刊会刊登一些介绍性的文献，纯粹属于理论介绍。这本来不符合学术期刊的性质的，但是考虑到国内心理学家们的共识，这种形式就一直保留了下来。这些介绍性的文章，以前对我来说，都是很重要的资源，准确地说，作为研究的初期资料是不错的选择。每次都可以通过这些文献找到经典研究，或者主要研究者，甚至理解理论的主要内涵和历史背景。在美国几乎没有这种文献，就算美国哪个心理学家采用了某位欧洲心理学家的理论，他也不会像中国学者那样堂而皇之地去介绍别人的理论。我在最开始的时候，还曾经把国内这种比较落后的现状合理化：我们善于学习。

但是在研究科学性质问题的时候，对比中美两国，无论是专业还是网络上的各种科普性质的博文，非正式的学术论文甚至是大众百科类的机构(比如在百度知道，豆丁网中的各种论文)，会发现巨大的学术水平差异。

“什么是科学”这个问题算得上是那种既普及又冷僻的课题。普及是因为这个问题看上去很重要，毕竟联系到了整个社会资源的分配以及真理话语权归属等重要社会问题；但同时对这个问题的讨论并不会产生什么直接的生产效益，而且也并不是说对这个问题的回答就能够影响现实。我搜索了国内学术数据库当中关于什么是科学的论文，包括心理学和哲学当中的；同时我也搜索了美国这方面在心理学和心理学以外的各种学术资料。对于心理学内部资料的全面性我可能尚有一定的自信，但是对于心理学之外资料的完整性和全面性只能说搜索的深度在国内和国外是差不多的。从国内介绍性的文献开始，直到最后回归英文原著，再重新回顾国内的介绍性文献，才发觉国内理论研究文献的水准实在是比我之前想象的水平差很多。最糟糕的是我看到了几篇发表在国内比较好期刊上的理论文献，居然文章内容和结构与国外某文章如出一辙。而其他介绍性文献当中所试图提出的各种“结论”(比如这些研究所代表的研究方向或者目前为止各种理论的争论核心所在)真的是太缺乏内涵和推敲的余地。反观西方理论文献的质量，国内的论文真的是无法与其同日而语。比如心理学内部人士对于心理学科学性这个问题的认识，美国心理学家的总结既鞭辟入里又极具启发性。而中国心理学内部对心理学科学性问题的认识，虽然涉及的文献都差不多(比如科学哲学史上的重要理论，心理学内部的主要争论等等)，但是结论却完全属于“意识形态类推论”。就好像当年套用唯物主义和唯心主义框架去推理一切一样，中国学者得出的结论总是不痛不痒。较之学术界内部的差异，大众层面上的差异更让我“遗憾”。比如我同时用百度和谷歌搜索“什么是科学”，“心理学是不是科学”的问题，同样都会搜到很多心理学工作者或者学术爱好者的一些短文或者一些百科全书类网站的文章。同样是非专业性短文，观点的深度和资料的“厚度”真的是没有办法相比。美国各类科普性网站以及一些科普记者的博客里的文章质量，在我看来，其观点的深度丝毫不比专业文献差，反正我是受益良多。相反，国内论坛、博客的内容，虽然也有看上去比较专业的讨论，但是这些人很少集中地将他们的资料整理起来形成一个完整的可参考的资料。国内一些论文的对话总是让我觉得好像很有道理，可是都是只言片语，根本无法参考。国内科普类网站真的是以“介绍性”为主，对理论的介绍缺乏批判性和宽度，往往都采取了简单定义的方式，就好像生怕读者觉得这些理论太复杂——尽管这些理论本身的确很复杂。对于追求专业性的我来说，那些缺乏参考和全面性的资料的参考价值很低。而且我也觉得这对于大众理解类似“科学是什么”一类话题并不是一件好事。从国内准专业文献的质量当中会感受到一种“浮躁”——不系统的介绍，以偏概全的引用，不追求还原而是追求变通后的可理解性。

说到这里不得不说一下我最近对于“科普”事业的再认识。我的一些同学现在很有热情地投入到了科学知识普及的事业当中，这当中包括类似果壳网、科学松鼠会之类的科普类媒体平台，也包括出版业以及独立网络资源等等。但是他们做的事情主要核心是宣传“科学主义”而不是批判性思维，他们普及的是不确定的社会科学专业知识，而不是真正能够被没有专业背景的人正确消化的常识。苏格拉底并不是宣传固定的真理，而是普及追求真理的“道路”；佛家真正的普度众生事业在实践上也是给民众提供一条“途径”而不是“知识本身”。心理学当下就有方法本位的问题，而忽视了推动方法进步的根本——严谨而谦虚的批判性思考。中国的“道”在我看来根本不是“内容上的指挥”而是通往智慧的“方法”(道路嘛)。就连自然科学在对于科学本质的问题上在当下也已经陷入了争论而不是统一的局面，更何况社会科学？唯一可以确定的事情就是没有人手握真理。而当科普者以一种手握真理的姿态出现在社会公共话语当中的时候，失去信任只是迟早的事情。现代人想要相信一件事情或者一种观点很难，但是想要反驳一种理论或者态度却非常容易。真正的科普应当着重对西方知识传统的反思和再构造。一个政治系老师在上课的时候说，现在学术体制内90%的产物都是垃圾。我并不完全认同这句话，但是却认同这话对当前的学术体制的现实的批判。看着我的同龄人将大量的垃圾“普及”到国内，真觉得在中国买美国“垃圾”实在不算最糟糕的事情，甚至还很有讽刺的意味。

我向来用“学习态度”来理解中国的现状。落后本身不是问题，只要中国还在学习。但是看到现在无论是专业领域内还是网络上的民间科普水平的差异，我觉得中国社会发展的道路甚至还没有形成。无论是怎样的学习，都需要系统。可是国内学术体制学来了西方学术体制的官僚主义和教条主义，开始产生各种各样的学术垃圾，而大部分人忙于产出学术垃圾，就连他们所代表的向西方学习的过程都被中断了。学术界似乎从来就没有形成一个认认真真学习的风气。看上去是在学习，其实就好像金庸武侠小说里那个偷学少林武功的火头陀——只学到了外功而没学到内功。看历史上后发展国家的成功例子，每一个都是有一个专心致志地向现今发达国家学习的过程(如彼得大帝的沙皇俄国和明治维新时期的日本)。再参考父亲跟我说的苏联是如何真正认真学习马克思主义的，我觉得中国的现代化进程早期发育不良，留下的问题远比当下看到的要多。

从20世纪80年代开始，中国留学生的目标逐步从“生存”转到“追求更好的生活”甚至是“享受生活”上了，而留学对于中国发展的根本意义从未得到自觉性地贯彻，就连清朝学童留洋的精神的影子都没有，追求完全落实在个人的层面。一个国家的发展如果没有民族层面上的自觉的话，事倍功半。以色列如果不是有民族层面上的历史使命感，就不会有当下的以色列国。我身边的每一个人都在考虑着自己的将来，我越发看不清中国的未来了。

儿子　谨上

2013.4.8

将自己做大做强

儿子：

再不给你写信，就到星期天了，所以今天是无论如何也要给你写的。第一天看你的信，觉得太过晦涩，有点看不下去。刚才又看了一遍，投入地看，不但看明白了，而且很同意你的观点。至于对中国学术界的反思，你不必为之太纠结。我们历来是这样，在自然科学方面，还舍得投入，还要用一些真正有水平的人。据报，清华大学在物理学方面有了可以相比于诺贝尔奖重量级的发现。有了这个发现，以后的电脑不用散热器了。至于你说的那些问题，这中间的所谓学者，很多是鱼目混珠的。就如我们知道的那样，学二代、关系户什么的。反正学好学坏都对老百姓的影响也不大——尽管其实影响更大。改变你的担忧也很简单，将自己做大做强，有了话语权，再来说话吧。否则，没有人听你的。

上次到北京，出版商表示，需要你回来做报告。你爸爸不同意。我想，我要用我的力量，把这件事办好。相信妈妈，一定能做到！

这一上午，发那篇稿件，乱七八糟地忙了一上午，下午一定要给你写信。你爸爸过去一直在计划退休做什么，有很多想法。没想到，刚退休，就碰上妈妈出书这件事，忙得不亦乐乎。退休做什么这件事就不必讨论了。

学习再紧，也不要忽略休息。睡好觉、吃好饭、锻炼好身体。

妈妈

2013.4.12

第四十一封信

关注波士顿爆炸案

妈妈：

近来除了改文章，批卷子，我最近关注的事情莫过于波士顿爆炸案了。连续几天里，我对比了中外媒体对整个事件的报道。之前在心理学期刊上就曾经刊登过一篇对比中外媒体对同一个事件报道的文章。当时一个中国留学生枪杀了同学、副教授甚至系的副主任。当时这个校园枪杀案曾经轰动一时，因为这个中国留学生基本上把他所在的系给“断子绝孙”了：一个曾经因为出过诺贝尔奖获得者而扬名界内的研究所就此销声匿迹了。当时的研究发现，对比起来，美国的新闻媒体偏向于对事件当中的核心人物的报道，介绍其背景和心路历程，并试图揭示其杀人背后的“动机”；而中国的媒体则偏重于介绍这个学生自从留美以后所面临的各种压力以及促使其走上不归路的客观原因。当时的文化心理学工作者认为这体现了两种思维方式上的差异：美国偏重于内部归因，并且习惯于分析事件的中心；而中国习惯于外部归因，并且对于背景信息更加敏感。因为这个研究在文化心理学里算是比较早的经典研究之一，我比较熟悉。但即便如此，我对于美国新闻的现况并没有过什么直观的了解(“美国之音”算不上美国大众传媒)。这次波士顿爆炸案正好给我一个机会，一面可以直观地了解西方媒体是否存在和中国媒体的视角差异，另一方面也验证文化心理学当中的研究结论。

我所关注的美国主要媒体包括 ABC 世界新闻，NBC 晚间新闻以及 CBS 晚间新闻(Fox 太保守了)，可以说这是美国最主要的几家新闻媒体了。中国媒体我主要关注的是新浪上转播的各个媒体的报道。在事件发生的第一天，当天晚上的所有新闻全部变成了“波士顿”专题。虽然“世界新闻”名不副实已是惯例，但是整个新闻节目全部关注一个美国本土事件，还是表明了这个新闻节目的报道偏向。第一天晚上我看到的美国新闻给我留下的最深刻印象就是“重复”。同样的爆炸画面在30分钟里重复了不下10遍。不过我作为一个观众，其实发现自己确实是希望这个新闻节目能够曝光更多的事件细节，但可惜的是整个新闻基本上就是让不同的“专家”从不同的角度重复相同的内容。第二天晚上的时候，中国媒体已经报道了第三名死者是中国籍留学生。但是让人难以理解的事情就在这个时候发生了：三家媒体当中有两家媒体报道“两名死者”，一个频道报道了“三个死者”但是并没有报道第三名死者的身份。铺天盖地的报道与美国的两名死者的相比，对于“第三名死者”的细节只字未提的情况实在是有些令人不解。不用从一个普通观众的角度，就算从他们做新闻的人的角度来讲，这难道不是很奇怪吗？直到第四天，终于在美国媒体上看到了中国留学生的照片，不过这已是在我从新浪网上获知这个消息之后的事情了。也许是网络媒体的速度要快于实体媒体，所以才会有这个偏差。但是即便在之后的日子里，连篇累牍般地对美国死者的报道和对中国留学生的“冷处理”所产生的鲜明对比，还是让人觉得我所看到的几家媒体在某种程度上试图在报道事件的基础上为新闻添加“戏剧化色彩”，从而“塑造”氛围——爱国主义对恐怖主义的痛恨、悲伤等等。而中国留学生的死就好像一个与主题无关的话题，被制作人给删掉了。

另外一个比较有意思的现象是美国的新闻人都需要“线人”来获得内部消息。中国主流新闻媒体总是与政府保持一致，至多旁敲侧击。在美国，新闻媒体似乎有意与政府保持距离，在报道中都是通过雇佣过去政府内高官（比如“前”FBI高级调查员之类的）来获得一些“内部消息”。媒体的这种姿态，大概与他们的“社会监督”职能相关。

美国媒体似乎很看重新闻事件本身的“故事”性。在后期的报道中，新闻节目总是做成一个个小访谈，包括采访官员、目击人，然后挖掘各种各样的“故事”——犯人的故事，英雄的故事，小人物的故事等等。我记得一位新闻节目主持人在听完一个爆炸中被救的人讲述当时的经历之后，说了一句“多好的故事啊（what a story）”！

最近几天，在我看来，整个媒体除了报告事件的最新进展以外，好像在故意拖长时间，增加这个事件的“曝光度”，不停地在同一期节目当中重复相同的信息，仿佛知道观众百听不厌，就算是重复的话也有人愿意听一样。记得之前看过一个描述理想主义新闻媒体人的电视剧，剧中人对美国媒体的一个共识就是：一件类似波士顿爆炸案之类的事情发生后，即便事件本身并没有什么内涵，新闻节目也一定要报道，而且一定做够文章，否则收视率就会下降。当时我只是从道理上明白了点什么，这次算彻底体验了美国媒体“重复曝光”的功夫，才明白电视剧里所讲的“媒体投观众所好”的弊端的含义。

最近在修改自由意志文章的时候又读到了一些在实验哲学领域内发表的文章。虽然实验简单，但是哲学家果然是能把问题的“意义”说得更加明白，反正肯定是比心理学家讲得明白，而且实验做得更加直截了当。大概是因为又“乱入”哲学领域，引发了自己“反思”的习惯，我反思了一下自己这半年的工作，觉得其实这半年应该算是最“幸福”的半年了，毕竟我不用担心实际“研究”，而只是专注理论学习，探讨的大部分课题又都是自己感兴趣的，估计以后很少再会有这种机会了。

我现在觉得我那个北大化学系的师弟挺好玩儿的。他是典型的那种凭高中考竞赛成绩保送的人，整个人显得有点“单纯”，而且话语间的“自负”时不时地爆发一下。不过人家可是代表中国参加世界化学竞赛的选手，而且就算他对自己在表演和歌唱上的“自负”有点“令人费解”，至少人家也有个理由：得过北大话剧社、化学系话剧表演一等奖。虽然我知道那些活动其实就是个热闹，出丑的效果要比表演得专业更有市场，不过他也不固步自封。上一次唱 K 的时候，我这个师弟还向学习美声的人“请教”，而且自那以后，每次见到人家都称其为“先生”。

上个星期帮 Z 联系 X，Z 的一个亲戚要考北体大的研究生。和 X 聊天时她说起我的书。她先是说书中没提到自己“很伤心”，然后又说为什么你们男生都喜欢“L”？一开始我还愣了一下，后来才反应过来。紧接着她又在 QQ 群里发言（这事儿我一直不敢做，就怕大学室友们较起真来）。结果几个人响应了，都说买了我的书。想想我大学的同学，他们和其他大部分我生命中遇到的人一样，和我的人生态度全然不同。可正因为我的这个态度（我的人生哲学当中的悖论就是对他人的尊重与根本上的无视，美国人似乎都这样），为我换来了自由。但是随着年纪的增长，我越来越多地下意识地随着传统去重视一些人，自发地去体验一些人与人之间的情感。现在明白了自己以前做的很多事情的人生意义。我想自己以后应该可以傻事少做些，用这份因打破传统而获得的宝贵自由换取我人生的终极价值。

缅怀当年的情感，那是变老；但反思过去的意义，就能青春常驻！

儿子

2013. 4. 22

可怜中国父母心

宝宝：

看了你的信，第一个感觉是我的儿子长大了，对有些事情的看法不再显得幼稚。你大概觉得好笑，觉得自己从来不曾幼稚过。但在妈妈看来，你真的和以前不同了。

关于波士顿爆炸案的报道，我想，你的看法是对的。现在给人的感觉，就是这个世界太不平静了。你爸爸前几天写了一篇文章，中心意思是说，无灾就是幸福。天降的灾难无法避免，人为的灾难实在是太多了。

想想制造波士顿爆炸案的两个男孩，他们都还是孩子啊！比你还小，竟然做出这种事情来，最后还逃跑。也不想一想，干这种事情，能抓不住你吗？

昨天，我和广播电台一个主持人吃饭。她的谈话内容主要就是关于孩子。其实，她请我吃饭的目的也就是希望我送她最近出的书。听她谈话，才知道，如今为培养一个孩子成长，要花好多好多钱啊！比如给孩子报名高档英语班，一年三万，还要学钢琴和别的什么乐器，等等。她的目标是让孩子高中出国。你想想，高中出国，要多少钱。她竟然未雨绸缪，几年前就买了两套房子。大连的房子是很贵的，两套房子也能卖上二百万，用这个来支付出国费用，她还要去美国陪读。想想，得多少钱啊！再想想你，出国留学，除了头半年花了一些钱，如今不用家里的钱，真是令人欣慰。钱啊钱！中国的家长把钱攒好了，然后乖乖地送到美国，送到发达国家。

前些日子和同学吃饭，他儿子在澳大利亚留学。他周末到处讲课，一天竟然讲八节课，嘴唇都讲肿了。他笑着说，挣的钱都送到澳大利亚去了。

可怜天下父母心，可怜中国父母心！

综合考试的时间一天天近了，妈妈帮不上你什么忙，只是希望你平和心态、将最好的状态发挥出来，就一定能行！儿子，你行，你当然行!!!

妈妈

2013. 4. 25

第四十二封信

参加大讨论

妈妈：

年轻的好处就是恢复得快，脚脖子扭了，两个星期后就又能活蹦乱跳；高考考砸了，一个假期就恢复了；和父母吵了一架，两天就忘了；上个学期整个学期的紧张工作，甚至都忘了自己还需要调整。这个学期，尤其是最后的两个月，整个人每天都处于强迫性的度日如年状态，午饭和晚饭都是在办公室里吃的，晚上不到 3 点睡觉会感到内疚。但是现在，反倒觉得以后如果能够形成习惯，自己说不定还真能够做成些大事。虽然在急功近利目的下读书，自己也有些囫囵吞枣的感觉，但是那种收获智慧的喜悦感比什么都值得回味。如果能天天学有所得，那天天吃牛排加沙拉，从来不旅游，一辈子打光棍，没有朋友又算得了什么！

前天一个叫 L 的研究生同学 QQ 联系我，问我一些关于学术的问题。在讨论问题之余，又讨论老掉牙的情感问题。她从学习地理转到心理，现在跑到海南岛三亚当心理咨询师。她说她现在很想体验结婚生子的感觉。当年的她是一位很有个性，喜欢挑战的独立女生。可是在 QQ 聊天中流露的强烈“情感需求”，真是让人慨叹生活对人的改造能力。我不是很擅长在网络上安抚女生的情感需要，只能尽可能由衷地祝愿她尽快找到自己理想的伴侣。说是由衷，只是觉得一个人如果有需求而得不到满足的确很无奈。但是想想当年那个为了自己的爱好而放弃保研资格，然后任性地参加研究生考试就为了学习理想中的“心理学”的那个有志青年，现在也变得多愁善感，变成把情感当食物的现代情感消费者时，就好像又看到一个理想之花凋零了。聊天的时候，她问我情感生活上有什么打算，我跟她说我已经有自己的人生目标了，但情感生活不在其中。

谈情感，几行字就让人疲倦，可是谈智慧，只能让人越来越兴奋。上个星期五，本来打算封笔，把文章上交，当时实在是有点不想看自己的文章了。原因是自己已经看了好多遍了，也让别人帮忙看了。情愿地，不情愿地我都把文章改了又改。到后期经旁人提醒，发现其实我的视角还是窄了，再加上又有一些新的感悟，手里还是热乎乎的文章立马变成了过时的历史文献了。所以真是想赶快交了，我自己可以继续把观点向前推进，而不是为了让“历史文献”显得很完善而不停地在边角上做文章(这个时候已经不敢做“结构性”调整了)。像我所探讨的科学、文化、自由和意识形态这类的话题，只要你不断地看书，你的观点总是会不停地更新，写文章从根本上来说就是很蠢的想法。

正感到有些倦怠的时候，看到邮箱里有一个学校的例行“活动消息”，其中有一个是“大讨论”：如何减少恐怖主义？我觉得这个挺有意思，反正晚上再改文章的话应该是和以前一样不知不觉就睡在椅子上了，干脆换换脑筋。于是完全是在计划外的，我在晚上六点跑到了学生活动中心。

刚到门口的时候，眼前的景象让我不由自主地从门口退了出来。我一开始想象这会是一个大学生的聚会，而我的计划是看看美国的年轻人是怎么探讨敏感政治话题的。可是在门口看到屋里一片白云：好多白发苍苍的老年人。我用手机再次确认了地址，然后小心翼翼地走到门口，问：这是“大讨论”活动吗？感到我似乎是人群中唯一一个黑头发的(不包括两个包着头的穆斯林妇女，两个金发的女学生以及没头发的几个老头)，我坐下的时候还真是有点忐忑。不过一会儿主持人解释说，虽然这次活动是在校园里举行，但其实这是一个社会性的活动，目的就是希望创造一个平台，让针锋相对的观点能在一个良好的氛围下充分表达。

能来这里的人，估计多是有很多想法要诉说的。先是一个老头，用了将近两分钟说自己“没有偏见”“不做结论”，然后很快就暴露出了锋芒：巴勒斯坦人和穆斯林极端分子就是要把美国人当成敌人，这是他们的“社会规范”。以前我也听过很多这样的观点，甚至是一个曾经以联合国志愿者身份去巴勒斯坦的人都说在巴勒斯坦，很多人的确是生来就被教育去恨犹太人的。很快，我身旁这位英语很流利但是看上去是中东人的妇女立刻就提出了质疑。她的观点总结起来就是“为什么恐怖活动都和伊斯兰人联系起来？”“波士顿爆炸案和校园枪击案的本质是一样的(推论：白人恐怖主义分子更多)”“社会媒体渲染对伊斯兰人的偏见”“恐怖主义的定义应该更宽泛”。接下来一些人就开始讨论校园枪击案应不应该算作是恐怖活动，应该怎样定义恐怖主义。很明显这里面的人没有做社会科学的，对于定义问题都是各执己见，讨论并没有建立在一个达成共识的基础之上。过一会儿，一个中年女性富有感情地讲述了自己在波士顿教过书，如何如何的对一个好学生变成恐怖分子感到万分诧异和不解，声情并茂，和之前的政治讨论气氛完全不搭界，更像是家庭主妇在表达自己情感上的冲击。很明显大部分人不喜欢这个调调，很快我右手边的一位老人抛出了第一个“炸弹”，他说我读过《古兰经》，里面写着“基督教就是敌人”，考虑到在穆斯林当中极端分子的比例，应该采取更严厉的检查制度。这颗“炸弹”立刻让这位老人成为了众矢之的。先是我左手边的中年妇女立刻就迫不及待地反驳，说《古兰经》里完全没有这样的章节。让人有点意外的是，她还拿出了一些资料，说：我是穆斯林，我敢保证《古兰经》里没有这样的字眼。但是我承认每个人都会对《古兰经》有自己的解读。于是她照着自己的材料读，举例说明同样的一段话如何会被一些人理解为“对基督教有敌意的”，而被另一些人理解为“宽容的”。紧接着一个印度人长相的中年人说：“在这种讨论中，如果要引用经典，一定要指明出处，不能把自己的理解当成是原文来做论据。”然后是一个包着头巾但是欧美人长相的中年妇女说，我是在波士顿长大的，我父母都是基督教徒，但是我加入了伊斯兰教，原因就是只有伊斯兰教让我在接纳了所有其他宗教的神之后才能加入。所以伊斯兰教是很宽容的，没有对基督教的偏见。

听到这里，我改变了自己原来的初衷。我觉得自己正在观察美国民主的底层基础：议会里的政治是不是完整再现了底层公民的意见分歧？这种发生在公民之间的政治讨论真的对社会问题的解决有任何帮助吗？美国公民的政治讨论的质量有多高？

我就像一个人类学工作者，在一个在我看来很具有文化特征的现场活动当中，从事着有目的的学术观察。

在我的记录当中，比如媒体影响，麦卡锡主义，宗教意识形态冲突，党派主义，《圣经》解读，公民对社会公共事物的冷漠等等，这些最常见的在美国公共话语当中用来解释政治现象的词汇基本上都出现在了这个讨论当中。而在场的几个年轻学生明显表现出了一种过分自由的倾向，把美国媒体和共和党比作了麦卡锡，把美国政治看成是帝国主义。而不少老人则表现出了明显的保守主义，强调就算美国人再好也改变不了对穆斯林的敌意。有想从宗教经典中找到答案的理想主义者，也有务实的悲观现实主义者。但是让我比较在意的是，几乎所有人都试图将自己的经历当做论据来支持他们的观点，即便很明显的个体差异的存在可能性都被忽略了。

本来我不想发言的，但是主持人强调希望每个人都表达自己的观点。我大概说了两个观点：一是我对于这种讨论的社会功能保持怀疑态度：心理学研究表明，很多人在讨论过程中只是强化了自己固有的观点，而不是真正发生了实质上的改变，而政治的目的在于妥协。如果这种讨论无法促进改变，它的意义何在呢？每个人只是在表达自己观点而不是尝试达成共识，这种讨论就是民主的基础吗？其二，我是个中国学生，没有经历过美国的政治文化熏陶，考虑各种社会政治问题更多的是从学术的角度。在我听各位的讨论过程中，很多都是学术研究当中的关键词。在学术领域，学者们尝试对一个概念达成共识，然后推进研究进展，并且在这个过程中，创造更高级的概念工具去理解社会问题的实质。那么，学者们的讨论是不是就比民众的讨论更有效率呢？如果讨论的目的是为了达到真理，公民的讨论意义何在呢？

从某种角度来说，我一开始有点像在“装孙子”。我说，在来到美国之前我很想了解美国的民主。我想知道的是在实践当中，在公民层次，民主是以怎样的形式存在的？民主是如何在公民之间的互动当中得到实现的？

讨论结束后，有几位老人跟我握手，说我讲得很好（虽然我感觉自己只是提了几个问题，而不是发表观点）。然后三个学生模样的人也靠了过来，其中一个女生似乎很热情（看她的瞳孔放大，我有点被她的热情吓到了）。她说她也对于这种讨论的功能和意义所在有自己的想法。她邀请我参加下一次的讨论，我欣然答应了。但是后来她们自曝说是“马克思主义者”，我就有点迟疑了。有很多美国学生在年轻的时候会做一些极端的事情，而在美国将自己标签为“马克思主义”更像是“剑走偏锋”的意气用事，反正到时候再说吧。

不过后来反思这次经历，我莫名其妙地对法治社会的意义有了新的理解。**法制社会的目的并不是更好地“约束”，其实是减少公民之间的摩擦和减轻社会责任对公民的生活压力。**

在中国，法制、民权、民主和自由等社会问题，几乎是“匹夫有责”般地被所有人讨论。难道每一个人都应该成为“民主斗士”“自由斗士”或者“民权斗士”社会才能变好吗？那样的话，每个公民都得变成“斗士”，实际的问题都得放到一边。这样的社会能发展得好吗？

社会中大部分的公民都在从事生产性劳动，并不是每个人生来就该拥有“正义感”然后为社会正义服务。一个健全的法制社会，能够让公民减少思考“社会正义”等这些个体无法解决的“抽象问题”，能够按照法律去解决实际当中遇到的各种不公正问题(前提是法律是公正的)。在美国，好的公民要有社会责任感，但是在现实当中，大部分情况下他们遇不到需要他们挺身而出为正义去操劳的事情，因为法律解决了大部分问题，所以大部分人可以“安居乐业”，而不用“上访”“械斗”或者“冲击政府”。

一个社会当中，很多人都在思考“正义”问题，而且都在为了“正义”与他人或者现有体制作斗争，这是不正常的，也是不健康的。一个理想的社会，不应该有那么多的“斗士”。

这听上去有些矛盾，但是我所追求的理想社会当中，大部分人应该不用去考虑“社会正义”问题，而是各司其职、安居乐业。总结成一句话：**让政治家们去做斗士，让老百姓安居乐业**。

暑假的计划是根据刚刚完成的综合考试内容设计实验，下个学期至少要做几个实验，最好能够投递几篇文章；再就是选修政治课，将政治和心理联系起来作为自己的博士生论文，为申请政治学博士学位做准备。

接下来的时间里，看似没有一个明确的目标，但却是比什么时候都重要的准备阶段。

祝 健康！

儿子

2013. 5. 5

有些事情是命中注定

亲爱的儿子：

我的儿子真能写，洋洋洒洒一下就写了4000多字。

你的女同学希望结束单身生活，希望走进婚姻，让你感到惊讶。妈妈则对你的诧异感到惊讶。一个二十七八岁的女孩，想到年龄已大，希望心有所属，这不是很正常吗？难道有雄心壮志就一定要一个人独自前行吗？撒切尔夫人怎么样，世界的铁娘子。可她的一生中，她的丈夫却是她幸福的最重要内容。

妈妈心中其实很害怕，怕你的综合考试没有通过。这个问题我想都不敢想，一想背部就凉飕飕的。儿子，让你去做那么艰难的事情，我原来没料到会这么艰难，如果知道的话，我甚至可能阻拦你去了。儿子，妈妈真是佩服极了你。这么困难的事情都能做好，太了不起了！

你参加美国人的讨论聚会并且发言十分钟。你对讲话内容的概括温文尔雅的，美国人明白吗？或许美国人的素质高，能听得懂，才有老人与你握手，才有年轻人要求你参加他们的组织。

看到这里时妈妈想起，有些事情或者是命中注定，抗争也是没有用的。你读本科的时候，读硕士的时候，妈妈在信中都反反复复地讲过、强调过，不要搞政治。今天早晨，和你爸爸散步，你爸爸说了一个比喻，我觉得很恰当：锤子和锉子，你说哪个用处更大？他们都是工具，是人类在做工时使用的工具。哪个工具更重要、哪个工具更高明，是分不出来的，不同的场合需要不同的工具。从2004年算来你学习心理学，有9年时间了。专业已经很熟识并且可以说学得得心应手了。突然间，就觉得不好了，想要学另一种专业了。就如使用了九年的锤子，突然要扔掉去使用锉子，岂不是浪费了光明。无论是什么专业，我们掌握了它，就是要用它来服务社会。你放弃了，再去学一个专业，太可惜了。至于你说心理学没用。不是的，心理学是治疗、救助。能帮助人们治愈心灵，不是更有意义的事业吗？

你说的，一个社会不需要那么多斗士，人们只管生活就行了。难道你想当斗士吗？我和你爸爸真不赞成你去做斗士。将一个专业学懂学深学成，就可以了。获得了位置之后，再做别的也行啊。当然，妈妈深深知道，我们现在已经说服不了你。你读了北大，当然好。但儿子，你要承认，北大的虚荣、浮躁，真的不好。你的师弟那种自负的感觉正是阻挡你们前进的精神枷锁。他太小，只有22岁，你比他大5岁，不应该还和他一样有那些肤浅的想法。

想一想，你在体大读的书多，还是北大读的书多？体大老师的为人、师德更好还是北大的更好？这些都是心知肚明的。你的成功源于体大的踏实朴素而不是北大的虚荣浮华。

知道说了也没用。但妈妈还是说了，有用没用，给自己一个安慰吧！

我的儿子越来越强大，妈妈都要仰视了。

好好休息。

妈妈

2013. 5. 7

第四十三封信

通过综合考试

妈妈：

也许是受辩证法教育过多的缘故，我的反应并不总是和情境相一致。当导师把我叫进会议室，然后和我握手恭喜我顺利通过考试的时候，我第一反应是要很诚恳地对每一个老师表示感谢，然后是和办公室的秘书详谈怎样把考试通过后的各种书面工作(各种需要上报的表格)搞定，接着是想着要和导师约时间谈话，最后还要和政治专业的老师约时间谈下个学期我在政治学上应该做些什么。在所有这些事情结束后，只剩下我一个人了，我才发现自己可能已经过了兴奋点了。想着接下来就是写博士论文，好像刚翻过一座山又看见一座山，吸了口气重头做起。上网给父母留言之后，顺便看了校内和脸书(Facebook)上同学们的更新，看到很多在美国留学的同学都完成了学期的工作，在网上分享各种“解脱”感。我转瞬想到那些在名校的人，他们所完成的事情会让他们取得更大的成就，而我这点事情，只不过能保证我顺利地在新墨西哥州立大学毕业而已，如果自己兴奋的话，那可真是有些好笑和可怜了。所以，我的情绪从解脱到“任重而道远”到失落，基本上和兴奋没什么关系。

远在六个月之前，我就决定了自己的写作风格。以前我的本科论文在做哲学方面综述的时候，就是因为材料太杂，自己也没有总结好，结果让读者和我自己都感到有些茫然。因为我阅读的范围并不专属于某个专业范围，而是以课题为主，不同的阅读材料虽然看上去可能在讲同一个东西，但其实思路和角度都不尽一致。吸取本科的教训，我不再像哲学家做学问那样地看书(博)，而是首先看几本书之后再“创造性”地建立一套有逻辑的理论，然后根据自己的需要写文章。这种做学问的方式我是很鄙视的，但是我发现它却很实用。同样是洋洋洒洒几十页的文章，用传统意义上做学问的方式去写，可能只是让人觉得你懂得不少，但是不见得有见地；而如果用比较实际的方法去写，尽管材料可能仅局限于你所找到的支持你的理论（以及在可解释范围内的反对意见）的那部分，但是读的人会觉得有所收获。

采用实际的写作方法，使得整个写作过程大部分都是“选择材料”的过程。比如，我了解到对心理学科学性的探讨可能有两个思路：“科学哲学”和“人文社科”，这是我的概括，并没有哪本书这么写。但是我就决定按照这个分类来组织文章，无论后来遇到哪个探讨心理学科学性的作品都照葫芦画瓢般地将其对号入座，不管“它”愿不愿意。在文章结构上，我觉得架构还是很清晰的。但是到后期，当我对自己的“务实”态度感到厌恶的时候，我会随便挑几本相关的书去看，而不是带着先入为主的“偏见”去看。不久就发现有些科学哲学家对心理学的分析不能被我所建立的体系所概括。比如新自然主义哲学，他们从本体论上去理解人文社会科学，这既与波普尔创立的“科学哲学”思路不一致（方法论为主），也和“人文社科”的二元论思路不同。到后期，这样的材料我就没有在文章中提到，但是我自己知道是为了让文章更易读。如果我真的要成为这个方面的专家的话，要读的书还是太多，而我呈现在文章里的观点真的是只有应付考试的价值了。

我发现我是在玩一场游戏。现在还没发过文章，不敢说我对发文章的游戏规则真的有那么的了解。但是就类似这种“学术游戏”：怎样把不那么坚持的“意见”伪装成“学术思想”；怎么有选择地组织材料从而构建出一个“偏颇”但看似“全面”的观点。也许综合考试的目的就是让你有一个阶段性的认识，或者是让你在相关领域内的知识方面建立起相对优势。如果这个是目的的话，那我的做法也许会找到“学术道德”上的“借口”。但要是从我自己对于治学的理解角度来讲，我只是在玩游戏。

我对于考试通过的信心是建立在自认为自己对游戏规则有比较深的理解之上的。但这也是我所担心的：如果这里的人能看透我在“玩儿游戏”怎么办？就好像当年迟老师批评我读书过于浮躁一样，那个时候真的是汗颜，感觉就好像被宋老师批评我太得瑟一样。

我花了三个月的时间来为第一个题目读书（科学哲学），到后来发现时间有些紧张而改变计划，在完成了第一个题目的初稿之后，没有进行修改，就直接开始了第二个题目的工作。我先选择自己比较擅长的文化心理学和自由意志的题目，而把最不熟悉的计划行为理论放在最后。在后来的两个月中，我只用了半个月就完成了文化心理学题目的文章(毕竟太过熟悉了，而且我把老师的问题和我的专长结合起来，写起来得心应手，就好像爸爸写宣传材料差不多)。第三个题目我同样尝试将其与我在文化方面的兴趣结合起来，而且实证研究而不是理论探讨也减轻了我阅读的负担。但是到了第四个题目，我就极其认真。因为这个题目是我导师的研究领域，他自然是对各个相关理论如数家珍。我硬着头皮用了将近两个星期时间读完一本将近800页的书，然后将其他三本相关的书有选择性地阅读完才开始写作。从感觉上来讲，第四个题目是最难的。因为它不像科学哲学那么有意思(我偶尔还会被自己的天才设想所感动)，而我又不熟悉，加上时间上的紧迫，最后一个月那可真是刻意地度日如年(少睡觉，不做饭，不上课，18个小时蹲在办公室)。加上我又想把第四个题目当中的行为模型与政治联系起来，于是又把我上个学期在民族主义课堂上学到的理论加了进来。不得不说，我自己对于这种“炒饼”(我把西红柿炒鸡蛋、烤鸡肉和烙饼放在一起炒)似的学术产品还是挺有自豪感的。毕竟在我所见的人之中，没有人能够将两者在一定深度上结合起来。

考试当天，出了些小岔子，不过我淡定自若，就好像没事儿一样(多年锻炼的结果)。本来应该在10天之前先向研究生院提交答辩申请，然后才能答辩，但是我完全不知道还有这个要求(原因是秘书以为我是硕士研究生，以为我是硕士论文的开题报告，所以没有提醒我)。反正船到桥头自然直，而且美国这边还是有很多灵活性和人治成分的。和秘书商量之后，就决定只要各位老师同意在没有书面申请的前提下进行答辩，并在答辩之后完成书面申请，那么今天就可以照常进行。考试是在下午12点半开始。幸好我提前准备，发现问题的时候还是早上9点。搞定这个小问题之后我开车去了趟超市买新鲜的蛋糕和饮料(吃人的嘴软嘛)。最后我将会议室布置好，坐等各位老师。本来跟我说老师提问不多的，在我想象里，无论过与不过都是一个走过场。但是我还是像当年在期末考试前最后一天那样，逼着自己看手里的看着都要吐的文章。因为写的时候逻辑清楚，自己头脑还是很清晰，而且花六个月时间读书还是和用一个星期完成一篇课堂作业不同，读书更仔细，记忆更深刻，很难忘掉。

我导师是第一个来的，他一来就说等这次考试结束以后就和我谈谈我的未来发展。当时我估计是没什么问题了，但是还是不敢大意。和后来的几个老师聊聊天，谈谈为什么女人喜欢逛街但是不买东西(做丈夫的烦恼还是有普适性的，不过我导师的夫人喜欢逛的是珠宝店，这个比较惊悚)。

当我全力以赴进入状态准备和人“辩论”的时候，我从来不感觉疲惫。虽然事后才发现居然答辩了整整两个小时，可是我只有兴奋没有疲惫，尤其是我对于自己可以很惬意地引用原文而感到小小自豪。不仅如此，我还能指出我自己的文章是如何回答老师的问题的(思维缜密的表现)。可能是因为感觉我回答的没什么问题，几个老师就开始自说自话，讲述自己对于心理学科学、文化、自由意志的理解，然后两个老师还对一个问题争论了一小下(我旁观)。但其实我最担心的是自己的写作。学校写作中心那些人修改文章很慢，一周三个小时的上限顶多帮我修改几个段落而已。大部分的语言修改工作都是我自己完成的。但是在整个答辩过程中，老师们都没有提出关于写作方面的问题，这倒是出乎我的意料。

政治系的老师非常善良，当我导师提出比较尖锐的问题的时候，他还帮我挡着。我现在还是感激不已。关键是这位政治系的老师有着比较独特的治学观念：建立学术理论就是一个选择和放弃的过程(一个理论不可能解释所有，本质上就是选择一部分去解释，而忽略一部分从而保证理论的逻辑性和完整性)；世界就是建构的，因此理论追求的不是本质，而是建构。我感觉他不像大部分那些铁杆“科学粉丝”有着呆板的实体本质观念，探讨问题很像当年的迟老师。

答辩结束，我先得待在会议室外面，等待委员会的讨论结果。不到5分钟，导师把我叫进去，祝贺我成功通过，然后是依次和每位老师握手。其实我还是很想知道在他们眼里我写的东西到底有多好，还是仅仅是“合格”。虽然每位老师都说我做得非常好(excellent)，但是因为美国人从来都只挑好听的说，我还是不太知道他们究竟是怎么想的。后来，在心理系的公共邮箱里我导师发了一个邮件，祝贺我通过考试。他的原话是：“Baoyu passed his comprehensive exam today and did so with plenty of room to spare”。前半句的意思就是宝玉通过了综合考试；后半句的字面意思是：有很大空间地通过了考试。我不是太明白这句话的意思，不过凭语感理解为“通过得比较轻松”。

至此，为期半年的综合考试结束了，接下来就进入到我和父母聊过的人生抉择的阶段了。发表文章，为下一个学位做准备，博士论文。这三座大山必定要求我根据目标来分配时间和精力。毕竟我不是“成功”方面的天才，在我一生中，我只有确立一个明确目标，并且全力以赴之后才可能实现一点点世俗的成功。

很期待下周和导师以及政治系老师的谈话。

儿子

2013.5.19

松了一口气

儿子：

到现在为止，我们都大大地松了一口气。你说你并没有预想中的狂喜。这是过分紧张后的放松，是正常的。但我和你爸爸倒确实是狂喜了一场。这真是一场盼望已久的胜利，是的，就是胜利。以前还不知道博士如此难读。在我们中国，只要你考上了，就可以读下来。可美国也太较真了。看着不好，就不通过！真是恐怖。那些天，我都不敢想这些事情，知道想也没用，帮不上你。想多了，脊梁痛，就是那种恐怖到极点的疼痛。当看到你考试通过了的通知时，我真是欢喜异常。

妈妈想到我的儿子用英语宣读那些深奥的论文，然后到屋外面等待别人的裁决，一个人！想想都让人流泪。当想到回到房间里，与一个个教授握手，感谢他们的工作，感谢他们让你的文章通过，还是想流泪。快乐的泪水、幸福的泪水。

儿子，我和你爸爸讨论过了，你现在的学习环境、学习条件都很好，你应该充分享受这些东西，既学习也享受生活。所以，你不必太着急三年博士毕业，给自己那么多压力，这和你本科时候不一样，那时候你需要的是更高更多的承认。而你现在却可以用生活的态度来对待学习，这种生活，就是一种从兴趣出发的、自己热爱的生活。你真的不用把自己逼得太紧。四年毕业很好的呀！别睡那么晚，早一点睡觉，多锻炼身体，精力充沛地学习。学习着，也享受学习的快乐和收获，不好吗？

对于你写论文的态度，妈妈认为是有必要的。在这个社会里，常常有一些规则，将规则弄好了，你才能得到自己的位置。当你得到位置的时候，你就可以用你认为对的形式、对的语言去说话了。如果你不遵守规则，就得不到这个位置，得不到位置，你即使有再好的声音、再好的理论也是没有用的。用大家承认的方式争取到话语权，是没有错的。你本科和读研时候，凭着一股冲劲读了不少书，因为没有论文，吃了很多亏。那时你年轻，现在的你成熟起来，知道什么事情应该做什么事不应该做，安安稳稳地、有条不紊地把论文写出来。四年怕什么，精工出细活。时间是精工的必需条件，写出好的论文，正常毕业就好。你过了逞强的年纪，不必硬要自己比别人强很多。

你也不用对名牌学校如此神往。当初你在北体的时候，觉得北大很了不起，后来你去了北大，三年不也是第一名吗？儿子，没什么了不得的。你现在所拥有的知识，我相信，在名牌学校你也是塔尖上的人物。

好好休息、多锻炼身体。

妈妈

2013. 5. 20

后　　记

在回顾了两年的书信之后写这篇后记的时候，我恍然间有一种错觉，就好像站在了一条在无限空间中不断流动的历史长河上，而所谓的“美国文化”变成了一条和时间一样的流体，不再是一个固定不变的对象。即便过去的两年里的各种反思，已经在我身后；而我所要了解的美国文化无时无刻不在我的脚底下流过、变化；中国与美国的两条文化长河，在我的身后，在历史当中，因为隔离而产生了不同起点和不同轨迹，但是在我眼前，两条长河似乎都要面临一场同样的文化变迁——一场因为技术变革和不可回避的国际交流所带来影响每个人生活方式的变化。无论对于中国还是美国，这都是一个挑战。两年的经历就好像一个“驱魅”的过程——文化差异变得越来越像是一种符合直觉的迷信，而相似性却越来越明显，差异只在于解决问题的方式的不同——就好像是用筷子吃饭还是用刀叉吃饭。对我而言，在美国最开始的两年只是上下求索的开始，一个更加自觉的探究才刚刚开始。在整理书信的过程中，我曾经想要用“更新”的理论来重新规划内容，但是被父母阻止了。幸亏这及时的阻止，才有了这本原汁原味的书信集。

以上的体验，也是阅读自己家书后的总结。刚到美国时，自己语言方面很是尴尬(美国人听不懂我的话，而我也难以顺畅地听懂美国人的话)。看看周围的很多留学生，仍然生活在中国人组成的小环境里，其实是一个地理位移的“中国”。说中国话、吃中国餐、只与中国人交往。我不知道自己是否也会如此。在国内曾经的傲气和学霸气都不复存在。怀疑、彷徨、甚至些许懊悔……

然而我是幸运的，我就读的学校有特地帮助我们新来的国际生(美国对留学生的称谓)适应环境的义务工作者，由此我遇到了退休的皮丘夫妇。他们邀请我去他们家中做客，带我去旅游，帮我矫正英语中的“中国特色”，教我英语中美国人习惯的“俚语”，使我顺利跨越语言关。直至今天，我与皮丘夫人还在每周见面一次，我将在学习上和生活上不明白的问题向她请教，她则给予我认真、详细的回答。我是这种针对国际生帮助手段的直接受益者。我由衷地感谢皮丘夫妇两年多来对我持之以恒的帮助。

跨越了语言关，顺畅的交往使我的留学生活终于融入美国的生活之中。我参观他们的教堂、法院，去美国老师、同学的家中做客，在课堂上与老师、同学讨论、争论，使我的语言、眼界与能力迅速提高……我由衷地感谢两年多来给予我帮助的美国老师、同学……

还要感谢父母。从我懂事开始，他们就一直是我的良师益友。毕竟是他们的催促和帮助才会有这本通信集。

同时更要感谢张明帅先生的辛勤工作，没有他的认可和举荐，我也不会有幸在商务印书馆出版这本书。

谢谢！谢谢在我的成长过程中帮助过我的所有人。